Albert Cossery
Gohar der Bettler

Roman

Aus dem Französischen
von Bernd Wilczek

Carl Hanser Verlag

Die französische Originalausgabe erschien unter dem Titel
Mendiants et orgueilleux
erstmals im Verlag Julliard, Paris 1955

1 2 3 4 5 00 99 98 97 96

ISBN 3-446-17053-7

Satz: Reinhard Amann, Aichstetten
Druck und Bindung: Clausen & Bosse, Leck
Printed in Germany

Gohar der Bettler

I

Gohar war jetzt wach; er hatte gerade geträumt, daß er ertrinken würde. Er richtete sich auf einem Ellbogen auf und schaute sich mit unsicherem Blick, noch benommen vom Schlaf, um. Er träumte nicht mehr, die Realität jedoch ähnelte seinem Traum so sehr, daß er einen Moment lang unschlüssig verharrte, obwohl ihm bewußt war, daß ihm eine Gefahr drohte. »Bei Allah! Hochwasser!« dachte er. »Der Fluß wird alles wegschwemmen.« Angesichts der drohenden Katastrophe machte er aber keine Anstalten zu fliehen; er klammerte sich im Gegenteil am Schlaf fest wie ein Schiffbrüchiger an einem Wrack und schloß die Augen.

Er brauchte lange, um wieder zu sich zu kommen, wollte sich die Augen reiben, unterließ es aber gleich wieder: seine Hände waren feucht und glitschig. Er schlief vollkommen angezogen auf einem Lager aus kleinen Haufen alter Zeitungen auf dem nackten Fußboden. Das Wasser hatte alles überschwemmt und bedeckte beinahe den gesamten Boden des Zimmers, der mit Steinfliesen ausgelegt war. Es floß lautlos auf ihn zu, mit der beklemmenden Unabwendbarkeit eines Alptraums. Gohar hatte das Gefühl, sich auf einer von Fluten umgebenen Insel zu befinden, und er wagte nicht, sich zu bewegen. Die unerklärliche Gegenwart dieses Wassers tauchte ihn in tiefes Erstaunen. Dennoch nahm sein anfänglicher Schrecken in dem Maße ab, in dem er sich der Realität wieder bewußt wurde. Jetzt begriff er, daß seine Vorstellung vom hochwasserführenden Fluß, der auf seinem Weg alles verwüstet, lediglich einer Verwirrung des Geistes entsprang. Er versuchte also herauszufinden, woher dieses geheimnisvolle Wasser kam, und entdeckte sehr schnell seine Quelle: es sickerte unter der Tür der Nachbarwohnung hindurch.

Gohar zitterte wie unter dem Eindruck eines unsagbaren

Grauens: der Kälte. Er versuchte aufzustehen, aber der Schlaf steckte noch in ihm und machte seine Gliedmaßen taub, hielt ihn mit unlösbaren Banden zurück. Er fühlte sich schwach und hilflos. Er trocknete seine Hände an den Stellen seiner Jacke ab, an denen der Stoff nicht feucht war; jetzt konnte er sich die Augen reiben. Dies tat er ganz ruhig, sah auf die Tür der Nachbarwohnung und dachte: »Sie reinigen bestimmt gerade die Steinfußböden. Trotzdem hätten sie mich beinahe ertränkt!« Die unvermutete Reinlichkeit seiner Nachbarn erschien ihm überaus verwunderlich und empörend. Das hatte es noch nie zuvor gegeben. In diesem verfallenen und dreckigen Haus des Alten Viertels, das von armen, ausgehungerten Kreaturen bewohnt wurde, reinigte man niemals die Steinfußböden. Bestimmt waren diese Leute neue Mieter, boshafte Menschen, die im Viertel Eindruck schinden wollten.

Gohar war immer noch verblüfft, so als hätte ihn die Entdeckung dieser unsinnigen Reinlichkeit betäubt. Ihm schien, es müsse etwas unternommen werden, um dieser Überschwemmung Herr zu werden. Aber was? Am besten wartete man einfach ab; sicher würde ein Wunder geschehen. Diese absurde Situation erforderte eine Lösung durch übernatürliche Kräfte. Gohar fühlte sich da ganz und gar machtlos. Er wartete einige Minuten, aber nichts geschah, keine geheime Macht kam ihm zu Hilfe. Schließlich erhob er sich und blieb regungslos stehen, in der Haltung eines Menschen, der an Halluzinationen leidet, wie ein geretteter Schiffbrüchiger; dann bewegte er sich ungemein vorsichtig über den aufgeweichten Boden und setzte sich auf den einzigen Stuhl, der im Zimmer stand. Außer diesem Stuhl gab es nur noch eine umgedrehte Holzkiste, auf der ein Spirituskocher, eine Kaffeekanne und ein Tonkrug mit Trinkwasser thronten. Gohar lebte in äußerst bescheidenen materiellen Verhältnissen. Die Vorstellung des elementarsten Komforts war seit langem aus seinem Gedächtnis getilgt. Er verabscheute es, sich mit Gegenständen zu umgeben; Gegenstände trugen die verborgenen Keime des Elends in sich, und zwar des schlimmsten von allen, des leblosen Elends; desjenigen Elends, das durch seine hoffnungslose Gegenwart unweigerlich Schwermut hervorruft. Nicht daß er für die äußeren Erscheinungsformen des Elends empfänglich gewesen wäre; ihnen maß er keinerlei tatsächlichen Wert bei, sie blieben für ihn immer abstrakt. Er wollte seinen Blick einfach vor einem deprimierenden Durcheinander bewahren. Für Gohar besaß die Ärmlichkeit dieses Zimmers die Schönheit des Unfaßbaren, in ihm atmete er eine Luft des Optimismus und der Freiheit. Die meisten Möbel und Gebrauchsgegenstände kränkten seinen Blick, denn sie konnten seinem Bedürfnis nach menschlicher Phantasie keine Nahrung bieten. Allein die menschlichen Wesen mit ihren unzähligen Verrücktheiten besaßen die Gabe, ihn zu zerstreuen.

Einen Augenblick lang verharrte er nachdenklich und betrachtete seine verwüstete und nicht mehr zu benutzende Schlafstätte. Die alten Zeitungen, die ihm als Matratze dienten, waren völlig durchnäßt; sie begannen bereits, auf dem Boden zu treiben. Der Anblick des Unheils gefiel ihm wegen seiner primitiven Einfachheit. Da, wo nichts war, tobte der Sturm vergeblich. Die Unverletzbarkeit Gohars gründete in dieser vollkommenen Mittellosigkeit; er bot den Verwüstungen keine Angriffspunkte. Er erinnerte sich wieder an seine extravaganten Nachbarn und fragte sich nach den Gründen für diese ungewöhnliche Reinlichkeit. Was hatten sie vor? Das Haus würde einer solchen Behandlung niemals standhalten; es war bereits bis in die hintersten Ecken hinein vermodert und wartete nur noch auf ein Zeichen, um einzustürzen. Sie würden alle umkommen, daran bestand kein Zweifel.

Gohar zerbrach sich den Kopf über die möglichen Absichten dieser verdammten Nachbarn, als ein aus mehreren Kehlen dringender ungeheurer Schrei, ein Schrei so lang wie eine Schreckensnacht, in der Nachbarwohnung erschallte. Die Wände des alten Hauses schwankten unter der Gewalt der Erschütterung; auf seinem Höhepunkt angekommen, brach der Schrei ab; eine beängstigende Stille trat ein, gefolgt von dunklem Geheul. Gohar verstand die Bedeutung dieser entsetzlichen Raserei nicht sofort. Dann ging ihm ein Licht auf, blitzartig. Es bestand kein Zweifel, das waren Klageweiber. Innerhalb einer Sekunde erfaßte er das ganze Grauen des Ereignisses: In der Nachbarwohnung lag ein Toter, und das weiße, seifige Wasser, das ihn in seinem Schlaf heimgesucht hatte, war das Wasser, mit dem man den Leichnam gewaschen hatte.

Zunächst nagelte ihn die Bestürzung auf seinem Stuhl fest, dann der Ekel, der ihm den Atem raubte. Niedergeschlagen betrachtete er seine noch feuchten, zitternden Hände, seine vom Tod besudelten Kleider. Dann schüttelte er sich heftig, so als würde er die schädlichen Keime des Todes weit von sich schleudern, und lief zu dem Tonkrug mit dem Wasser. Aber der Tonkrug war leer; Gohar sah sich verstört nach allen Seiten um, suchte in seiner Verzweiflung einen nicht vorhandenen Wasserhahn. Wie sollte er sich die Hände waschen? Er streckte sie von sich und fragte sich, an welcher Krankheit sein Nachbar gestorben sein könnte. Vielleicht hatte er eine ansteckende Krankheit gehabt. »Bakterien!« dachte er ängstlich. Aber fast im gleichen Moment erschien ihm die Angst vor Bakterien lächerlich. »Wenn man an Bakterien sterben würde«, dachte er, »dann wären wir alle schon lange tot.« In einer so lächerlichen Welt verloren selbst die Bakterien ihre Virulenz. Er setzte sich wieder auf seinen Stuhl und dachte lange über die Komik seines Abenteuers nach. Er hatte seine Ruhe wiedergefunden, alles war einfach und leicht, außerordentlich durchschaubar. Kein Unheil hatte die Kraft, ihn in einen Zustand von Traurigkeit zu versetzen: sein Optimismus triumphierte über die schlimmsten Katastrophen. Mit einem Gefühl vollkommener Gleichgültigkeit betrachtete er nochmals den vom Wasser überschwemmten Boden, die verstreuten alten Zeitungen, die unwirkliche Nacktheit seines Zimmers, und ein seltsames Lächeln erhellte einen Augenblick lang sein weiches und asketisches Gesicht.

In der Nachbarwohnung hatten sich die Klageweiber jetzt entschieden in ihrem Unglück eingerichtet; ihr Geheul hatte ein unerbittliches Ausmaß erreicht und die Atmosphäre eines endgültigen und blutigen Dramas geschaffen. Kein menschlicher Wille war in der Lage, ihrem schwindelerregenden Geschäft Einhalt zu gebieten. Gohar war von diesem unheimlichen Klagen ganz verzaubert. Er war besessen von dem Wunsch, jenseits der Schreie etwas zu fassen zu bekommen, das ihn heiter stimmen könnte. Diese gekünstelten Schreie jedoch, die aus käuflichen Kehlen hervordrangen, klangen in seinem Ohr wie der Ruf eines fremden Universums; er erkannte darin kein Anzeichen einer menschlichen und vertrauten Welt. Dieses Universum simulierter und kreischender Schmerzen erfüllte seinen Kopf mit einem vergifteten Lärm, der ihn schwindelig machte.

Zu ungewohnter Stunde war er jäh geweckt worden, und er hatte Lust, noch weiter zu schlafen. Aber wie sollte er mit diesen verdammten Klageweibern auf der anderen Seite der Wand den Schlaf wiederfinden? Sie würden kein Erbarmen kennen. Gohar zitterte, ihm war kalt. Er wurde ganz steif, ließ einen langen Augenblick verstreichen und erhob sich dann von seinem Stuhl. Er hatte beschlossen auszugehen.

Er hob seinen Tarbusch auf, der in einer von der Überschwemmung verschonten Ecke des Zimmers herumlag, setzte ihn sich auf den Kopf, ergriff seinen Gehstock und trat ins Treppenhaus hinaus. Die Tür seiner Nachbarn stand weit auf; Gohar, der ziemlich verschreckt aussah, zögerte lange. Sein Instinkt riet ihm, vorsichtig zu sein; von diesen entfesselten Klatschweibern befürchtete er das Schlimmste. Sie waren dazu fähig, beim Anblick eines Mannes allein aus Eitelkeit ihre Raserei noch weiter zu treiben. Gohar erschauderte bei diesem Gedanken, und ohne zu überlegen stürzte er die wackelige Treppe hinunter und nahm das flüchtige Bild eines Haufens dicker, in weite schwarze Gewänder gehüllter Frauen mit, die, das Gesicht und die Hände waschblau gefärbt, in einem Kreis auf dem Boden hockten. Während sie ihre dämonischen Schreie ausstießen, schlugen sie sich auf die Brust. Gohar hatte plötzlich das Gefühl, er würde ohnmächtig und die Treppe gäbe unter seinen Schritten nach. Er konnte sich später nicht mehr daran erinnern, wie er auf die Straße hinausgekommen war.

Es war fast Mittag. In der breiten El-Azhar-Straße, die von einer bunten und sorglosen Menge überquoll, gelangte Gohar wieder in den Vollbesitz seiner Kräfte. Hier, inmitten dieser trägen Menge, die sich trotz des dichten Verkehrs der Autos, Droschken, Eselskarren und selbst der Straßenbahnen, die mit der Geschwindigkeit tödlicher Boliden dahinrasten, gleichgültig über die Gehsteige und die Fahrbahn ausbreitete, befand er sich in seinem ihm vertrauten Universum. Die milde Wintersonne ergoß ihre wohltuende Wärme über dieses unentwirrbare Gewimmel. Milane schwebten hoch am Himmel, tauchten in die Menge hinab, nahmen dann ihren Flug wieder auf, wobei sie in ihrem Schnabel ein Stück verdorbenes Fleisch mit sich forttrugen; niemand schenkte ihren geschickten Manövern Beachtung. Gruppen von Frauen standen vor den Geschäften der Stoffhändler; stundenlang handelten sie hartnäckig den Kauf irgendeines bedruckten Tuches aus. Kinder machten sich einen Spaß daraus, Fahrzeugführer zu ärgern, indem sie sich ihnen absichtlich in den Weg stellten. Die Fahrer überhäuften sie mit Verwünschungen, verfluchten sie, sie und ihre abwesenden Mütter, und manchmal überfuhren sie auch einige von ihnen. Aus allen Cafés, die die Straße säumten, ertönte aus dem Radio dieselbe heulende Stimme eines bekannten Sängers. Die Begleitmusik war traurig; der Text beschrieb ausführlich sein Unglück und seine Trauer über eine verhinderte Liebe. Gohar erinnerte sich an seinen toten Nachbarn, an die gellenden Schreie der Klageweiber, und beschleunigte seinen Schritt. Aber es gab keine Möglichkeit, dieser trauernden Stimme zu entkommen, sie war überall und übertönte den Straßenlärm.

Gohar blieb instinktiv stehen, als erahnte er eine Zone der Annehmlichkeit, das Versprechen einer köstlichen Freude inmitten des ihn umgebenden unbestimmten Lärms. Vor einem leeren Geschäft sah er einen älteren, sorgfältig gekleideten Mann würdevoll auf einem Stuhl sitzen, der mit unbeteiligtem und königlichem Gesichtsausdruck die Menge der Passanten beobachtete. Der Mann hatte eine überaus auffallende majestätische Haltung. »Das ist ein Mann nach meinem Geschmack«, dachte er. Dieses leere Geschäft und dieser Mann, der nichts verkaufte, waren für ihn eine unschätzbare Entdeckung. Gohar ahnte, daß das Geschäft lediglich als Dekor diente; er nutzte es, um seine Freunde zu empfangen und ihnen eine Tasse Kaffee anzubieten. Das war der Gipfel des Überflusses und der Großzügigkeit. Gohar grüßte ihn wie einen alten Bekannten, und der Mann erwiderte seinen Gruß mit einem sanften, kaum wahrnehmbaren Lächeln, so als würde er verstehen, daß man ihn bewunderte.

»Erweise mir die Ehre«, sagte der Mann. »Habe die Güte und laß dich zu einer Tasse Kaffee einladen.«

»Danke«, sagte Gohar, »ein andermal. Ich bitte um Vergebung.«

Sie sahen sich einen Augenblick mit sichtlicher Freude, beinahe zärtlich an, dann setzte Gohar seinen Weg durch die Menge fort. Er war vollkommen glücklich. Es war immer das gleiche: dieses Entzücken, das er gegenüber der absurden Einfachheit des Lebens empfand. Alles war lächerlich und einfach. Er brauchte sich nur umzusehen, um sich davon zu überzeugen. Das wimmelnde Elend, das ihn umgab, hatte nichts Tragisches; es schien einen geheimnisvollen Überfluß in sich zu bergen, die Schätze eines unerhörten und ungeahnten Reichtums. Eine wunderbare Sorglosigkeit schien das Schicksal dieser Menge zu lenken; alle Verworfenheiten erhielten hier den Charakter der Unschuld und der

Reinheit. Gohar fühlte sich von einer brüderlichen Zuneigung erfüllt; die Nichtigkeit dieses ganzen Elends begegnete ihm auf Schritt und Tritt und entzückte ihn.

Eine gelbe Straßenbahn fuhr mit höllischem Lärm durch die Straße; sie ließ unaufhörlich ihre Glocke ertönen, um sich einen Weg durch die Menge zu bahnen, die die Schienen versperrte. Gohar ging an einem Restaurant vorüber, in dem es gekochte dicke Bohnen gab; der Essensduft verursachte bei ihm ein leichtes Unwohlsein; er blieb stehen, stützte sich auf seinen Stock und wartete. Nein, es war nicht der Hunger. Hunger zeitigte bei ihm keine Wirkung, er konnte mehrere Tage lang nur von einem Stück Brot leben. Dieses Unwohlsein bedeutete etwas anderes. Er machte einige Schritte, begriff die Ursache für sein Unwohlsein und war beunruhigt. Die Droge! Er hatte die Droge vergessen. Der Tod dieses unwissenden Nachbarn hatte seine Gewohnheiten gewaltig durcheinandergebracht. Gohar erwachte gewöhnlich erst nach Einbruch der Dunkelheit; es war noch zu früh, um sich die Droge zu besorgen. Sein einziger Lieferant war Yéghen, und den konnte er erst am Abend treffen. Es war ausgeschlossen, ihn jetzt zu finden; Yéghen hatte keinen festen Wohnsitz, er wohnte nirgendwo.

Wie sollte er ohne Droge bis zum Abend durchhalten? Diese Aussicht erschreckte ihn ein wenig; er würde leiden, das war ihm klar, und er bereitete sich gelassen auf dieses Leiden vor. Er nahm ein kleines zerknittertes Tütchen aus seiner Tasche, holte eine Pfefferminzpastille heraus und begann sie langsam und eifrig zu lutschen. Sie hatte nicht den herben Geschmack des Haschischkügelchens, aber dieser Ersatz reichte, um ihn zu beruhigen.

Ein wenig weiter lächelte er, als er den unausbleiblichen Bettler erblickte, der in seiner gewohnten Ecke hockte. Es war immer dasselbe Ritual: Jedesmal wenn er an ihm vorüberging, hatte Gohar kein Geld; also entschuldigte er sich, und es entwickelte sich ein amüsantes Gespräch zwischen ihnen. Gohar kannte ihn seit langem und schätzte seine Gesellschaft. Er war ein Bettler ganz besonderer Art, denn er klagte nicht und litt an keinem Gebrechen. Er strotzte im Gegenteil vor Gesundheit, und sein tadelloser Djellaba war fast sauber. Er hatte den bohrenden Blick eines professionellen Bettlers, der die Fähigkeit besitzt, seinen Kunden auf Anhieb richtig einzuschätzen. Gohar bewunderte ihn, weil er nicht einmal daran dachte, den Schein zu wahren. In dem allgemeinen Durcheinander schien niemand seinem Zustand eines gesunden und blühenden Bettlers Bedeutung beizumessen. Inmitten so vieler tatsächlicher Absurditäten erschien das Betteln wie eine Arbeit unter anderen, die einzige vernünftige Arbeit im übrigen. Er saß immer auf demselben Platz, mit der gleichen Würde wie ein Beamter hinter seinem Schreibtisch. Die Leute warfen ihm im Vorübergehen einen Obolus zu. Manchmal fuhr er den Spender an: er hatte gerade eine falsche Münze bekommen. Dann begannen nicht enden wollende Palaver, bei denen die Beleidigungen das Gewicht der Ewigkeit hatten. Er sprach davon, die Polizei zu rufen. Die Sache ging immer zu seinen Gunsten aus.

Gohar blieb stehen, um ihn zu begrüßen.

»Sei gegrüßt«, sagte der Bettler. »Ich sah dich schon von weitem kommen; ich habe dich erwartet.«

»Ich bitte um Vergebung«, sagte Gohar. »Ich habe kein Geld; beim nächsten Mal.«

»Wer hat dir gesagt, daß ich Geld will?«

»Warum nicht? Ich glaube fast, du verachtest mich.«

»Fern liegt mir dieser Gedanke«, verwahrte sich der Bettler. »Allein dich zu sehen entzückt mich; ich plaudere gern mit dir. Deine Gegenwart ist mehr wert als alle Schätze der Erde.«

»Du schmeichelst mir«, sagte Gohar. »Gehen die Geschäfte gut?«

»Gott ist groß!« antwortete der Bettler. »Aber was zählen schon die Geschäfte. Es gibt so viele Freuden im Leben. Kennst du nicht die Geschichte von den Wahlen?«

»Nein, ich lese keine Zeitung.«

»Diese Geschichte stand nicht in der Zeitung. Jemand hat sie mir erzählt.«

»Also, ich höre.«

»Nun! Sie ereignete sich vor einiger Zeit in einem kleinen Dorf in Unterägypten bei den Bürgermeisterwahlen. Als die Regierungsangestellten die Urnen öffneten, bemerkten sie, daß auf den meisten Wahlzetteln der Name Barghout stand. Den Regierungsangestellten war dieser Name unbekannt; er stand auf keiner Parteiliste. Ratlos holten sie Erkundigungen ein, und verblüfft erfuhren sie, daß Barghout der Name eines Esels war, der im ganzen Dorf wegen seiner Weisheit geschätzt wurde. Fast alle Bewohner hatten für ihn gestimmt. Was hältst du von dieser Geschichte?«

Gohar strahlte vor Freude; er war entzückt. »Sie sind unwissend und Analphabeten«, dachte er, »und doch haben sie das Klügste getan, was die Welt jemals erlebt hat, seit es Wahlen gibt.« Das Verhalten dieser Bauern dort in ihrem abgelegenen Dorf war das ermutigende Zeugnis, ohne das das Leben unmöglich würde. Gohar war gerührt vor Bewunderung. Seine Freude wirkte so nachhaltig, daß er den Bettler einen Augenblick lang ganz entgeistert ansah. Ein Milan hatte sich einige Schritte von ihnen entfernt auf die Fahrbahn gesetzt, pickte mit dem Schnabel auf der Suche nach etwas Verfaultem herum, fand nichts und flog wieder davon.

»Wunderbar!« rief Gohar. »Und wie endet die Geschichte?«

»Selbstverständlich wurde er nicht gewählt. Stell dir nur vor, ein vierbeiniger Esel! Was die da oben wollten, das war ein Esel auf zwei Beinen.«

»Für eine so wunderbare Geschichte verdienst du wirklich eine Belohnung. Du hast mein Herz erfreut. Was kann ich für dich tun?«

»Deine Freundschaft genügt mir«, sagte der Bettler. »Ich wußte von vornherein, daß dir die Geschichte gefallen würde.«

»Du erweist mir eine zu große Ehre«, sagte Gohar. »Bis bald, hoffe ich.«

Gohar wandte sich nach links, bog in eine schmutzige, relativ ruhige Gasse ein und steuerte das Café des Miroirs an. Er wußte, daß er zu dieser Tageszeit dort niemanden antreffen würde, aber es gefiel ihm, Wunder herauszufordern.

Das Café des Miroirs lag am Schnittpunkt zweier Gassen; es nahm den größten Teil der Fahrbahn aus gestampftem Lehmboden ein, die für schwere Fahrzeuge gesperrt war und auf der sich lediglich die fliegenden Händler mit ihren Karren zu fahren getrauten. Riesige Zeltplanen waren über seine gewundene Terrasse gespannt, wie bei einem überdachten Markt. Beeindruckend viele Spiegel mit geschnitzten und vergoldeten Rahmen hingen überall, selbst an den Fassaden der umliegenden baufälligen Häuser. Das Café des Miroirs war berühmt für seinen grünen Tee und seine erlesene Kundschaft, die aus Fuhrleuten, Intellektuellen und ausländischen Touristen bestand, die es nach Lokalkolorit dürstete. Im Augenblick waren nicht viele Menschen im Café. Gohar überquerte die Terrasse und schlängelte sich auf der Suche nach einem Bekannten zwischen den Tischen hindurch. Beinahe regungslos rauchten einige bedeutend aussehende Personen ruhig ihre Wasserpfeifen; andere spielten Tricktrack und nippten an einem Glas Tee. Einige wenige Abkömmlinge vom Stamm der Kippensammler, die vor den anderen aufgestanden waren, widmeten sich mit gutmütiger Sorglosigkeit ihrer Tätigkeit; sie fürchteten keine Konkurrenz.

»Sei gegrüßt, Meister!«

Gohar drehte sich um; El Kordi hatte sich halb von seinem Stuhl erhoben und reichte ihm die Hand.

»Wie!« sagte Gohar. »Bist du heute nicht im Ministerium?«

»Ich war dort, bin aber sofort wieder weggegangen; ich konnte nicht arbeiten. Meister, ich bin äußerst unglücklich.«

»Was hast du denn schon wieder, mein Sohn?«

»Ich war bei ihr«, sagte El Kordi mit einem geheimnisvollen Ton in der Stimme. »Sie ist kränker als je zuvor. Ich habe sie schlafen lassen.« Dann, als er merkte, daß Gohar noch stand: »Aber setz dich doch, Meister.«

Gohar setzte sich; El Kordi rief den Kellner.

»Was nimmst du?«

»Einen Tee«, antwortete Gohar.

»Für mich das gleiche«, sagte El Kordi.

Der Kellner entfernte sich wieder, wobei er seine Bestellung mit der singenden Stimme eines Homosexuellen aufgab. Gohar sah El Kordi an, und ein Anflug von Bosheit leuchtete in seinen Augen. El Kordi sah ausgesprochen unglücklich aus, das heißt, er tat alles, um diesen Eindruck zu erwecken. Er war ein gutaussehender junger Mann, sorgfältig gekleidet, mit einem tadellosen Tarbusch, leichten Schlitzaugen und einem sinnlichen und verbitterten Mund. Seine Tätigkeit als einfacher Schreiber in einem Ministerium kränkte seine romantische Seele. Man sah ihm sofort an, daß er zudem ein Gerechtigkeitsfanatiker war.

»Ich kann nicht zulassen, daß sie so weiterlebt«, sagte er nach einer kleinen Pause. »Ich muß etwas unternehmen. Gib mir einen Rat, wenn nicht, bringe ich mich um.«

Gohar antwortete nicht sofort. Er lutschte immer noch an seiner Pfefferminzpastille und fand Gefallen an diesem Ersatz, der ihn den quälenden Gedanken an die Droge vergessen ließ.

»Warum willst du dich umbringen?«

»Verstehst du denn nicht. Ich muß sie aus diesem Bordell herausholen. Ich kann es nicht zulassen, daß sie, krank wie sie ist, weiterhin ihren Körper verkauft. Und dann diese niederträchtige Bordellbetreiberin, diese Set Amina! Stell dir vor, sie erlaubt ihr noch nicht einmal, sich zu erholen. Wenn ich an all das Geld denke, das sie ihr einbringt. Eine Schande ist das! Ich werde mich umbringen, sag ich dir.«

Gohar schien nicht besonders beeindruckt von El Kordis Erklärung. El Kordis Sorgen waren immer von dieser krankhaften und unerbittlichen Art. Im Moment sah er aus, als würde der Kummer der ganzen Welt auf seinen Schultern lasten. Es handelte sich jedoch nur um eine Befindlichkeit, die er sich von Zeit zu Zeit auferlegte, um an seine Würde zu glauben. El Kordi dachte nämlich, daß allein Unglück und Verzweiflung Würde besitzen. Es war die Lektüre westlicher Literatur, die seinen Geist so irregeleitet hatte.

Die gegenwärtigen Qualen El Kordis verdankten sich dem pathetischen Gesicht einer jungen tuberkulösen Prostituierten, die in einem nahe gelegenen Bordell im Sterben lag. Es handelte sich um ein ziemlich ärmliches Bordell, dessen Kundschaft sich aus den kleinen Beamten und den schäbigen Lebemännern des alten Stadtviertels rekrutierte. Anfangs hatte der junge Mann zwei- oder dreimal mit ihr geschlafen, ohne dem große Bedeutung beizumessen; erst als er erfuhr, daß sie krank war, hatte sich El Kordi, der immer auf der Lauer nach sozialer Ungerechtigkeit lag, unsterblich in sie verliebt. Er hatte sich in den Kopf gesetzt, sie aus dem Bordell herauszuholen und vor einem schmachvollen Tod zu bewahren, aber er besaß nicht genügend Geld, um sich diese Art von Rettungstat leisten zu können. So ersann er unaufhörlich feinsinnige Lösungen für seine unglückliche Liebe. Im Augenblick hatte er sich für Selbstmord entschieden; allerdings schien es, als sollte dies kein unumstößlicher Entschluß sein, denn er fragte:

»Was soll ich tun?«

Gohar schwieg; er sah aus, als amüsierte er sich auf eine seltsame Art und Weise. In seinem unbewegten Gesicht spiegelten allein die Augen seine innere Freude wider. Nach einer kurzen Pause sagte er:

»Hör zu, ich werde dir eine wunderbare Geschichte erzählen.«

»Was für eine?« fragte El Kordi.

Gohar erzählte ihm die Geschichte vom Esel Barghout, der wegen seiner großen Weisheit von einigen Bauern in Unterägypten zum Bürgermeister gewählt worden war.

El Kordi hatte zu lächeln begonnen, sich aber sofort wieder gefaßt. Dies war mit Sicherheit nicht der geeignete Augenblick für Scherze. Man mußte im Gegenteil die Gelegenheit nutzen, um Gohar zu beweisen, daß es im Leben auch ernste Dinge gab. Plötzlich wurde er heftig.

»Das ist ja entsetzlich«, sagte er. »Was für Barbaren!«

»Findest du, es sind Barbaren?«

»Ja. Und die Regierung mißbraucht ihre Unwissenheit.«

»Aber sie haben deiner Regierung gerade eine ordentliche Lektion erteilt.«

»Meister, zunächst einmal ist das nicht meine Regierung«, sagte El Kordi erhitzt. »Und dann bevorzuge ich im Kampf gegen die Unterdrückung andere Methoden. Du wirst wohl zugeben, daß es ernste Dinge im Leben gibt.«

»Wo siehst du etwas, was ernst ist, mein Sohn?«

Auf der Suche nach einem Beispiel für Ernst oder Größe schaute sich El Kordi instinktiv um; aber sein Blick blieb lediglich auf einem kleinen, schmutzigen, mit Lumpen bedeckten Kippensammler haften, der seit kurzem in der Nähe ihres Tisches herumschlich und ihr Gespräch belauschte. Er verrichtete sein Geschäft mit der Feierlichkeit eines genau festgelegten Rituals und suchte noch an den entlegensten Stellen nach Zigarettenstummeln. Irritiert durch dieses Umherstreifen, stand El Kordi auf und verrückte seinen Stuhl, damit er den Boden besser absuchen konnte. Trotzdem ging der Junge immer noch nicht weg; er schien wie mit einem unsichtbaren Seil mit ihnen verbunden zu sein. El Kordi setzte sich wieder, und während er den Jungen ansah, sagte er mit einem ironischen und verletzenden Ton in der Stimme:

»Nun, mein Bey, trinkst du eine Tasse Kaffee mit uns?«

»Danke«, antwortete das Kind, »ich habe gerade eine im Café Bosporus getrunken.«

Das Bosporus war ein luxuriöses Café in gediegenem Stil, in das El Kordi noch niemals seinen Fuß gesetzt hatte.

»Hundesohn!« sagte er wutentbrannt. »Verschwinde, oder ich erwürge dich!«

Das Kind verzog verächtlich den Mund und ging fort. Als es sich ein Stück entfernt hatte, brach El Kordi in Gelächter aus.

»Hast du das gehört, Meister? Wieviel Witz er hat! Wunderbar, dieses Kind.«

Gohar lächelte und sah den jungen Mann mit dem Ausdruck wohlwollender Ironie an. Was ihm vor allem an ihm gefiel, war seine ungeheure Bedeutungslosigkeit. El Kordi war ein Revolutionär, er dachte über die Zukunft der Massen und die Freiheit der Völker nach; trotzdem war er bedeutungslos, er entkam dieser lächerlichen Welt nicht. Er mochte gegen die Unterdrückung aufbegehren, sich und ein ganzes Volk verfolgt glauben, aber sobald er instinktiv reagieren mußte, wurde er oberflächlich und gefiel sich in den nichtigsten Handlungen.

Jetzt schien er seine Verbitterung abgelegt zu haben. Der Zwischenfall mit dem kleinen Kippensammler hatte ihn all seiner Sorgen entledigt; er gab sich einer kindlichen Freude hin. Er empfand lebhafte Befriedigung darüber, mit Gohar zusammenzusein; mit Gohar wurde alles so einfach. Die Gegenwart Gohars machte alle Schwierigkeiten des Lebens hinfällig; die größten Katastrophen schienen plötzlich ungewöhnlich komisch. In seiner Nähe fand El Kordi zu seiner kindlichen Unbefangenheit zurück.

»Und die Reise, Meister?«

»Ich vergesse sie nicht, mein Sohn.«

»Du solltest verreisen«, sagte El Kordi herzlich. »Das wäre wunderbar für dich.«

Wenn man mit ihm über diese Reise sprach, schloß Gohar die Augen, so als würde die Sehnsucht nach einer weit entfernten Landschaft all seine Aufmerksamkeit erfordern. Verreisen, den Zug nach Syrien nehmen. Das war ein Traum, den er seit langem hegte, der einzige, den er sich zugestand, und das, weil er mit dem Quell seiner Glückseligkeit verknüpft war. In Syrien gab es kein Verbot von Drogen. Das Haschisch wuchs dort frei auf den Feldern, wie gewöhnlicher Klee.

Gohar hatte diese außergewöhnlichen Tatsachen einst beiläufig erfahren, und seither träumte er unaufhörlich davon. Dieses kleine Nachbarland schien ihm ein paradiesischer Ort zu sein. Es war wirklich ungerecht, dazu verurteilt zu sein, hier zu leben, während nur wenige Stunden entfernt die Droge für jedermann frei zugänglich war. Gohar wägte das gesamte Ausmaß dieser Ungerechtigkeit ab; er konnte es dem Schicksal nicht nachsehen, daß er auf dieser Seite der Grenze geboren war. In seinem tiefsten Innern war er überzeugt davon, niemals in dieses Land zu kommen; und doch lebte er manchmal in Gedanken dort. Für ihn war Syrien der Inbegriff einer Landschaft mit sattgrünem Gras, Gras, das nichts anderes als die Droge in ihrer natürlichen Gestalt, ihrem ersten Aufblühen war. In schwierigen Augenblicken, wenn er schon lange kein Rauschgift mehr bekommen hatte, reichte ihm der Gedanke an diese einfache Landschaft, um sich zu berauschen.

»Ich kann mir sehr gut vorstellen, wie du riesige Felder mit Haschisch bestellst«, sagte El Kordi.

»Zunächst einmal müßte ich dort hinfahren«, sagte Gohar. »Und das ist nicht einfach.«

»Ach ja, das Geld! Hör zu, Meister, ich möchte dich um einen Rat bitten.«

»Ich stehe ganz zu deiner Verfügung«, sagte Gohar.

El Kordi gebärdete sich wie ein Verschwörer und sagte:

»Nun, also, ich muß dieses arme Mädchen retten. Selbst wenn ich dafür zum Dieb werde. Verstehst du, selbst wenn ich zum Dieb werde. Was hältst du davon?«

Gohar überlegte. Er hatte nichts gegen Diebstahl; alle stahlen. Nur gab es hierbei verschiedene Formen und Nuancen, die El Kordi sicherlich abgehen würden. Er mochte den jungen Mann sehr; es hätte ihm mißfallen, mitansehen zu müssen, wie er im Gefängnis endete. Er würde ihm fehlen. Außerdem war El Kordi nicht in der Lage, der Sicherheit, die einem das Gefängnis bot, die entsprechende Wertschätzung entgegenzubringen, er würde sich seelisch aufreiben und sich idiotische Gedanken über die Freiheit machen. Trotzdem hielt Gohar es für unnötig, ihm das alles zu erklären.

»Du überraschst mich«, sagte er. »Ein ehrbarer Beamter wie du!«

»Dem ehrbaren Beamten, wie du ihn nennst, ist die Feder aus der Hand genommen worden«, sagte El Kordi. »Weißt du, daß mein Bürovorsteher mir die Feder aus der Hand genommen hat? ›Diese arme Regierungsfeder verrostet in deiner Hand, mein lieber Effendi El Kordi, ich denke, daß andere sich ihrer besser zu bedienen wissen‹, das hat er mir gesagt. Du siehst mich hier als einen Schreiber ohne Feder vor dir sitzen.«

»Um so besser für dich«, sagte Gohar. »Ich gratuliere dir.«

An einem Nebentisch diskutierten zwei völlig erblindete alte Scheichs über den künstlerischen Wert einer berühmten Moschee. Schließlich beschimpfte der eine den anderen als falschen Blinden. Diese offene Beleidigung beendete ihr Gespräch abrupt. Sie verließen sofort ihren Tisch, und jeder ging seines Weges, wobei sie Beschimpfungen von hoher literarischer Qualität vor sich hin brummten. El Kordi schien sein Vorhaben, ein Dieb zu werden, genauso vergessen zu haben, wie er vergessen hatte, sich umbringen zu wollen. Es war bereits zwei Uhr, und er wußte nicht, wie er seinen Nachmittag verbringen sollte.

»Ißt du mit mir zu Mittag, Meister?«

»Nein, ich esse niemals um diese Zeit«, sagte Gohar. »Außerdem habe ich keinen Hunger.«

Er mußte an seine Droge herankommen; seine quälenden Gedanken wurden unerträglich. Es wurde ihm bewußt, daß er die ganze Zeit auf das Eintreffen von Yéghen gewartet hatte.

»Hast du Yéghen heute noch nicht gesehen?«

»Doch, ich habe ihn bei Set Amina gesehen, als ich Naïla besuchte. Er schlief auf dem Sofa im Vorzimmer. Ich wollte ihn nicht aufwecken; ich glaube, er hat die Nacht dort verbracht.«

Panik ergriff Gohar. Die Vorstellung, daß Yéghen an einem Ort war, wo er ihn treffen könnte, ließ ihn hochfahren.

»Ich muß dich verlassen, mein lieber El Kordi. Wir sehen uns heute abend wieder.«

»Wie, du überläßt mich einfach so meinem traurigen Schicksal«, sagte El Kordi und setzte ein bedauernswertes Gesicht auf.

»Ich bitte um Vergebung, aber ich muß. Gehab dich wohl!«

Gohar durchschritt das Café in fiebriger Hast. Gäste luden ihn ein, sich zu ihnen zu setzen, aber er schlug ihr Angebot höflich aus. Als er sich ein wenig entfernt hatte, spuckte er die Pfefferminzpastille aus, die langsam Übelkeit bei ihm hervorrief. Der Gedanke an das nahe Haschisch flößte ihm neue Energie ein. Leichten Schrittes verschwand er im Gewirr der Gassen, die von wackeligen, baufälligen Häusern gesäumt waren, die bestimmt bald einstürzen würden.

II

Plötzlich schlug ihm das grelle Tageslicht brutal entgegen und bereitete seinem Tatendrang ein abruptes Ende. Seine Augen hatten sich an das Dämmerlicht der überdachten Terrasse gewöhnt, so daß er sich jetzt nicht mehr zurechtfand in diesem lichtdurchfluteten und wogenden Universum, das sich vor ihm auftürmte wie eine unüberwindbare Barriere. Die Gasse, in der er sich befand, war ungewöhnlich eng und voller Hindernisse. Gestalten, die wie versteinert gegen die Mauern gelehnt saßen oder standen, breiteten eine unvordenkliche Trägheit aus, mit der sie den Verkehr lahmlegten. Auf dem Boden vor den Eingängen der baufälligen Häuser wimmelte es von Kindern, die kleinen Kriechtieren ähnelten und deren schleimig-tränende Augen von Fliegen übersät waren. Zusammengekauerte Frauen wuschen ihre Lumpen in großen Blechschüsseln; andere bereiteten das Essen auf einem Petroleumkocher zu, der soviel Lärm machte wie eine Lokomotive. Von Zeit zu Zeit beschimpften sie ihre zu lebhaften Sprößlinge in einer Lautstärke und mit einer Heftigkeit, die keinerlei Nachsicht duldete.

Angesichts all dieser Hindernisse, die sich ihm in den Weg stellten, wurde Gohar von Schwindel ergriffen. Es würde ihm niemals möglich sein, sich einen Weg durch diese kompakte Masse zu bahnen, die unüberwindlicher war als eine hohe Bergkette. Der Gedanke an die Droge jedoch und die Angst, Yéghen zu verpassen, ließen ihn seine Schwäche überwinden. Es war lebenswichtig für ihn; ohne zu zögern, stürzte er blindlings los und bahnte sich seinen Weg, ohne die Schreie und Verwünschungen zu beachten, die ihn begleiteten. Allerdings schien es ihm, als würde die Luft um ihn herum schwerer werden und als seien die menschlichen Wracks, die ihm den Durchgang versperrten, von einer feindseligen Unbekümmertheit beseelt. Das Bordell lag nicht sehr weit entfernt, aber Gohar hatte den Eindruck, als würde sich der Weg dorthin auf seltsame Weise in die Länge ziehen. Die eine Hand um den Gehstock geklammert, die andere in einer kindlichen Verteidigungshaltung nach vorn ausgestreckt, kämpfte er sich einem Schlafwandler gleich voran. Ein Radieschenverkäufer rief ihn bei seinem Namen und bot ihm mit gewählten Worten an, sich zu bedienen. Gohar schenkte ihm keinerlei Beachtung; er hatte Wichtigeres zu tun, als Radieschen zu essen. In seiner Eile, endlich Yéghen zu treffen, vergaß er selbst seine übliche Höflichkeit.

Etwas später erblickte er von weitem das Haus und beruhigte sich ein wenig. Das Bordell von Set Amina war für Gohar kein Ort des käuflichen Vergnügens; er hatte es noch nie als Kunde betreten, sondern nur, um Aufgaben von hohem literarischen Wert nachzukommen. Es war, um ehrlich zu sein, eine außergewöhnlich unterhaltsame Tätigkeit, die für ihn symbolischen Wert besaß. Das Abfassen der Geschäftsbriefe für Set Amina und manchmal der Liebesbriefe für eine der Huren, die weder lesen noch schreiben konnten, betrachtete er als eine Aufgabe von allgemeinmenschlichem Interesse. Auf diese Weise wahrte er trotz seines offensichtlichen Niedergangs immer noch den Nimbus des allmächtigen Intellektuellen, der ihn früher, als er noch Geschichte und Literatur an der berühmtesten Universität des Landes gelehrt hatte, umgab. Aber das, was ihn damals so verabscheuenswürdig machte – das ganze akademische Wesen seiner Persönlichkeit –, war jetzt verschwunden. In diesem Milieu, in dem sich das Leben in seiner ursprünglichen Form zeigte und nicht durch Konformismen und herrschende Konventionen degeneriert war, täuschte Gohar niemanden; er war nicht mehr dazu verpflichtet, die ewigen philosophischen Lügen von sich zu geben, an die er damals bedauerlicherweise selbst geglaubt hatte.

Diese Freiheit des Denkens, die sein neuer Beruf ihm ermöglichte, war für ihn eine nicht versiegende Quelle der

Freude, einer üppigen und maßlosen Freude. Die Unerschöpflichkeit der menschlichen Facetten, die ein Freudenhaus des Alten Viertels zu bieten vermochte, versetzten ihn in einen Zustand anhaltender Begeisterung. Wie weit er doch die fruchtlosen und tödlichen Streitereien der Menschen und ihre verschleierten Vorstellungen von der Vernunft und vom Leben hinter sich gelassen hatte. All die großen Geister, die er jahrelang bewundert hatte, erschienen ihm jetzt wie widerliche Giftmischer ohne jegliche Autorität. Das Leben nur zu lehren, ohne es selbst zu leben, war das abscheulichste Verbrechen der Unwissenheit.

Diese Arbeit, die als kleine Gefälligkeit angesehen wurde, warf im übrigen nur einen geringen Gewinn für ihn ab, denn diese hochqualifizierten Dienstleistungen vergütete ihm Set Amina von Zeit zu Zeit mit einem Zehn-Piaster-Stück. Das war sein einziges Einkommen, und es reichte vollauf zum Leben. Seine Wohnung kostete ihn nicht viel; und was sein Essen betraf, so waren die Kaufleute im Viertel nur zu glücklich, ihm alles, was er brauchte, zu schenken. Die Gespräche mit ihm hatten sie allesamt verzaubert; einige von ihnen sahen in ihm sogar eine Art Prophet und brachten seiner gelassenen Weltsicht besondere Wertschätzung entgegen. Allerdings nutzte Gohar diese glückliche Fügung niemals aus. Er bat nie um etwas. Wenn er etwas annahm, dann vor allem deshalb, weil er diese großzügigen Spender nicht beleidigen wollte.

Vollkommen außer Atem, blieb er stehen.

Hinter dem Eisentor, das mit Kletterpflanzen bewachsen war, die es vor neugierigen Blicken schützten, wirkte das einstöckige Haus mit seiner schmalen, gelbgestrichenen Fassade gutbürgerlich. Ein kleiner Hof aus festgestampftem Lehmboden, in dem Abfälle herumlagen, trennte es von der Gasse. Gohar öffnete das Eisentor, faßte seinen Gehstock in der Mitte, rückte seinen Tarbusch zurecht und stieg dann mit der ganzen Selbstsicherheit, deren er fähig war, die Treppe hinauf, die ins Erdgeschoß führte. Die Tür war von innen verschlossen; Gohar klopfte zweimal mit seinem Stock gegen die Tür und hielt den Atem an. Nichts rührte sich; es schien niemand dazusein. Eine unheilverkündende Stille lastete auf Gohars Seele. Sicherlich war niemand da. Vielleicht war Yéghen schon lange wieder weg! Eine Woge der Beklommenheit durchfuhr ihn, alle seine Organe versagten gleichzeitig ihren Dienst, so als habe man ihm eine tödliche Spritze gesetzt.

Es dauerte lange, bis sich die Tür schließlich doch öffnete. Gohar atmete tief durch. Das Mädchen, das vor ihm stand, war ausstaffiert wie eine Zuckerpuppe auf einem Jahrmarktsstand.

Sie hatte einen kurzärmeligen, rosafarbenen Morgenmantel aus Seide an, der mit breiten grünen Rankenmustern bestickt war; sie war sehr stark geschminkt und trug goldene Armreifen. Lange braune Haare umrahmten ihr Gesicht, das von einer fremdartigen und ursprünglichen Schönheit war und den volkstümlichen Gesichtern auf den Wandmalereien in den Cafés der Einheimischen ähnelte. Ihre zu stark mit Kajal nachgezogenen Augen wirkten künstlich. Gohar kannte sie; sie war neu angestellt und erst vor kurzem aus ihrem Heimatdorf hierhergekommen. Sie mochte vielleicht sechzehn Jahre alt gewesen sein und hieß Arnaba. Seitdem sie hier arbeitete, stritten sich alle Kunden um sie; sie warteten stundenlang, bis sie frei war.

Gohar begrüßte sie, und sie lächelte. Wenn sie lächelte, sah sie aus wie ein als Frau verkleidetes kleines Mädchen.

»Du bist es«, sagte sie. »Tritt ein. Es ist niemand da. Set Amina macht Besorgungen in der Stadt. Die Mädchen hat sie mitgenommen.«

Gohar ging in den Vorraum, der als Wartezimmer diente. Wieder trat er in ein Halbdunkel ein und fühlte, wie sich seine überreizten Nerven beruhigten. Er hatte sich aber noch nicht wieder völlig abgeregt: Yéghen konnte er nirgendwo entdecken.

»Ist Yéghen nicht da?« fragte er.

»Vorhin hat er noch auf dem Sofa geschlafen«, sagte das Mädchen, während sie sich umsah. »Er muß weggegangen sein.«

Gohar wurde bleich vor Enttäuschung. Er wollte sie schon fragen, ob sie nicht wüßte, wohin Yéghen gegangen sei, aber er besann sich eines anderen.

»Ich werde hier auf ihn warten; vielleicht kommt er ja zurück.«

»Warte auf ihn, wenn du willst.«

»Bist du allein im Haus?«

»Ja. Ich bin nicht mit den anderen fort, weil ich mir die Haare waschen wollte. Jetzt bedauere ich es; sie haben eine Droschke genommen.«

Einen Augenblick schien sie zu zögern, dann ging sie in eines der an den Vorraum grenzenden Zimmer und schloß die Tür hinter sich. Gohar blieb allein zurück. Er ließ seinen Blick umherschweifen, um eine Sitzgelegenheit ausfindig zu machen. Die Wände des Wartezimmers waren nackt, und es war einfach, fast provisorisch möbliert. Lediglich ein mit einem Schonbezug von undefinierbarer Farbe bedecktes Sofa, vier oder fünf Korbsessel und ein runder Tisch, auf dem ein großer Aschenbecher mit einer Reklameaufschrift thronte, waren zu sehen. Die übliche Einrichtung eines Freudenhauses im Alten Viertel. Jetzt, ohne seine buntgemischte Kundschaft, seine Atmosphäre der Ausschweifung und der käuflichen Freuden, machte es einen traurigen Eindruck. Gohar stieß einen Seufzer aus, wählte einen Sessel und setzte sich. Die düstere Trostlosigkeit dieses Wartezimmers übte eine heimtückische, fast verletzende Wirkung auf ihn aus. Zu dieser Tageszeit war er noch nie hiergewesen; alles an diesem Ort erschien ihm fremd und feindselig. Er klemmte seinen Gehstock zwischen die Beine, nahm noch eine Pfefferminzpastille aus seiner Tasche und begann sie widerwillig zu lutschen.

Sein quälender Gedanke an die Droge hatte sich ein wenig verflüchtigt, so als bildete der Umstand, sich am selben Ort zu befinden, an dem sich kurz zuvor Yéghen aufgehalten hatte, eine Sicherheit, eine moralische Gewißheit gegenüber dem Schicksal. Er dachte mit aufrichtiger Zuneigung an ihn. Die Gefühle und die Sympathie, die er Yéghen entgegenbrachte, hatten ihren Grund nicht nur in der Droge; er empfand für ihn eine Liebe, wie man sie einer lebendigen Idee entgegenbringt. Yéghen war ein miserabler Dichter, er führte ein ehr- und ruhmloses Leben, das aus Bettelei und heiteren Zwistigkeiten bestand. Sein unmäßiger Drogenkonsum hatte ihn mehrmals ins Gefängnis gebracht. Über ihn kursierte ein infames Gerücht: er wurde verdächtigt, seine eigenen Drogenlieferanten an die Polizei zu verraten. Dieser Ruf eines Spitzels fügte ihm bei den Drogenhändlern den größten Schaden zu; sie mißtrauten ihm alle. Im Grunde genommen war es schwierig, dieses Gerücht auf seinen Wahrheitsgehalt hin zu überprüfen, da sich Yéghen niemals die Mühe gemacht hatte, sich zu entlasten. Wie dem auch sei, selbst wenn er ein Verräter war, so verlor er doch nie seinen Humor und seine Großzügigkeit. Er war sich immer treu geblieben. Seine Fähigkeit, über quälende Gedanken und Gewissensbisse hinwegzugehen, machten ihn zu einem angenehmen Gefährten. Die Schändlichkeit seiner Handlungen minderten seinen Wert in keiner Weise; alle Erniedrigungen, die das Schicksal ihm auferlegte, akzeptierte er mit unbändigem Optimismus. Er besaß keine Würde, aber das hinderte ihn nicht daran zu leben. Was Gohar vor allem anderen an ihm bewunderte, das war seine richtige Einstellung zum Leben: zum würdelosen Leben. Einfach nur zu leben, das reichte ihm zum Glück.

Beim Gedanken an El Kordi, an die Überbewertung seines mehr eingebildeten als tatsächlichen Unglücks sowie an seine fortwährende Suche nach menschlicher Würde, lächelte Gohar. »Diese Suche nach Würde ist die nutzloseste aller Eigenschaften des Menschen«, dachte er. All diese Menschen, die um Würde rangen! Welche Würde! Nur wegen solcher Albernheiten war die Menschheitsgeschichte ein anhaltender, blutiger Alptraum. Als wäre das Leben nicht an sich schon eine Würde. Nur die Toten sind unwürdig. Wertschätzung empfand Gohar allein für lebende Helden. Und die scherten sich bestimmt nicht um so etwas wie Würde.

Für ihn kam es überhaupt nicht in Frage, in sein Zimmer zurückzukehren; die Klageweiber stießen bestimmt immer noch ihre dämonischen Schreie aus. Der bloße Gedanke an diese entsetzlichen weiblichen Wesen, die sich einem gekauften Schmerz hingaben, ließ ihn erschaudern. Er fühlte, wie sein Kopf schwer wurde, und nur mit Mühe konnte er die Augen offenhalten. Das Haus war in eine heimtückische Stille getaucht, die Gohar wie ein Betäubungsmittel durchdrang. Wäre da nicht sein Wunsch gewesen, endlich Yéghen zu treffen, er hätte sich vom Schlaf übermannen lassen. Trotzdem schloß er die Augen in der Absicht, sich zu sammeln, und er versuchte gegen sein wachsendes Unbehagen anzukämpfen.

So verging einige Zeit; er hatte nicht gehört, wie das Mädchen die Tür geöffnet hatte.

»Schläfst du?«

Gohar öffnete die Augen. Arnaba stand regungslos in der Tür. Das helle Tageslicht, das ihr Zimmer durchflutete, zeichnete durch den Stoff des Morgenmantels hindurch die Linien ihres nackten, festen Körpers ab. Gohar zögerte einen Moment lang; er dachte zu träumen, dann sagte er:

»Nein, ich habe mich nur ausgeruht.«

»Könntest du mir einen Brief schreiben?« fragte das Mädchen.

Jetzt ging sie auf ihn zu, bewegte sich aber immer noch im Lichtrahmen der offenen Tür. Je näher sie ihm kam, desto schwächer wurde das Licht, das sie umgab, und schon bald verschluckte das Halbdunkel den Blick auf ihre Nacktheit. Gohar rieb sich die Augen; diese laszive Erscheinung hatte ihn außerordentlich erregt. Mit einem geheimnisvollen Lächeln auf ihren geschminkten Lippen blieb sie schließlich vor ihm stehen. Sie sah wirklich aus wie ein perverses kleines Mädchen.

»Wem willst du einen Brief schreiben?«

»Meinem Onkel; er wohnt auf dem Land. Ich habe ihm noch nicht geschrieben, seit ich hier bin. Er wird sich Sorgen machen.«

Gohar schwieg. Im Augenblick stellte das Schreiben eines Briefes keine einfache Aufgabe dar; er war außerstande, sich zu konzentrieren oder einen Stift zu halten. Es widerstrebte ihm jedoch, einer Bitte nicht nachzukommen. Arnaba schien sein Zögern zu erahnen und interpretierte es auf ihre Weise.

»Ich bezahle dich dafür«, sagte sie.

»Ich werde den Brief schreiben«, sagte Gohar. »Hast du alles, was man zum Schreiben braucht?«

»Ja. Ich danke dir für deine Freundlichkeit. Komm in mein Zimmer, dort ist es angenehmer.«

Schwerfällig stand er auf und folgte ihr in das Zimmer. Es war das typische Zimmer einer billigen Hure; ein großes Bett mit einem Eisengestell, ein Sofa, ein Stuhl und ein Spiegelschrank. Es roch nach Puder und billigem Parfum. Das mit einem pistaziengrünen Plumeau bedeckte Bett war unbenutzt: Sie hatte heute noch nicht gearbeitet. Gohar beeilte sich, die Fensterläden zu schließen; seine schmerzenden Nerven verlangten nach Halbschatten; nur so konnte er sich gegen den Schmerz schützen. Arnaba kramte im Spiegelschrank herum und holte ein Blatt Papier sowie einen Stift hervor, die sie Gohar gab, dann setzte sie sich auf die Bettkante und betrachtete ihn sehr neugierig.

Gohar ließ sich auf das Sofa fallen, stellte seinen Gehstock unmittelbar neben sich und bereitete sich auf das Abfassen des Briefes vor. Er wartete darauf, daß sie ihm diktierte, was er schreiben sollte, aber sie schien den Grund seiner Anwesenheit vergessen zu haben. Sie verhielt sich wie jemand, der erwartet, sich irrsinnig zu amüsieren. Sie lächelte immer noch wie ein kleines perverses Mädchen.

»Du wolltest Yéghen sehen?«

»Ja«, sagte Gohar. »Ich muß ihn in einer geschäftlichen Angelegenheit treffen.«

»Ist es sehr dringend?«

»Sehr dringend. Aber das macht nichts, er wird schon noch kommen.«

»Es tut mir leid, daß er nicht da ist. Vielleicht kommt er ja schon bald zurück.«

Gohars Leiden wurde unerträglich; es breitete sich in seinem ganzen Körper aus, wenn der Name Yéghens nur genannt wurde.

»Kennst du ihn gut?« fragte er.

»Wen? Yéghen? Oh, er amüsiert mich sehr. Er scheint ein Dichter zu sein; er selbst hat es mir gesagt.«

»Das stimmt«, sagte Gohar. »Er ist sogar ein großer Dichter.«

»Das ist wirklich lustig! Sag mal, ist es bei Dichtern so üblich, daß sie Geld von den Mädchen haben wollen?«

Plötzlich war Gohars Interesse geweckt. Er wußte nicht, daß Yéghen sich auch als Zuhälter betätigte. Das war ihm neu.

»Wieso? Wollte er Geld von dir?«

»Ja. Er hat mir da so eine Geschichte von seiner Mutter erzählt. Sie scheint gestorben zu sein, und jetzt braucht er Geld für das Begräbnis. Er hat mir anvertraut, daß er den Leichnam seit einer Woche bei sich zu Hause aufbewahrt. Was hältst du von der Sache?«

Trotz seiner dramatischen Lage hätte Gohar beinahe laut aufgelacht. Es stand fest, daß die ganze Geschichte erlogen war; er kannte Yéghen gut genug, um zu wissen, daß er dazu fähig war, alles mögliche zu erfinden, um seinen vielen Bewunderern ein wenig Geld aus der Tasche zu ziehen. Insbesondere wenn es darum ging, Geld für den Kauf von Drogen aufzutreiben, grenzte Yéghens Einbildungskraft manchmal an Irrsinn.

»Und hast du ihm welches gegeben?«

»Ich bin doch nicht verrückt«, sagte das Mädchen. »Alles

Geld, das ich verdiene, schicke ich meinem Onkel, bei dem ich aufgewachsen bin. Er hat mir geraten, mich vor Zuhältern in acht zu nehmen.«

»Du bist ein gewissenhaftes Mädchen«, sagte Gohar.

»Du machst dich über mich lustig«, sagte das Mädchen lachend.

»Ganz und gar nicht. Das meine ich vollkommen ernst.«

Gohar dachte nach. Das leidenschaftliche Interesse, das Yéghens bewegtes Leben stets bei ihm weckte, führte dazu, daß er in allen Einzelheiten über den Mechanismus seiner verrückten Unternehmungen nachdachte. Hinter dieser Geschichte von zweifellos schwarzem Humor verbarg sich unübersehbar eine von Elend und Armut geprägte Wirklichkeit. Daß es mit Yéghen so weit gekommen war, daß er Geld für den erfundenen Leichnam seiner Mutter erbettelte, verwunderte ihn nicht besonders: Er verdächtigte ihn noch sehr viel zynischerer Dinge. Das konnte ganz einfach bedeuten, daß ihm das Geld ausgegangen war. Demzufolge war es sehr wahrscheinlich, daß er selbst auch keine Drogen mehr hatte. Diese Entdeckung war niederschmetternd für Gohar. Plötzlich hatte er Lust, dieses Zimmer zu verlassen und sich auf die Suche nach Yéghen zu begeben; er tat es aber nicht.

Er sah das Mädchen an.

Sie saß, die Beine leicht gespreizt, auf der Bettkante, der Morgenmantel umspielte locker ihren Körper, und ihre festen Brüste zeichneten sich durch den Stoff ab wie zwei reife Granatäpfel. Gohar betrachtete sie gleichgültig, aber trotzdem machte ihn die Schönheit des Mädchens verlegen. In diesem Dämmerlicht, das noch den Geruch der jüngsten Ausschweifungen ausströmte, erlangte sie eine eigenartige Bedeutung. Das Lächeln, das ihre geschminkten Lippen umspielte, schien ihn in eine Falle locken zu wollen. Gohar benahm es den Atem. Die Nähe dieses kühn dargebotenen jungen Fleisches ließ ein sehr unbestimmtes, fast abstraktes Begehren in ihm aufsteigen. Schon lange hatte er nicht mehr den Wunsch verspürt, mit jemandem zu schlafen, hatte er sich jede körperliche Intimität mit anderen Menschen versagt. Sein Leben beschränkte sich auf die einfachsten Dinge, es war keinen Ausbrüchen der Leidenschaft mehr ausgeliefert; es verlief ohne Erschütterungen, wie ein ruhiger Traum. Allein die Droge besaß Bedeutung. Wieder kam ihm das unerträgliche Bedürfnis nach der Droge zu Bewußtsein, und er mußte leicht keuchen. Würde er noch lange warten müssen? Er hatte das Gefühl, als würden seine lebenswichtigen Organe ihren Dienst versagen, träge und schlaff werden. Unter Aufbringung all seiner Kräfte riß er sich zusammen und bekam die Krämpfe, die seinen Körper durchzuckten, in den Griff. Er mußte so schnell wie möglich einen ganz bestimmten Zweifel ausräumen.

»Wann wollte er Geld von dir?«

»Heute morgen«, antwortete das Mädchen. »Wir haben uns ein wenig miteinander unterhalten; er wirkte traurig und entmutigt.«

Jetzt bestand kein Zweifel mehr: Yéghen sah nur dann traurig und entmutigt aus, wenn er keine Drogen mehr hatte. Nur in diesem Fall ließ sein Optimismus nach. Einen Moment lang hätte sich Gohar beinahe der Verzweiflung hingegeben, aber das Vertrauen, das er in den unbegrenzten Einfallsreichtum Yéghens setzte, hielt ihn davor zurück. Letztlich würde Yéghen schon einen Weg finden, um sich die Droge zu besorgen; er verfügte über tausend Möglichkeiten, schwierige Situationen zu meistern. Gohar glaubte an Wunder. Nicht an die großartigen Wunder ohne unmittelbare Wirkung, sondern an die einfachen Wunder des täglichen Lebens. Und die Droge war eines dieser Wunder.

»Was soll ich ihm schreiben, deinem Onkel?«

Arnaba gab ihr sinnliches Lächeln und ihr mädchenhaftes Gebaren auf, um einen nachdenklichen und tiefgründigen Gesichtsausdruck anzunehmen.

»Was man eben so schreibt«, sagte sie. »Berichte ihm, daß ich mich gut betrage, daß es mir hier gefällt und daß ich hart arbeite. Ich glaube, das reicht.«

Gohar senkte den Kopf und tat so, als würde er zu schreiben anfangen, in Wahrheit aber war er noch nicht dazu imstande. Das Blatt Papier hatte er auf seine Knie gelegt, der Stift zitterte in seiner Hand, und er zerbrach sich den Kopf über eine passende Eingangsformulierung. Schließlich war dieser Mann ja nicht sein Onkel. Wie würde also eine Hure ihrem Onkel schreiben? Gohar schwankte zwischen mehreren Formulierungen. Mit familiären Sentimentalitäten kannte er sich nicht aus.

Er hob den Kopf und sah das Mädchen erneut an. Von dem Begehren, das sie kurze Zeit zuvor bei ihm geweckt hatte, war nichts geblieben; dieser verlassene Körper auf dem pistaziengrünen Plumeau in seiner lässigen und provokativen Haltung interessierte ihn überhaupt nicht mehr. Etwas anderes zog seine ganze Aufmerksamkeit auf sich: die goldenen Armreifen, mit denen die nackten Arme des Mädchens geschmückt waren.

Diese goldenen Armreifen hatten ihn in einen ungewöhnlichen Gefühlszustand versetzt, er konnte sich nicht mehr von ihrem Anblick losreißen. Einen kurzen Augenblick lang war er wie geblendet; er legte die Hand auf seine Stirn, schüttelte sich und kämpfte mit aller Kraft gegen die Verführung durch einen furchtbaren Gedanken an, der sich unwillkürlich seiner bemächtigte. Wild verzweifelt versuchte er, ihn aus seinem Bewußtsein zu vertreiben, aber er widerstand all seinen Bemühungen. Dieses ganze Gold entsprach in seinen Augen dem Wert einer so unendlich großen Menge Drogen, daß man sich monatelang, vielleicht sogar jahrelang den heitersten Genüssen hingeben könnte. Gohar versuchte die genaue Menge an Drogen abzuschätzen, die man sich mit einem solchen Vermögen kaufen könnte, aber die Unermeßlichkeit seiner Aufgabe entmutigte ihn, und er brach seine Berechnungen ab. Sein Traum zu reisen übermannte ihn von neuem, nicht jedoch wie ein weit in die Zukunft entrücktes Vorhaben, sondern mit der ganzen Intensität eines realisierbaren Unternehmens. Die Reise nach Syrien wurde zu einer naheliegenden und greifbaren Wirklichkeit. Bis in die kleinsten Einzelheiten stellte er sich diese Reise in das Land seiner Träume vor, in dem das Haschisch auf den Feldern wuchs wie gewöhnlicher Klee. Die Verführung seines Geistes durch diese Bilder von einer anderen Welt versetzten ihn fast in ein Delirium. Einen Augenblick lang sah er sich selbst, wie er über das Mädchen herfiel, um ihr die Armbänder zu entreißen; aber in genau diesem Moment bewegte Arnaba den Arm, und das Klappern der goldenen Armreifen in der Stille des Zimmers schreckte ihn auf. Er erwachte plötzlich aus seiner Betäubung und begann fieberhaft zu schreiben.

Arnaba verspürte ein Gefühl heiteren Stolzes; sie war sich sicher, daß das seltsame Verhalten Gohars nur der Ausdruck seiner fleischlichen Lust sein konnte. Sie wußte um ihre Schönheit, und das Zittern des Mannes ließ sich für sie nur durch das Begehren erklären, das sie in ihm weckte. Sie war ein Mädchen vom Land, unwissend und einfach, entbehrte jeglichen Unterscheidungsvermögens und war mit den Prinzipien einer ursprünglichen Sexualität verwachsen. Für sie bestand der einzige Grund für die Verwirrung Gohars in seinem Begehren, und sie hatte den Entschluß gefaßt, aus Dankbarkeit mit ihm zu schlafen.

Gohar schrieb stumm, wobei es ihn viel Mühe kostete, sich zu konzentrieren. Trotz der Einfachheit der verwendeten Formulierungen fiel es ihm schwer, seine Sätze abzufassen. Eine ihm unbekannte Qual setzte ihm zu. Schon eine ganze Zeit lang fand er Gefallen an der absurden Versuchung, eine Gewalttat zu begehen. Obwohl Gewalt eigentlich das war, was seinem Denken am fernsten lag. Wie kam er nur darauf? Er hatte das Gefühl, nicht mehr er selbst zu sein, als sei ein anderer an seine Stelle getreten, um das Verbrechen zu begehen, das er später von ganzem Herzen verdammen würde. Es schien so, als würde ihn ein ungewöhnliches Geschick erbarmungslos aus seiner Bahn und in ein unsinniges menschliches Abenteuer stürzen wollen.

»Vergiß nicht, ihm zu schreiben, daß ich ihm demnächst Geld schicken werde.«

Gohar zuckte zusammen; während der Zeit, in der er nicht auf sie geachtet hatte, war das Mädchen unbemerkt zu ihm auf das Sofa gerutscht. Ihre plötzliche Anwesenheit in seiner unmittelbaren Nähe erschreckte ihn; er wurde von einer furchtbaren Angst ergriffen.

»Welches Geld?« stieß er verdutzt aus.

»Tu doch nicht so, als wüßtest du nicht, welches Geld!«

»Doch ja, natürlich. Entschuldige bitte, ich bin etwas zerstreut.«

Trotz der Macht ihres Fleisches hätte Arnaba nie geglaubt, daß ihre Reize einen Mann derart erregen könnten; ihre Eitelkeit verleitete sie dazu, ihre Überlegenheit noch weiter auszuspielen. Der Nachmittag versprach doch noch erfreulicher zu verlaufen als eine Droschkenfahrt mit Set Amina und den anderen Mädchen. Vor noch nicht allzu langer Zeit hatte sie es bedauert, nicht mitgefahren zu sein; jetzt hatte sie etwas Besseres gefunden. Sie rückte noch näher zu Gohar heran, lehnte ihren Kopf an seine Schulter, als würde sie den Brief entziffern wollen, und streichelte ihm gekonnt mit der Hand über das Knie. Da er an allen Gliedern zitterte, begriff sie, daß er am Ende seiner Kräfte war; daraufhin fing sie an zu lachen; ein nervöses und kindisches Lachen.

»Du schreibst gut«, sagte sie. »Man merkt, daß du auf die Schule gegangen bist.«

Ohne sie anzusehen, antwortete er:

»Ja. Und du, bist du etwa nicht in die Schule gegangen?«

»Warum hätte ich in die Schule gehen sollen?« fragte sie verächtlich. »Ich bin eine Hure. Wenn man einen hübschen Hintern hat, braucht man nicht schreiben zu können.«

»Du hast recht«, sagte Gohar. »Ich habe noch nie etwas Richtigeres gehört.«

»Immer machst du dich über mich lustig. Aber das macht nichts, ich finde dich sehr nett.«

Die Gefahr wurde immer faßbarer, aber seltsamerweise

gerade deshalb unwirklich, weil sie unmittelbar bevorstand. Gohar war wie benommen. Der Faszination durch die goldenen Armreifen ausgeliefert, reagierte er nicht mehr auf die Berührungen des Mädchens. Diese Armreifen hatten in seinen Augen einen immateriellen Wert bekommen; sie waren zum Sinnbild für die Droge geworden, der er seit dem Morgen hinterherjagte.

Hastig beendete er den Brief.

»Kannst du unterschreiben?«

»Nein«, sagte das Mädchen. »Setze einfach meinen Namen drunter. Ich heiße Arnaba.«

»Ich weiß«, sagte Gohar. »Ein hübscher Name.«

Er unterschrieb den Brief, fragte das Mädchen nach der Adresse ihres Onkels und schrieb sie auf den Umschlag. Jetzt war er fertig; er würde gehen können, dieser morbiden Verführung entkommen.

»Hier ist der Brief«, sagte er.

»Ich danke dir. Behalte ihn, du könntest ihn für mich einwerfen. Ich gebe dir das Geld für die Briefmarke.«

Zurückgehalten von ihm unbekannten, verderblichen Banden, wagte Gohar es noch nicht, sich zu bewegen. Sollte er das Klirren der Armreifen nochmals hören, würde er vor Angst sterben; die Furcht vor diesem unheilvollen Geräusch setzte seinen ganzen Körper unter Spannung. Einen Augenblick lang hegte er den Verdacht, das Mädchen mache absichtlich unbedachte Bewegungen mit den Armen. Hatte sie etwas bemerkt? Nein. Dann hätte sie bestimmt das ganze Viertel mit ihrem Geschrei auf sich aufmerksam gemacht; für ein solches Spiel war sie nicht stark genug.

Arnaba stand als erste auf; sie ging ein paar Schritte im Zimmer auf und ab, fing zu lachen an, trat dann auf Gohar zu und sagte:

»Du kannst mit mir schlafen, wenn du willst.«

Er spürte, daß er ertrank, wie in dem Traum von heute morgen, und daß die tosenden Fluten des hochwasserführenden Flusses ihn in die Tiefe rissen. Verzweifelt versuchte er an der Oberfläche zu bleiben, wenigstens einen kleinen Rest seines klaren Verstandes zu retten. Vergebens. Nichts war übriggeblieben von seinem unermeßlichen Wunsch nach Ruhe und Frieden. Nur die wilde Lust, sich der Armreifen zu bemächtigen, widerstand dem Zusammenbruch seines Bewußtseins. In seiner Wahnvorstellung erblickte er jenseits dieser Armreifen die weitläufigen Haschischfelder, die sich unter einem endlosen Himmel erstreckten. Die Vision war so eindringlich, so erdrückend, daß Gohar der Atem stockte. Er dachte daran, ein Verbrechen zu begehen, und es kam ihm ganz leicht vor. Ja, er würde dieses Mädchen umbringen müssen; er sah keine andere Möglichkeit, ihr die Armreifen zu entreißen. Diese Gewißheit erfüllte ihn mit einer erschreckenden Ruhe.

Das Gesicht der jungen Prostituierten verriet ihre Unruhe; sie lächelte nicht mehr. Zum ersten Mal blickte sie Gohar argwöhnisch an. Das Sichtbarwerden dieses Begehrens, das sie nicht verstand, begann ihr verdächtig zu werden. Aber ihre Furcht hielt nicht lange an. Mit bewußter Langsamkeit streifte sie ihren Morgenmantel bedächtig ab, warf ihn auf den Stuhl und bot sich vollkommen nackt dem verstörten Blick Gohars dar. Dann trat sie zu ihm heran, faßte ihn am Arm und wollte ihn zum Bett hinüberziehen.

»Komm. Los, beeil dich.«

Gohar riß sich jäh los; die Armreifen des Mädchens schlugen aneinander, wobei sie einen Höllenlärm machten, und Gohar fühlte, wie sein Herz zu schlagen aufhörte. Seine Gliedmaßen waren in kalten Schweiß gebadet, er zitterte. Plötzlich sprang er auf, zog das Mädchen zum Bett und stürzte sich auf sie. Noch bevor sie losschreien konnte, hatten er sie schon bei der Kehle gepackt. In ihren weitaufgerissenen Augen spiegelte sich ihre ungeheure Überraschung wider; sie hatte noch nicht begriffen, was ihr widerfuhr. Gohar konnte ihren Blick nicht ertragen und drehte den Kopf weg. Mit seiner ganzen wankenden Kraft drückte er die Finger zusammen. Bei dem verzweifelten Versuch, sich zu befreien, streckte das Mädchen die Beine nach vorne. Gohar schloß die Augen. Eine lang anhaltende, düstere Stille breitete sich aus, in der Gohar seinen Griff unmerklich lockerte. Der Kopf des Mädchens fiel mit einem dumpfen Geräusch auf das Kopfkissen zurück; sie war tot.

Schwerfällig erhob er sich; er keuchte. Der nackte Körper Arnabas lag in einer lächerlichen und obszönen Stellung quer über dem Bett. Jetzt mußte er ihr noch die Armreifen abnehmen, was das Schlimmste an diesem wahnsinnigen Unternehmen war. Gohar hob den Arm des Mädchens hoch, griff einen der Armreifen und wollte ihn über das Handgelenk abstreifen. Im selben Augenblick traf es ihn wie ein Schock, mit einem Mal konnte er wieder klar denken, und er stieß einen kurzen, kaum hörbaren, röchelnden Schrei aus.

Ihm war gerade etwas Unglaubliches aufgefallen: Bei den goldenen Armreifen handelte es sich um ganz gewöhnlichen Modeschmuck. Sie waren niemals aus Gold gewesen, und Gohar hatte es von Anfang an gewußt. »Selbst einem Kind wäre es aufgefallen«, dachte er. »Wie konnte ich nur einen solchen Irrtum begehen?« Es blieb ihm unerklärlich. Diese Armreifen waren vielleicht ein paar Piaster wert, und um sie in seinen Besitz zu bringen hatte nicht davor zurückgeschreckt, einen Mord zu begehen.

Er war jetzt vollkommen ruhig. Der Schock über seinen Irrtum hatte ihn wieder völlig nüchtern werden lassen. Er ließ von der Leiche des Mädchens ab, hob seinen Tarbusch wieder auf, der auf das Bett gefallen war, steckte den Brief in die Tasche und ging zur Tür. Das Wartezimmer war immer noch dunkel und leer. Offenbar hatte in der Zwischenzeit niemand das Haus betreten. Gohar ging langsam die Treppe hinunter, trat unerschrocken in die Gasse hinaus, und als sei nichts geschehen, grüßte er aus reiner Neugierde einen ihm unbekannten Passanten.

Yéghen hatte er trotz allem nicht gefunden. Wo hielt er sich also versteckt? Diese Frage beschäftigte ihn lange.

III

Der spärliche Lichtkegel der Petroleumlampe reichte gerade einmal bis zum Rand der Tischplatte. Yéghen versuchte mit seinen kurzsichtigen Augen das Gesicht seiner Mutter zu erfassen, das im Schatten lag; nur ihre alten, vertrockneten Hände, mit denen sie gerade ein Herrenhemd stopfte, konnte er erkennen: zweifellos eine Arbeit für eine gutsituierte Familie aus der Stadt. Die Erbärmlichkeit dieser undankbaren Arbeit empörte ihn wie eine persönliche Beleidigung; um so mehr, weil sie seine Mutter traurig machte. Mit welcher Gemessenheit, welcher Ernsthaftigkeit sie doch ihre Bewegungen ausführte! Als würde es darum gehen, eine geheimnisvolle und bessere Welt zu erschaffen. Durch diese einfache Arbeit schien sie dem Mythos von einer ehrbaren Armut Glaubwürdigkeit verleihen zu wollen. Was für ein Schwindel!

Yéghen grinste hämisch. Was trieb ihn an diesem Abend dazu, das Gesicht seiner Mutter zu betrachten? Eine unsinnige und krankhafte Idee. Eine ganze Zeit schon versuchte er, jenseits des Alters und der Falten im Gesicht seiner Mutter eine Ähnlichkeit mit seinem eigenen Gesicht zu entdecken. Er öffnete seine Augen so weit wie möglich, suchte den Schatten hinter dem Lichtkegel über dem Tisch ab; nichts, das Gesicht seiner Mutter blieb unfaßbar. Er bemühte sein Gedächtnis, versuchte sich an ihre Gesichtszüge zu erinnern; es gelang ihm nicht, sich ein zuverlässiges Bild zu machen. Ein schwarzes Loch. Als hätte er sie während all der Jahre niemals angesehen. Diese totale Lücke in seinem Gedächtnis machte ihn wütend. Er wollte sie fragen, ob sie sich nicht ein wenig ins Licht vorbeugen könne, hielt sich aber zurück. Er wollte sie nicht unnötig stören. Er ließ ihr gegenüber sogar eine für ihn ungewöhnliche Großzügigkeit walten: »Sie muß sehr schön gewesen sein. Ich ähnle wohl eher meinem Vater.« An seinen Vater konnte er sich ebenfalls nicht erinnern. Das war doch merkwürdig! Jetzt kam es ihm so vor, als hätte er diese Menschen, die ihn einst gezeugt hatten und mit denen er viele Jahre zusammengelebt hatte, niemals aus der Nähe gesehen.

Aber warum sorgte er sich an diesem Abend auch so sehr um seine Häßlichkeit? Normalerweise betrachtete er sich nie im Spiegel. Aus Furcht, wie er sich eingestand. »Sollte ich mich etwa vor mir selbst fürchten?« Wieder grinste er hämisch. Diese Dreckskerle! Mit welcher Unnachsichtigkeit sie ihn immer noch in den Tageszeitungen und literarischen Zeitschriften der Hauptstadt verhöhnten. Er war zum Gespött des gesamten kultivierten Orients geworden. Diese niederträchtigen Journalisten ließen keine Gelegenheit aus, ihn in die Schußlinie zu nehmen; sie mußten eine Sonderprämie dafür erhalten, wenn sie in ihren boshaften Artikeln seine Häßlichkeit hervorhoben. Und erst dieser Bastard von einem Karikaturisten, der eine Zeichnung von ihm mit der Unterschrift: »Kondensierte Häßlichkeit« veröffentlicht hatte. Yéghen fand diese Angriffe äußerst schwach, sie entsprachen allenfalls dem Niveau kleiner Kinder. Glaubten diese Dummköpfe wirklich, ihn mit solchen Albernheiten aus der Fassung bringen zu können? Da kannten sie ihn aber schlecht; seine Häßlichkeit war vielmehr ein Geschenk der Natur.

Das mochte zwar fast überall zur Geltung kommen, nicht aber vor einem Strafrichter. Das war der schwache Punkt. Er war einfach nicht zu verteidigen. Selbst seine armen Rechtsanwälte – amtlich bestellte Pflichtverteidiger – verloren das bißchen Würde, das sie besaßen, verstummten beinahe vor Ergriffenheit. Ohne ihn jemals anzusehen, stotterten sie irgendein Plädoyer daher. Was für eine Bande von Kastraten, diese Rechtsanwälte! Er verachtete sie mehr als alles andere. Mit Ausnahme eines einzigen jedoch, der ihm unvergeßlich blieb. Ihm – einem Mann von unvergleichlichem Mut, oder einfach nur einem Komiker – war es gelungen, von seinem Gesicht zu sprechen, als sei es das Gesicht des verkannten Genies selbst. Eine ganze Stunde lang. Der Richter hatte nicht gelacht; er schien nur beklommen, unfähig zu verstehen. Die Rede des Anwalts rief verblüfftes und ungläubiges Schweigen hervor. Der Richter traute seinen Ohren nicht; er blickte erstaunt um sich, als sei er soeben aus einem Traum erwacht. Schließlich kam er wieder zu sich und verkündete das Urteil.

Die Strafe fiel diesmal härter aus als üblich: acht Monate. Aber Yéghen war glücklich; er hatte verteufelt viel Spaß gehabt.

Für jemanden mit seiner Einstellung, der sich allen äußeren Gegebenheiten anzupassen vermochte, stellten diese Gefängnisaufenthalte keinesfalls etwas Unangenehmes dar. Nach den unaufhörlichen Anstrengungen seines nomadenhaften Lebens waren sie eher eine Art Erholung. Bei jeder Rückkehr ins Gefängnis nahm er dort seinen angestammten Posten als Buchhalter in der Gefängnisverwaltung ein. Diese Tätigkeit, auf die er ein stillschweigendes Vorrecht hatte, gewährte ihm eine gewisse Bewegungsfreiheit. Yéghen verhielt sich dort wie ein großer Verwaltungsfachmann. Auf höherer Ebene wußte man seine Fähigkeiten durchaus zu schätzen; er erhielt dafür Belobigungen. All das war zwar grotesk, aber Yéghen amüsierte sich dabei köstlich. Bei seinen Haftantritten brach jedesmal in dem verhaßten Gebäude, das dazu diente, die Insassen zu Tode zu langweilen, ein freudiges Durcheinander aus. Seine Späße, seine komischen Züge begeisterten die Mitgefangenen, von denen die meisten einen Hang zur Traurigkeit besaßen, der sich aus ihren Lebensumständen ergab. Selbst das Wachpersonal verlor seine sonst übliche Gehässigkeit und ließ eine gewisse Nachsicht walten. Der Gefängnisdirektor – ein leidenschaftlicher Bewunderer seiner Gedichte – unterhielt sich gern mit ihm; in seinem Arbeitszimmer empfing er ihn mit der einem Minister gebührenden Zuvorkommenheit. Auf diese Weise setzte Yéghen im Gefängnis das Leben fort, das er draußen führte. In einem Punkt ging es ihm sogar viel besser; er hatte keine Geldsorgen. Er hatte ein Bett, bekam zu essen, befand sich unter Häftlingen, von denen einer ungewöhnlicher war als der andere und die vor köstlichen Geschichten, deren Komik nichts zu wünschen übrig ließ, nur so sprühten. Freiheit war ein abstrakter Begriff und ein bürgerliches Vorurteil. Man hätte Yéghen niemals einreden können, er sei nicht frei. Auch über die Versorgung mit Drogen konnte er sich nicht beklagen. Diesseits der Gefängnismauern zirkulierte das Haschisch genauso frei wie in der Stadt; für Geld konnte man es sich auf tausenderlei Arten beschaffen.

Sein Ruf als Dichter hatte ihm bei seinen Mitgefangenen, die weder lesen noch schreiben konnten, enormes Ansehen verschafft. Er war es, der – was für ein abscheuliches Simulakrum – die Häftlinge untereinander traute. Seine Häßlichkeit bewahrte ihn bei alledem vor einer echten Gefahr: Man hätte blind sein müssen, um mit ihm sexuell verkehren zu wollen. Glücklicherweise gab es im Gefängnis keine Blinden.

Noch einmal wollte er dem Geheimnis dieses Gesichts auf die Spur kommen, das im Schatten verborgen blieb. Alles verschwamm vor seinen kurzsichtigen Augen. Sollte er die Lampe wegstellen? Der Lichtkegel schuf zwischen ihnen so etwas wie eine undurchdringbare Wüste. Er rutschte auf seinem Stuhl hin und her und wimmerte wie ein krankes Kind. Auf der anderen Seite des Tisches bewegte sich nichts; sie zuckte noch nicht einmal.

»Mutter!« entfuhr es ihm beinahe unwillkürlich.

Sie blieb stumm, als könne dieser Ruf – der eher einem Schrei glich – sie in dieser Welt des Leidens und der Resignation, in der sie versunken war, nicht erreichen. Sie war immer noch mit dem Flicken des Hemdes beschäftigt; arme alte Frau, die einer einfachen, aber ehrenwerten Arbeit nachging. Ihre ganze Haltung schien beweisen zu wollen, daß es ehrbare Berufe gibt. Sie gab ein lebendes Beispiel dafür ab; er mußte sie sich nur zum Vorbild nehmen. Die Art, in der sie ihm eine moralische Lehrstunde erteilte, machte ihn wirklich wütend. Für wen hielt sie ihn eigentlich?

»Mutter!«

Ihre Finger hielten plötzlich in der Bewegung inne, und die Nadel blieb zur Hälfte im Hemd stecken. Eine endlose Stille breitete sich im Zimmer aus. Die Mutter schwieg immer noch; man hätte meinen können, sie fürchtete, mit ihren Worten einen Zauber zu brechen. Schließlich gab sie ihr Schweigen auf und fragte vollkommen resigniert:

»Was ist denn?«

»Sag mal, Mutter, war ich als Kind schön?«

Was für eine boshafte Frage! Er wußte, daß er sie damit in schwerste Gewissenskonflikte brachte. Was würde sie tun? Zu weinen anfangen oder antworten. Yéghen konnte nur ahnen, welche panische Angst sie ergriffen haben mußte. Immer noch sah er nur ihre vertrockneten Hände, die jetzt auf der Tischkante lagen. Er wollte sie noch stärker in Verlegenheit bringen und beugte sein Gesicht nach vorn ins Licht der Lampe, damit sie diese Maske, diese Verhöhnung des menschlichen Antlitzes, besser sehen konnte. Jetzt gab es keine Ausflucht mehr für sie; er hatte sie in der Hand. Sein schelmisches Lächeln, das seine langen, verfaulten Zähne erkennen ließ, verlieh seinem Gesicht ein monströses Aussehen.

Nichts an diesem Gesicht hätte das Herz einer Mutter erfreuen können.

Sie schien aus einer tausendjährigen Betäubung zu erwachen, betrachtete ihren Sohn liebevoll und mitleidig. Ein fünfunddreißigjähriger Mann, der genauso verloren im Leben stand wie ein Kind. Noch unbedarfter, noch verletzlicher als ein Kind. Einen Augenblick lang verharrte sie unschlüssig, und Yéghen kostete diesen Moment aus. »Sie muß sich furchtbar zusammennehmen«, dachte er. Im Grunde bestand für ihn kein Zweifel daran, was sie antworten würde.

»Also, Mutter?«

»Ja, du warst schön«, antwortete sie.

»Das ist unmöglich! Wie hätte ich mich denn so sehr verändern können?«

»Du hast dich nicht verändert«, sagte die Mutter.

Sie mußte verrückt sein. Yéghen verspürte das Bedürfnis, sich im Spiegel zu betrachten. Einen Moment lang glaubte er an ein Wunder, durch das sich sein Gesicht verändert hatte. Aber nein, es war alles viel einfacher. Er hätte wissen müssen, daß ein Affe in den Augen seiner Mutter die Anmut einer Gazelle besaß. Es hatte keinen Wert, sich Illusionen hinzugeben. Es war noch nicht einmal Mitleid; vielmehr eine Antwort, die dem mütterlichen Empfinden entsprang. Ihm schien, als sei sie mit ihrer Antwort zufrieden und würde ernsthaft an das glauben, was sie sagte.

»Und mein Vater?«

»Was soll mit deinem Vater gewesen sein?«

»War er schön?«

»Dein Vater war ein ehrbarer Mann.«

»Du machst Scherze!«

Yéghen stampfte vor Freude mit den Füßen. Sein Vater! Wie oft hatte sie ihm nicht schon gesagt, daß sein Vater ein ehrbarer Mann gewesen sei. Und doch waren sie durch seine Schuld ins Elend gestürzt worden. Er war der Erbe einer großen Familie von Landbesitzern und hatte sein riesiges Vermögen beim Spiel und bei wüsten Gelagen durchgebracht. Bei seinem Tod hinterließ er nichts als Schulden. Yéghen war damals noch sehr jung; vom Tod seines Vaters und vom finanziellen Ruin hatte er kaum etwas mitbekommen. Nur durch die überall zirkulierenden Gerüchte erfuhr er von den unglaublichen Eskapaden seines Vaters, einem Mann, der mindestens drei Frauen gleichzeitig im Bett haben mußte, um sich wohl zu fühlen. Ein echter orientalischer Potentat.

Seine Mutter sprach niemals mit ihm darüber, sie hielt dieses Thema für anstößig: Seinen Mann verurteilte man nicht. Sie mußte der Meinung sein, daß es ein unvermeidliches und erstrebenswertes Los sei, wenn man durch seinen Mann Leid zugefügt bekommt. Yéghen hatte aus ihrem Munde niemals ein vorwurfsvolles Wort über den Verstorbenen gehört; sie hielt an ihrem Glauben fest, er sei ein ehrbarer Mann gewesen. »Reichtum entschuldigt alles«, dachte er. »Meine Torheiten mißbilligt sie, weil ihnen der Makel des Elends anhaftet.« Wenn man arm ist, hat man kein Recht auf schlechtes Betragen. Dieser Grundsatz war für sie die einzige Wahrheit, die es auf der Welt gab.

Um ihren Lebensunterhalt zu bestreiten, ging sie jetzt dieser demütigenden Beschäftigung nach: Sie besserte die Wäsche wohlhabender Familien aus, die sich ihres Unglücks erbarmten. All die Jahre erbitterter Kämpfe mit diesem nichtsnutzigen Sohn, dem ein schreckliches Schicksal beschieden war, konnten ihre Meinung über das unmögliche Verhalten ihres Mannes in keiner Weise verändern. War er nicht ein reicher und angesehener Mann gewesen? Das entschuldigte alles. Eine solche Treue zur besitzenden Klasse war für Yéghen einfach unvorstellbar. Nur diese Treue hielt sie noch am Leben. Das Andenken an den Verstorbenen hatte keinen anderen Zweck, als diesen Respekt, der sich dem Reichtum verdankte, aufrechtzuerhalten.

In diesem Raum im Souterrain mit seinem schadhaften Fliesenboden war es so feucht, daß das Wasser an den Wänden herunterlief. Trotz des langsamen Verfalls der Möbel, trotz des heimtückischen und fortschreitenden Elends stand immer noch der üble Geruch bürgerlicher Sicherheit im Raum. Unter den ins Dunkel getauchten, bunt zusammengewürfelten Gegenständen stach eine an der Wand thronende, stattliche und schön geschnitzte Holzanrichte hervor, die sie vor dem Verfall bewahrt hatte. Erst die Anrichte war es, die im Zimmer diese dubiose Atmosphäre schuf, die Yéghen so sehr bedrückte. Er hätte lieber auf der Straße geschlafen, als in dieser elenden, Rechtschaffenheit ausdünstenden Behausung zu wohnen! Ihm schien, als würde die Anrichte – eine sich in der Dunkelheit abzeichnende unförmige Masse – ihn mit ihrer ganzen Größe bedrohen. Yéghen schauderte. Er fror, aber außer dem kleinen Spirituskocher, auf dem die Suppe köchelte, gab es nichts, um diese eisige Höhle zu beheizen. Niedergeschlagenheit befiel ihn; genau davor fürchtete er sich am meisten, wenn er seine Mutter besuchte. Sie beherrschte die Kunst, Niedergeschlagenheit zu erzeugen; sie spann die Fäden des Unglücks wie eine Spinne ihr Netz.

Yéghen schüttelte sich, wie um die Kälte zu vertreiben. Er spürte, daß etwas an seinem Bein entlangstrich und hörte ein leises Schnurren: die Katze. Wo hatte die sich denn die ganze Zeit versteckt? Er beugte sich nach unten, um nach ihr zu greifen, setzte sie auf seinen Schoß und begann ihr Fell zu streicheln. Das kleine Tier schnurrte und schaute ihn dabei an, als erwarte es etwas von ihm. Yéghen hatte sich einmal einen Spaß daraus gemacht, ihr ein kleines Kügelchen Haschisch zu geben, und seitdem hatte er ihr immer mal wieder eines gegeben, wenn sich die Gelegenheit dazu bot. Sicher war dies die einzige drogenabhängige Katze auf der Welt. Sie schien Gefallen an dieser Art der Nascherei gefunden zu haben; sie wurde langsam unruhig und wollte zu kratzen anfangen. Yéghen befand sich in einer schwierigen Situation; er hatte nur noch ein kleines Stückchen Haschisch übrig, und er würde es bestimmt nicht mit der Katze teilen. Jeder Spaß hatte schließlich seine Grenzen. Aber wie sollte man es ihr verständlich machen?

Es gelang ihm, sich die Katze vom Halse zu schaffen, und er betrachtete erneut seine Mutter. Sie war wieder mit ihrer Arbeit beschäftigt, gleichgültig gegenüber allem, so hätte man meinen können, was nicht zu ihrem Traum gehörte. Sie muß davon geträumt haben, zusammen mit ihrem Sohn – einem aufrichtigen und arbeitsamen Sohn – ein friedliches, ehrbares und gesetzesfürchtiges Leben zu führen. Yéghen ahnte, daß sie diesen Traum hegte, und er konnte sich sogar den genauen Ablauf der Bilder vorstellen. Plötzlich dachte er an seine jüngste Errungenschaft, an diesen wunderbaren

Einfall seines erfinderischen Geistes. Wenn sie geahnt hätte, daß er jetzt sogar schon Geld für ihr Begräbnis erbettelte! Er hatte nicht übel Lust, es ihr zu sagen, nur um zu sehen, wie sie reagierte. Würde sie ihn wohl verfluchen? Von diesem Vorrecht hatte sie noch nie Gebrauch gemacht. Die Verfluchung durch eine Mutter! Yéghen gelang es nicht, sein schallendes Gelächter zu unterdrücken.

Sie hörte abrupt mit dem Nähen auf, schien erstaunt und erschrocken zu sein.

»Wie kannst du nur lachen, mein Sohn!«

»Würdest du mich lieber weinen sehen?«

»Schämst du dich nicht, dich über mein Elend lustig zu machen?

»Aber nicht doch, Mutter. Mir kam nur plötzlich so ein Gedanke.«

»Ich verstehe dich nicht«, sagte sie verbittert. »Ich werde dich nie verstehen. Wie kannst du nur in dieser elenden Behausung lachen!«

Das war es vor allem, was sie ihm nicht verzeihen konnte: seine Leichtfertigkeit angesichts des Elends. Es hatte niemals den Anschein, als würde er das Elend ernst nehmen. Sie hätte sich gewünscht, ihn einmal beschämt und verzweifelt zu sehen, zu erleben, wie er düsteren Gedanken nachhing. Das Elend war ein heiliger Zustand, wie konnte er darüber lachen?

Jedenfalls war es höchste Zeit für ihn, sich davonzumachen; die Atmosphäre wurde langsam unerträglich. Er kauerte sich auf seinem Stuhl zusammen, wich weiter in den Schatten zurück und grinste hämisch. Das Schwierigste blieb noch zu tun.

»Mutter!« sagte er mit weinerlicher Stimme.

Wenn sie schon nicht sehen wollte, wie er lachte, gut, dann mußte er eben heulen!

»Was willst du denn noch?«

»Hättest du nicht fünf Piaster für mich, Mutter?«

Sie seufzte auf wie ein gehetztes Tier.

»Schon wieder! Wann wirst du endlich einsehen, daß ich arm bin?«

»Das weiß ich, Mutter!«

»Nein, es sieht nicht so aus, als wüßtest du es.«

»Wüßte ich es nicht, hätte ich dich um viel mehr gebeten.«

»Du Zyniker! Mein Gott! Und dein Vater war ein so ehrbarer Mann!«

Das mußte ja so kommen. Yéghen kannte dieses Ritual; er würde sich jetzt die ganze Geschichte anhören und bis zum bitteren Ende verhandeln müssen.

»Laß meinen Vater aus dem Spiel. Ich brauche das Geld.«

»Ich habe nur das Geld für die Miete. Wenn du Hunger hast, kannst du die Linsensuppe essen.«

Diese Suppe! Niemals. Eher würde er verhungern. Diese Suppe, die seine Mutter gekocht hatte, war der schlimmste Schlag gegen seinen Optimismus; sie roch nach guter Absicht und ehrbarem Elend. Er würde sie niemals hinunterbringen. Jede Erniedrigung, aber nicht diese. Außerdem machte er sich wenig aus Essen.

»Das ist doch nicht genießbar«, sagte er.

»Leider kann ich dir kein Hühnchen anbieten.«

»Darum geht es überhaupt nicht, Mutter. Ich habe einfach keinen Hunger.«

Sie wußte genau, daß er Drogen nahm, aber sie verbat es sich, diesbezüglich auch nur die kleinste Anspielung zu machen; sie sprach lieber über belanglose Dinge mit ihm, wie beispielsweise über diese Linsensuppe, die er unbedingt essen sollte. Yéghen ahnte, was wirklich in ihr vorging; sie bildete sich ein, daß er das Geld bräuchte, um sich Drogen zu kaufen. Dabei erinnerte er sich an einen häßlichen Vorfall, der sich gerade an diesem Nachmittag ereignet hatte, und er murmelte wütend vor sich hin. Ein Polizist hatte ihm auf offener Straße unter dem fadenscheinigen Vorwand, ihn durchsuchen zu müssen, ein großes Stück Haschisch abgenommen. Diese Straßenräuber-Methoden machten ihn rasend, um so mehr, als er nichts dagegen tun konnte. Diese verdammte Polizistenbrut. All das Haschisch, das sie überall plünderten, um es angeblich im Fluß zu versenken. Nicht dumm. Sie verkauften es mit Sicherheit auf dem Markt, und zwar noch teurer als die Drogenhändler.

Es stand außer Zweifel, daß ein Mensch neben der Droge und dem Essen auch etwas Geld in der Tasche haben mußte. Sein Schmarotzer- und Bettlerdasein hinderte Yéghen nicht daran, verschwenderisch zu sein; ganz im Gegenteil. Zweifellos hatte er diesen Hang zu üppigen Ausgaben von seinem Vater geerbt. Er leistete sich gern den Luxus, für andere, noch Unglücklichere als er, zu zahlen und beispielsweise Gohar finanziell unter die Arme zu greifen. Er wußte, daß Gohar niemals Geld besaß und auch nie darum bat, nicht aus Stolz, sondern weil ihm materielle Dinge einfach gleichgültig waren. Yéghen machte es sich zur Pflicht, ihm im Rahmen seiner bescheidenen Möglichkeiten zu helfen. Er war der einzige Mensch, den er kannte und der noch niemals Anstoß an seiner moralischen oder physischen Häßlichkeit genommen hatte. Der einzige Mensch, mit dem er vollkommen übereinstimmte. Gohar war weder ein Reformer noch ein Moralist; er nahm die Menschen so, wie sie waren. Diese charakterliche Besonderheit hatte Yéghen noch bei niemand sonst erlebt; die meisten Leute wollten einem ständig Ratschläge erteilen, genau wie seine Mutter. Im Grunde unterschied sich seine Mutter in dieser Hinsicht nicht vom Großteil der Menschheit.

Er fürchtete sich davor, Mitleid zu haben, und lachte hämisch. Nein, er war ihr gegenüber nicht gemein. Sie schlug sich auf ihre Weise durch und war ihm sogar in manchen Dingen überlegen. Keine Macht der Welt hätte sie in ihrer Hartnäckigkeit, mit der sie am Unglück hing, zu erschüttern vermocht. Sie hatte sich in ihrer Traurigkeit eingerichtet und verstand nicht, daß man angesichts des bittersten Elends noch lachen konnte.

Er wußte, daß sie schließlich nachgeben und ihm das Geld geben würde. Sie ließ sich nur deshalb so lange bitten, damit er möglichst lange in ihrer Nähe blieb: sie glaubte an ihre Vorbildfunktion. All diese Liebe, diese einnehmende Zärtlichkeit diente nur dazu, daß er sich den Erfordernissen des Elends beugte. Arme Frau! Sie wußte nicht, daß sie ein Ungeheuer an Optimismus geboren hatte.

Jetzt reichte es; er hatte ihr genügend Zeit geopfert.

»Gibst du mir jetzt das Geld?«

Von Mutlosigkeit gepackt, verharrte sie lange regungslos. Sie würde ihn also ein weiteres Mal verlieren. Dieser erbärmliche und mißratene Sohn war trotz alledem ihre einzige Verbindung zu den Menschen; sie würde ihn wohl niemals aufhalten, ihn niemals auf den rechten Weg zurückführen können. Diese vom Teufel besessene, unbegreifliche Kreatur glitt ihr immer wieder aus den Fingern. Das einzige, was sie von ihm zurückbehalten würde, war sein Lachen; dieses Lachen, das eine Verhöhnung ihres Elends darstellte. Ihr blieb diese Gleichgültigkeit unverständlich, die er dem entgegenbrachte, was ihr das einzig Würdevolle auf der ganzen Welt zu sein schien: die Fügung ins Unglück. Dieses Lachen, das furchtbarer war als der Schrei des Aufruhrs, würde noch lange in dieser düsteren Behausung nachhallen. Aufruhr hätte sie vielleicht noch zugelassen, nicht aber Hohn.

Sie zweifelte nicht im geringsten daran, daß alle ihre Opfer vergeblich sein würden; Geld war noch die geringste ihrer Zuwendungen. Sie hatte alles für ihn hergegeben; jetzt konnte sie ihm nur noch ihr nacktes Leben opfern. Warum nahm er nicht ihr Leben? Würde er eines Tages zu ihr kommen, um sie zu ermorden? Sie war bei ihm auf alles gefaßt.

»Eines Tages wirst du mich umbringen«, sagte sie.

»Aber nicht doch, Mutter. Was für ein dramatischer Gedanke! Das Leben ist viel einfacher. Gib mir das Geld, und ich gehe. Das ist alles. Daran ist überhaupt nichts Tragisches, das versichere ich dir. Worin besteht denn da für dich das Drama? Du bist die einzige, die glaubt, daß man die Welt ernst nehmen muß; die Welt ist lustig, Mutter! Du solltest hinausgehen und dich ein wenig amüsieren.«

Sie blickte ihn ohne einen Ausdruck des Erstaunens an, als hätte sie gerade die Worte eines Wahnsinnigen gehört, dessen Spinnereien ihr schon seit langem vertraut waren. Mein Gott, was sollte sie tun! Sie seufzte und erhob sich. Zögernd, wie auf unsichtbare Krücken gestützt, tauchte sie in die Dunkelheit des Zimmers ein, wo ihr zusammengeschrumpfter Körper verschwand. Yéghen erahnte ihre Umrisse nur mit Mühe. Vor der schwarzen Masse der Anrichte blieb sie stehen, öffnete eine Schublade und kramte darin herum.

Yéghen hielt den Atem an. Dieser Augenblick eignete sich zur Ausführung eines von langer Hand vorbereiteten Mordes; eines Mordes allerdings, der zum Lachen war. Wie lange würde sie noch dem Glauben verhaftet bleiben, ihn durch solche pathetischen, von hoher bürgerlicher Moral geprägten Szenen ändern zu können?

Kurze Zeit später kam sie zurück und legte ein Geldstück auf den Tisch.

»Nimm, saug mir das Blut aus!«

Was für eine Tragödin! Wie schade, daß nicht die ganze Welt einer solchen Szene beiwohnen konnte. Ein wahrhaft erbauliches Schauspiel. Der mißratene Sohn, der seine alte Mutter bedrängt! Da wären viele Tränen vergossen worden. Yéghen lachte hämisch, nahm das Geldstück, steckte es in die Tasche und stand auf, um zu gehen.

»Gehab dich wohl, Mutter!«

»Bleib doch wenigstens noch zum Essen«, sagte sie. »Ich habe eine gute Suppe gekocht.«

»Heute abend nicht, Mutter. Ich habe keinen Hunger. Ich verspreche dir aber, ein andermal wiederzukommen und dich in ein vornehmes Restaurant auszuführen. Und danach gehen wir in ein Kabarett. Würdest du nicht gern einmal in ein Kabarett gehen und den Bauchtänzerinnen zusehen? Du wirst sehen, Mutter, das Leben ist schön.«

Fortsetzung des III. Kapitels

Er tauchte aus dem Souterrain auf wie ein Taucher vom schlammigen Grund und atmete freudig die Nachtluft ein. Endlich war er dieser Atmosphäre ehrbaren Niedergangs entronnen! Alles in diesem ekelerregenden Elendsquartier war fürchterlich verfälscht und völlig abgeschottet gegen die Freude. Mein Gott, warum nur! War die Freude etwa nur ein Privileg der Reichen? Das war der grundlegende Irrtum. Selbst im Gefängnis gab es Freude, das wußte Yéghen besser als jeder andere. Trotzdem wurde diese einfache Wahrheit in den Augen seiner Mutter zu einem Grund dafür, Argwohn zu hegen; sie erblickte darin nur Verworfenheit und Müßiggang. Sie mißtraute jeder Freude zutiefst, die sich in schwierigen Lebenslagen äußerte; stellte sie nicht eine Verhöhnung ihres Elends dar? Sicher verbarg sich hinter dieser Willfährigkeit gegenüber dem Unglück auch ein wirkliches Leiden, das Yéghen nicht zu leugnen suchte. Und er wäre dafür sogar empfänglich gewesen, wenn sie es nicht eingesetzt hätte, um ihn von all diesen betrüblichen und weichlichen Vorstellungen zu überzeugen. Sie erstickte jedes Gefühl der Zärtlichkeit in ihm; indem sie ihn zwang, sich gegen die Hirngespinste eines Elends zu wehren, dessen trügerisches und oberflächliches Wesen er schon lange erkannt hatte, unterdrückte sie bei ihm jedes Gefühl schlichter Zuneigung zu ihr.

Yéghen flüchtete durch die Straßen und wurde den Eindruck nicht los, immer noch von dieser Mutter und ihrer vergifteten Liebe verfolgt zu werden, die jede Sorglosigkeit aus ihm verbannen wollte. Unter dem fahlen Licht der Straßenbeleuchtung ähnelte er mit seiner kleinen, schmächtigen Gestalt und seinem hüpfenden Gang einem riesigen Nachtvogel. In diesem Niemandsland, das zwischen den armen

Stadtvierteln und dem Europäischen Viertel lag, huschten nur hin und wieder einige wenige Passanten über die Straße; wie die Gestalten eines Alptraums verschwanden sie in der Nacht. Yéghen verlangsamte seinen Schritt und überlegte, welche Richtung er einzuschlagen hätte. Er mußte einen großen Umweg machen, wenn er ins El-Azhar-Viertel kommen wollte, ohne das Europäische Viertel zu durchqueren. Auf keinen Fall wollte er sich in diese Festung des Geldes und der Langeweile vorwagen. Die trügerische Schönheit dieser großen Hauptverkehrsadern, auf denen das Gewimmel einer mechanisierten Menschenmasse herrschte und von denen jedes wirkliche Leben verbannt war, hielt er für ein ganz außergewöhnlich scheußliches Schauspiel. Er verabscheute diese kalten und anmaßenden modernen Gebäude, die riesigen Grabstätten ähnelten. Genauso wie diese grellbeleuchteten Schaufenster, in denen unmögliche Gegenstände auslagen, die niemand zum Leben brauchte. Ganz abgesehen davon, daß er dort auffallen würde. Dort fühlte er sich wie in einer fremden Stadt, in der ihm unbekannte Sitten herrschten. Ein einziges Wort, die geringste Bewegung, und schon würden sich die Leute nach ihm umdrehen. Und zu guter Letzt war die Polizei hier besser organisiert: Dieser horrende Reichtum mußte beschützt werden. Gegen was und gegen wen? Yéghen hielt diese Angst für unbegründet: Sie hatten sich in ihrem Reichtum so gut verbarrikadiert, daß es mit Sicherheit niemandem in den Sinn kam, sie zu bestehlen.

Er bog rechts in eine Straße ein und setzte im periodisch unterbrochenen Licht der Straßenbeleuchtung seinen hüpfenden Marsch fort.

Man muß ihm zugute halten, daß er sich nicht für ein Genie hielt – eine bei Dichtern nicht gerade weitverbreitete Eigenschaft. Er vertrat die Meinung, daß es dem Genie an Fröhlichkeit mangele. Die ungeheure demoralisierende Wirkung, die einige sogenannte große Geister auf die Menschheit ausübten, stellte in seinen Augen ein höchst schändliches Verbrechen dar. Seine Wertschätzung galt vielmehr ganz gewöhnlichen Leuten, die einfach von einer niemals versiegenden Freude beseelt waren, und nicht Dichtern, Denkern oder Ministern. Für Yéghen ermaß sich der wahre Wert an dem Ausmaß der Freude, das jedem Menschen zu eigen war. Wie konnte man intelligent und zugleich traurig sein? Selbst im Angesicht des Henkers hätte sich Yéghen seine Frivolität nicht nehmen lassen; jede andere Haltung hätte er für Heuchelei gehalten, geprägt von einer falschen Vorstellung von Würde. So war es auch mit seiner Poesie; sie war die Sprache des Volkes, in dessen Mitte er lebte; eine Sprache, in der trotz des größten Elends der Humor seine Blüten trieb. Seine Beliebtheit im Alten Viertel war genauso groß wie die des Affendompteurs oder des Marionettenspielers. Er meinte sogar, daß sich sein Verdienst nicht mit dem dieser Volksbelustiger messen konnte; nur zu gern wäre er einer der Ihren zu sein. Er hatte nichts von einem Schriftgelehrten, dem seine Karriere und seine Unsterblichkeit wichtig sind; er strebte weder nach Ruhm noch nach Anerkennung. Yéghen verfaßte seine Gedichte in einer einfachen und alltäglichen Sprache; ein Kind konnte sie genauso verstehen wie ein Erwachsener, denn ihre Empfindung war ein unfehlbares Gespür für das Leben in seiner ureigentlichen Form.

Diese nicht enden wollende Straße mit ihren geschlossenen Geschäften, in der sich die Straßenlaternen wie zu einem langen Bestattungszug aneinanderreihten, machte einen unheimlichen und trostlosen Eindruck. Yéghen beschleunigte seinen Schritt. Er hatte es eilig, ins Café des Miroirs zu kommen und dort in der Atmosphäre unbekümmerten Geplauders und heiterer Sorglosigkeit seinen Minztee trinken zu können. Plötzlich hatte er eine Art Eingebung und blieb stehen. Die Uhrzeit! Wie spät mochte es wohl sein? Hatte er noch genügend Zeit, um das junge Mädchen zu sehen? Wie konnte er das nur vergessen? Er war verwirrt, fing beinahe zu laufen an.

Es bestand keine Möglichkeit, die Uhrzeit in Erfahrung zu bringen; in dieser menschenleeren Straße gab es niemanden,

den er fragen konnte. Yéghen wollte schon verzweifeln, als er einen Mann aus einer Toreinfahrt heraustreten sah. Der Mann war ziemlich beleibt, europäisch gekleidet und in einen schweren, schwarzen Mantel von tadellosem Schnitt gehüllt. Er sah aus wie einer, der eine Uhr besitzt.

Yéghen verlangsamte seinen Schritt und trat auf den Mann zu.

»Kannst du mir sagen, mein Bey, wie spät es ist?«

Lässig zog der Mann eine große silberne Uhr aus seiner Westentasche und warf einen Blick darauf.

»Viertel vor sieben«, sagte er. »Wann geht dein Zug?«

»Ich nehme keinen Zug«, sagte Yéghen. »Ich habe eine Verabredung mit meiner Geliebten.«

Der Mann musterte Yéghen genau, nickte mehrmals mit dem Kopf und sagte:

»Das ist wohl möglich, mein Lieber!«

»Das ist sogar sehr gut möglich«, bekräftigte Yéghen.

Und ohne sich bei dem Mann zu bedanken, setzte er seinen Weg fort.

Diese niederträchtige Person! Er schien daran zu zweifeln, daß er eine Verabredung mit seiner Geliebten haben könnte. Und doch entsprach es der Wahrheit, beinahe jedenfalls.

Er würde noch rechtzeitig kommen, um sie vorübergehen zu sehen: Vor sieben Uhr kam sie nie heim. Einige Schritte vor dem Haus blieb er stehen und wartete am Rand des Gehsteigs, an einer dunklen Stelle zwischen zwei Straßenlaternen. Einige Geschäfte in dieser ziemlich belebten Straße hatten noch geöffnet; zwei oder drei fliegende Händler mit ihren obstbeladenen Karren, die von qualmenden Lampen beleuchtet wurden, priesen mit tiefer Stimme ihre Produkte an. Ganz in der Nähe gab es ein Café; trotz der Entfernung konnte Yéghen das Geräusch der Würfel hören, die über Holz schlitterten: Tricktrack-Spieler. Aufs äußerste erregt, wartete er, den Blick in die Richtung gewendet, aus der das Mädchen kommen mußte.

Die erste Begegnung mit ihr hatte sich unvorhergesehen

und rein zufällig ereignet. An besagtem Abend schlenderte Yéghen unter dem wunderbaren Einfluß der Droge durch ebendiese Straße, als er sie im Licht einer Straßenlaterne auftauchen sah wie eine wunderbare Erscheinung. Ihre Blicke kreuzten sich, und er glaubte in dem ihren eine Verheißung und ein Feuer auszumachen, die er bislang nicht gekannt hatte. Ihr Blick ließ auf einen Geist schließen, der das Geheimnisvolle liebte; anstatt ängstlich und dumm zurückzuschrecken, demonstrierte er Einverständnis mit den lebendigen Tatsachen. Zum ersten Mal spürte Yéghen bei dem Blick einer Frau weder Mitleid noch Spott, sondern eine instinktive Kenntnis der menschlichen Natur samt ihrer fürchterlichsten Erscheinungsformen. Er hegte den Verdacht, daß sie die Tochter eines Beamten sein könnte; sie mochte vielleicht sechzehn Jahre alt gewesen sein und nahm Klavierunterricht; Yéghen wußte es wegen der Notenhefte, die das Mädchen betont auffällig unter dem Arm trug. Sie stolzierte daher wie eine Prinzessin, die den armen Stadtvierteln einen Besuch abstattet. Ganz sicher paßte sie mit ihren Notenheften auf eine befremdliche Art nicht in diese Gegend. In diesem Viertel kam es so selten vor und war auch so unpassend, Klavierstunden zu nehmen, daß man Gefahr lief, die Menge gegen sich aufzubringen. Es überraschte Yéghen, daß die kleinen Gören aus der Umgebung ihr keine spöttischen Bemerkungen hinterherriefen. Zweifellos flößte ihnen weniger die Stellung des Vaters als Beamter, denn vielmehr ihre Haltung Respekt ein. Ihm selbst brach jedesmal der kalte Schweiß aus, wenn er sie anzusprechen versuchte. Schließlich hatte er sich dazu entschlossen, es heute abend zu tun, auf indirekte Art und Weise könnte man sagen. Ihr zu Ehren hatte er nämlich ein Gedicht verfaßt, das er ihr auf eine elegante und originelle Weise zuspielen wollte.

Yéghen wandte immer die gleiche Taktik an: Wenn er sie von weitem kommen sah, ging er ihr entgegen, und so schien sich das Zusammentreffen rein zufällig zu ereignen. Fiel sie aber darauf herein? Beim letzten Mal warf sie ihm ein verschmitztes Lächeln zu, so als würde sie ihm zu verstehen geben wollen, daß sie ihm auf die Schliche gekommen sei. Hieraus hatte er geschlossen, daß sie jetzt ein wenig mehr Kühnheit von seiner Seite erwartete. Yéghen konnte sich über diese Eroberung gar nicht genug wundern. »Sie empfindet keinen Widerwillen bei meinem Anblick«, sagte er sich. »Sie ist ein wirklich mutiges Mädchen!« Oder war sie einfach nur sehr kurzsichtig? Um diesbezüglich sicher sein zu können, ließ er die Begegnung immer unter einer Straßenlaterne stattfinden. Er wollte helles Licht, so gäbe es keine falsche Perspektive. Auf diese Weise setzte er sie ordnungsgemäß von seiner Häßlichkeit in Kenntnis. Sie sollte später nicht kommen und sagen, sie habe ihn bei der abendlichen Dunkelheit nicht richtig gesehen. Jedesmal wenn sie ihn, das Gesicht gut sichtbar im Lichtschein der Straßenbeleuchtung, sah, triumphierte Yéghen innerlich. Sie mußte glauben, daß er sich für schön hielt und daß er versuchte, wenn er sich im vollen Licht zeigte, sie durch den Reiz seines Aussehens in seinen Bann zu ziehen.

Das Mädchen ließ auf sich warten. Vielleicht war sie schon nach Hause zurückgekehrt; oder hatte sie heute keinen Klavierunterricht? Yéghen wurde langsam des Wartens überdrüssig; der strengen Kälte und den feindseligen Blicken der Passanten ausgesetzt, die ihn zweifellos für einen Dieb hielten, der ein übles Verbrechen ausheckte, verharrte er regungslos im Dunkeln. Im Grunde genommen war diese Warterei eine riskante Angelegenheit. Im nahe gelegenen Café hatte das Geräusch der Würfel aufgehört; eine wirre Unterhaltung hatte eingesetzt, von der Yéghen nur einige wenige Fetzen auffing. Ein Kartoffelverkäufer erwachte aus seiner Betäubung und pries lauthals die Qualität seiner Ware; er gebrauchte so wollüstige Worte, daß man glauben konnte, er beschreibe die Reize eines unmündigen Mädchens. Einige Passanten gingen nahe an Yéghen vorbei, blieben einen Augenblick lang stehen, um ihn zu betrachten, und setzten dann mit erhobenem Kopf ihren Weg fort.

Er sah sie von weitem kommen und stieß einen Seufzer der Erleichterung aus. Dieses lange Herumstehen in einem Viertel mißtrauischer Kleinbürger hätte böse enden können; zum Glück war das jetzt vorbei. Einen Moment lang zögerte er, dann ging er los und berechnete seine Wegstrecke, damit die Begegnung zufälligerweise unter einer Straßenlaterne stattfinden würde. Mit dem tief in ihm verwurzelten Bewußtsein für seine Häßlichkeit war es Yéghen nicht möglich, Anspruch darauf zu erheben, verführerisch zu sein; trotzdem schritt er mit dem freudigen Gesichtsausdruck eines Mannes voran, der geliebt wird und über jeden Zweifel erhaben ist. Im Grunde zählte er auf seine außergewöhnliche Häßlichkeit, um die Bewunderung des jungen Mädchens zu erzwingen.

Welch ein Unglück! Er hatte das für sie bestimmte Gedicht vergessen. Wo war das Gedicht? Schnell durchwühlte er seine Taschen, kramte mehrere Papierfetzen hervor und glaubte schließlich, es gefunden zu haben. »Hoffentlich ist es das richtige«, sagte er sich. Wenn nicht, sei's drum: Ihm fehlte die Zeit, es nachzuprüfen. Sie befand sich schon fast auf seiner Höhe, einem ätherischen Wesen gleich, einer aus dem Dunst des Haschischs geborenen Erscheinung, so nah, so wirklich, und doch so fern.

Leichten und bestimmten Schrittes trat sie in das diffuse Licht der Straßenlaterne. Mit dem erhobenen Kopf und den nach vorn gerichteten Augen beherrschte sie die Straße mit einer Art Verachtung, die sich auf das ganze Viertel erstreckte. Sie trug eine Baskenmütze aus blauem Velours sowie einen Mantel in derselben Farbe, der an der Taille mit einem schwarzen Ledergürtel geschlossen war. Diese europäisch anmutende Eleganz betonte noch das Ungewöhnliche ihres stolzen Gangs. Die Notenhefte, die sie fest unter ihrem Arm hielt, verliehen ihr das Aussehen einer strebsamen Schülerin. Alles an ihr zeugte von einem naiven Stolz und einer vollkommenen Verachtung für ihre Umwelt.

Sie ging ganz nah an Yéghen vorbei, und ohne das geringste an ihrer Haltung zu verändern, tat sie so, als würde sie ihn überhaupt nicht wahrnehmen. Yéghen war unter der Laterne beinahe stehengeblieben; er zeigte sein Gesicht im vollen Lichtschein, wobei sein Mund von einem Grinsen verzerrt wurde, das ein verführerisches Lächeln darstellen sollte. Dieses Mal aber verfehlte diese possenhafte Mimik ihre Wirkung auf das Mädchen. Sie besaß noch nicht einmal die Güte, ihn eines Blickes zu würdigen.

Yéghen, von diesem Verhalten enttäuscht, machte noch ein paar Schritte, dann drehte er sich um und lief hinter ihr her. Er fühlte, daß er nötigenfalls sogar einen Aufruhr verursachen würde. Wie konnte sie es nur wagen, ihn zu ignorieren?

»Fräulein, das hier hast du verloren.«

Verblüfft, mit zugleich ernstem und ängstlichem Gesichtsausdruck, blieb sie stehen. Jetzt wurde die Angelegenheit für sie komplizierter; sie hatte nicht gedacht, daß er den Mut aufbringen würde, sie anzusprechen. Instinktiv streckte sie den Arm aus; Yéghen gab ihr das Stück Papier mit dem Gedicht und eilte hastig und ohne sich umzudrehen davon.

All das ging ohne Zwischenfall vor sich; er hatte seinen Coup meisterlich gelandet. Wie würde sie nach der Lektüre des Gedichts reagieren? Der Gedanke an die nächste Begegnung mit dem Mädchen erfüllte ihn schon mit Vorfreude auf den Spaß, den er dabei haben würde.

IV

Polizeioffizier Nour El Dine trat in das Wartezimmer und schloß hinter sich die Tür des Raums, in dem der Gerichtsmediziner immer noch den Leichnam der ermordeten Dirne untersuchte. Einen Augenblick lang blieb er regungslos stehen, blickte streng und mißtrauisch drein, schaute sich dann mit genau kalkulierter Langsamkeit im Raum um, womit er den Anschein erweckte, sich auf der Suche nach dem Schuldigen zu befinden. Das gehörte zur Routine; mit Sicherheit befand sich der Schuldige nicht im Raum. Dennoch zuckten alle Anwesenden unter dem Eindruck dieses kalten Blicks auf ihren Stühlen zusammen, und für einige Sekunden herrschte ein beängstigendes Schweigen.

Alle Mädchen des Hauses sowie drei Kunden, die unvermittelt in diese tödliche Situation geraten waren, befanden sich im Zimmer. Sie hatten keinen Grund, mißtrauisch zu sein; wie gewöhnlich hatten sie sich an der Tür gezeigt, und schon wurden sie von einem Polizisten gleich dabehalten. Seitdem beklagten die Kunden sich unentwegt und wiederholten ständig, daß sie zu tun und es eilig hätten. Aber ihr Gejammer beeindruckte den schrecklichen Polizisten, der die Eingangstür bewachte, überhaupt nicht. Jetzt unterhielten sie sich miteinander über ihre jeweilige gesellschaftliche Stellung, wobei sie zu verstehen gaben, daß eine fälschliche Anschuldigung ihrer Person möglicherweise einen Skandal von internationaler Tragweite verursachen könnte.

»Ich werde mich in dieser Angelegenheit an den Minister wenden, der ein Freund von mir ist«, sagte derjenige von ihnen, der am schäbigsten aussah.

Die beiden anderen schwiegen; er war ihnen zuvorgekommen; dem Minister hatten sie nichts Gleichwertiges entgegenzusetzen. Einen Moment lang dachten sie daran, ihre Beziehungen zum König zu erwähnen, das schien ihnen dann aber doch ein bißchen zu hoch gegriffen, und sie gaben sich damit zufrieden, vage Beziehungen zu hochgestellten Persönlichkeiten ins Feld zu führen.

Das hervorstechendste Element dieser Versammlung war aber ohne Zweifel Set Amina, die Bordellbetreiberin. Sie saß zusammengesunken in einer Ecke des Sofas, stützte eine Hand gegen die Wange und gab so das wahrhaftige Bild der gemarterten Unschuld ab. Sie bedauerte sich selbst mit weinerlicher Stimme, stieß herzzerreißende Seufzer aus und rief Gott als Zeugen ihres Unglücks an.

»Was für ein schwarzer Tag! Oh, mein Gott, was habe ich dir nur getan!«

Nachdem Nour El Dine mehrmals in die Runde geblickt hatte – immer noch diese stumpfsinnige Routine –, ging er energischen Schrittes auf sie zu; er wirkte gereizt und entschlossen, sie alle hinter Gitter zu bringen.

»Hör auf mit diesem Getue, Weib!« sagte er entschlossen.

Wie durch ein Wunder verstummte Set Amina. Sie unterdrückte ihre Klagen und wurde demütig und unterwürfig. Sie war ja nicht dumm: es wäre nutzlos, die Vertreter der Staatsgewalt zu verärgern. Sie wußte um den Ernst der Lage; diesmal bestand die Gefahr, daß ihr Haus für immer geschlossen würde. Ein Verbrechen! Das könnte das Ende ihrer beruflichen Laufbahn bedeuten.

»Also«, fuhr der Offizier fort, »was hast du mir zu erzählen?«

»Was sollte ich dir erzählen können, Exzellenz? Bei meiner Ehre, ich weiß nichts. Ich war den ganzen Nachmittag über mit den Mädchen weg, um Besorgungen zu machen. Bei unserer Rückkehr bin ich in das Zimmer von Arnaba gegangen, um ihr zu sagen, daß sie sich fertig machen soll. Da habe ich sie tot auf ihrem Bett liegen sehen. Ich habe laut geschrien, und alle Mädchen sind herbeigelaufen und haben gesehen, was passiert ist. Gott möge es dir ersparen, mein Bey, daß du jemals ein solches Schauspiel miterleben mußt! Mein Blut ist vor Schreck geronnen.«

»Das überrascht mich aber bei dir, Weib! Du läßt also dein Haus einfach so verwaist zurück und gehst in die Stadt zum Bummeln? Das kann nicht wahr sein! Ich hätte dich für gewissenhafter gehalten.«

»Die Mädchen hatten ihren freien Tag. Sie müssen ja auch mal an die frische Luft.«

»Und warum ist Arnaba nicht mit euch zusammen weggegangen?«

»Ich weiß es nicht, Exzellenz! Sie hatte ihre Launen. Und weil sie neu war, wollte ich sie zu nichts zwingen. Sie arbeitete gut, das war das wichtige.«

»Um wieviel Uhr seid ihr zurückgekommen?«

»Ungefähr um sechs.«

»Außer Arnaba war niemand im Haus?«

»Nein, Exzellenz. Sonst niemand.«

»Könnte es deiner Meinung nach ein Kunde gewesen sein?«

»Was willst du damit andeuten, mein Bey? Meine Kunden sind allesamt rechtschaffene Leute. Sie könnten noch nicht einmal einer Fliege etwas zuleide tun.«

»Aber du, du wärst dazu imstande, du schamloses Weib! Es würde mich nicht wundern, wenn du sie umgebracht hättest.«

Angesichts dieser direkten Anschuldigung reckte Set Amina zum Zeichen der Verzweiflung die Arme zum Himmel und wollte wieder in ihre Rolle als Klageweib zurückfallen; aber der Offizier unterbrach sie rechtzeitig.

»Sag mal, weißt du, ob sie Geld bei sich versteckt hatte?«

»Sie besaß kein Geld. Ich bewahre ihr ganzes Geld auf.«

»Bist du sicher?«

»Absolut, mein Bey!«

»Gut, Weib. Ich werde mich später um dich kümmern. Und ich rate dir, solange keinen Ton von dir zu geben.«

Der Polizeioffizier runzelte die Stirn und schien sehr unschlüssig. Bereits bei der ersten Bestandsaufnahme stieß er auf einen seltsamen Tatbestand: es handelte sich nicht um Raubmord; nichts war gestohlen worden. Auch ein Sadist konnte es nicht gewesen sein. Der Gerichtsmediziner hatte ausdrücklich festgestellt, daß der Leichnam der Prostituierten keine Spuren von Mißhandlung aufwies und man sich nicht an ihr vergangen hatte. Das Mädchen war ganz einfach auf saubere und klassische Weise erwürgt worden. Seltsame Geschichte! Zum ersten Mal in seinem Leben sah sich Nour El Dine vor eine schwierige Aufgabe gestellt: Er mußte das Rätsel eines Verbrechens ohne erkennbares Motiv lösen. In einem solchen Milieu schien ihm ein Verbrechen ohne Motiv allerdings undenkbar. Ein derartiges Verbrechen setzte ein sehr viel höher entwickeltes Denkvermögen voraus, eine heimtückische Intelligenz, und konnte nur von einem gebildeten Menschen – vielleicht sogar von europäischer Bildung – begangen worden sein. Diese Art von Verbrechen fand man in der abendländischen Literatur beschrieben. Auf der Suche nach jemandem, der intelligent genug war, um ihm das Verbrechen anlasten zu können, strich der gelangweilte Blick des Offiziers nochmals über die Anwesenden hinweg. Keine der hier versammelten Gestalten entsprach jedoch dieser Beschreibung; sie waren weit davon entfernt, auch nur die geringste Ähnlichkeit mit diesem imaginären Mörder aufzuweisen, der sich in den Büchern beschrieben fand. Nour El Dine fühlte sich so allein mit seinem Verbrechen ohne Motiv, daß ihm ein Augenblick lang ganz unheimlich zumute war. Er ging zu einem Sessel neben dem Tisch, setzte sich, schlug die Beine übereinander und schickte sich an, eine Zigarette anzuzünden.

Sklaverei der Routine: Er würde alle diese Leute verhören müssen. Ohne jedes Ergebnis, das wußte er im voraus. Was sollte man aus dieser Ansammlung erbärmlicher Leute herausholen können, die schon bei der Vorstellung, ihre Ehre zu verlieren, erzitterten. Seine Kraft mit solchen Gegnern zu messen war ein Unterfangen, das ihn nicht interessierte. Der Gedanke daran widerte Nour El Dine an; ein schwermütiger Überdruß bemächtigte sich seiner Seele und lähmte jeden Tatendrang in ihm. Um ehrlich zu sein, im Augenblick bereitete ihm in erster Linie eine Privatangelegenheit, ein Beziehungsproblem, Sorgen. Man hatte ihn in einem für sein eigenes Leben entscheidenden Augenblick, in einem Augenblick, den er eigentlich der anspruchsvollsten aller Leidenschaften widmen wollte, mit diesem Fall betraut. Diese verpaßte Verabredung mit dem jungen Samir nahm für ihn katastrophale Ausmaße an. Er mußte unentwegt daran denken. Da er die Empfindlichkeit des jungen Mannes kannte, sah er keine Möglichkeit, wie er seine Unfreundlichkeit entschuldigen könnte. Bei ihrer nächsten Begegnung würde er sich sicher vollkommen unnachgiebig zeigen. Würde er es überhaupt zu einer weiteren Verabredung kommen lassen? Diese beängstigende Frage beeinträchtigte sein gesamtes Handeln und ließ ihm keine Ruhe. Noch nicht einmal der Einbruch eines Verbrechens ohne erkennbares Motiv in das Universum seiner düsteren Gedanken vermochte seine Befürchtung zu zerstreuen.

Obwohl er nicht so wirkte, war der Polizeioffizier Nour El Dine ein leidenschaftlicher Anhänger des Schönen. Dieser Beruf, der ihn mit dem Abschaum der Gesellschaft in Berührung brachte, widerte ihn zunehmend an und rieb ihn in gewisser Hinsicht immer mehr auf. Es verletzte sein ästhetisches Empfinden und machte ihn sehr unglücklich, daß er, umgeben von minderjährigen Delinquenten und beschränkten Kriminellen, die sich auf der Entwicklungsstufe von Wilden befanden, ständig im Schmutz der armen Stadtviertel herumwaten mußte. Trotzdem glaubte er an seinen Beruf; er war vollkommen davon überzeugt, daß die Polizei eine edle Aufgabe erfüllte. Es hätte ihm gefallen, sich nur mit schönen Verbrechen beschäftigen zu müssen, die von intelligenten und feinsinnigen Mördern begangen wurden. Statt dessen hatte er es ständig mit schrecklichen und ungebildeten Wesen zu tun.

Welcher Mann wäre nicht verbittert, wenn er mitansehen muß, wie man sein Ideal so mit Füßen tritt? Tyrannei des Schicksals! Nour El Dine glaubte zu ersticken; er öffnete den obersten Knopf seines Rocks und befreite seinen Hals vom Druck des engen Kragens. Diese Geste, die den vorschriftsmäßigen Verhaltensrichtlinien widersprach, verschaffte ihm eine gewisse Erleichterung. Unwillkürlich konzentrierten sich seine Gedanken wieder auf das Verhör. Die Mädchen hatten alle ein hieb- und stichfestes Alibi. Es machte keinen Sinn, sie zu verhören: Es waren Lasttiere, dumm und ungebildet; sie würden ihm seine Aufgabe nur erschweren. Blieben die drei Kunden, deren Bedeutungslosigkeit förmlich ins Auge sprang; nur aus Routine würde er ihre Identität überprüfen und sie dann nach Hause schicken. Es stand zweifelsfrei fest, daß keiner von ihnen der Mörder war. Nour El Dine war mehr und mehr davon überzeugt – vielleicht weil er es sich von ganzem Herzen wünschte –, daß der Täter einer anderen Sphäre entstammen mußte – ein Intellektueller mit fortschrittlichen Ideen, vielleicht so etwas wie ein Anarchist. Die Aussicht, sich mit einem solchen Mörder zu messen, weckte seine Lebensgeister wieder. Er hoffte nur, sich nicht zu täuschen.

Derjenige der drei Kunden, der sich mit seiner Freundschaft zum Minister gebrüstet hatte, schrie plötzlich los: »Das kann man mit mir nicht machen! Wissen Sie denn nicht, wer ich bin?« Nour El Dine schenkte ihm nur einen verächtlichen Blick; diese Typen kannte er. Im übrigen hatte er von dieser ganzen Geschichte die Nase voll und wollte sie so schnell wie möglich zu Ende bringen. Die eigentliche Untersuchung würde erst morgen beginnen. Mit ein wenig Glück würde es ihm vielleicht gelingen, den jungen Samir heute nacht noch zu treffen. Aber diese Hoffnung minderte seine Traurigkeit nicht; er verblieb in seiner imposanten, strengen Haltung und blickte mit verkrampftem Gesichtsausdruck weiterhin finster drein.

Die Tür zu dem Zimmer, in dem der Leichnam der ermordeten Dirne lag, öffnete sich, und ein etwa fünfzigjähriger Mann mit fahlem Gesicht und einer langen Nase, auf der eine Brille thronte, trat durch sie hindurch. Er trug einen zerknitterten und staubigen Tarbusch. Es war der Gerichtsschreiber.

»Ich stehe dir zu Diensten, mein Bey.«

»Setz dich dort hin«, sagte der Offizier.

Der Gerichtsschreiber setzte sich; zunächst holte er verschiedene Formulare aus einer Aktentasche, die er auf dem Tisch ausbreitete, dann einen Stift, dessen Spitze er mehrmals mit der Zunge benetzte. Auf seinen blassen Lippen waren blaue Flecken zu sehen.

»Mit wem fangen wir an?« fragte er.

»Wir werden noch ein wenig warten«, antwortete Nour El Dine, dem dieses Verhör entschieden mißfiel. »Ist der Gerichtsmediziner mit der Untersuchung der Leiche fertig?«

»Es dauert nicht mehr lange.«

»Hoffentlich!«

Nach diesem kurzen Gespräch setzte Nour El Dine wieder das Gesicht eines gereizten Menschen auf; er rauchte seine Zigarette, blickte verloren an die Decke und sah dabei aus wie jemand, der entschlossen ist, sich den Zwängen, die ihm sein schwieriges Amt auferlegt, zu entziehen. Alle Anwesenden hatten ihre Augen auf ihn gerichtet; dieses zwar teilnahmslose, aber gleichzeitig sehr bedrohliche Verhalten des Polizisten machte sie mißtrauisch: Sie wußten nicht, was es zu bedeuten hatte oder was sich dahinter verbarg. Die Mädchen hatten sich allesamt auf das Sofa gesetzt, um sich in die illusorische Obhut Set Aminas zu begeben. Diese ganze Geschichte verängstigte sie, aber der Spaß, den sie daran hatten, die Untersuchung eines Verbrechens, das sie so sehr betraf, hautnah mitzuerleben, ließ sie vor Neugierde fast platzen. Nur Naïla schien dieses Drama wirklich nahezugehen. Ihre Krankheit machte sie empfindlicher, verletzlicher als ihre Gefährtinnen. Sie mußte ihre Vorstellungskraft nicht besonders bemühen, um sich in die Situation des Opfers hineinzudenken. Sie bemitleidete sich selbst; in ihrer krankhaften Verzweiflung identifizierte sie sich mit der Toten und sagte sich, daß es besser gewesen wäre, man hätte sie umgebracht, als mit diesem verpfuschten Leben weiterzumachen, dem ein langsamer und schmachvoller Tod beschieden sein würde. Diese Gedanken führten dazu, daß sie ganz verstört wirkte; ihr ungeschminktes Gesicht war von einer wächsernen Blässe; ihre Augen starr und fiebrig. Von Zeit zu Zeit wurde ihr ganzer Körper von einem trockenen Husten geschüttelt. Salima, das Mädchen, das auf dem Sofa neben ihr saß, hatte ihr den Arm um die Schultern gelegt und versuchte sie zu beruhigen. Akila, das jüngste Mädchen des Etablissements, hatte sich nach einem Augenblick vollkommener Niedergeschlagenheit wieder gefangen und dachte nur noch daran, endlich wieder arbeiten zu können. Trotz der Anwesenheit der Polizei und des Leichnams ihrer Kollegin im Nebenzimmer bezirzte sie die ganze Zeit über von ihrem Platz aus die drei Kunden, die man festgehalten hatte. Denen stand der Sinn aber nicht danach; das Augenzwinkern und das verführerische Lächeln Akilas erinnerten sie an eine düstere Realität, die sie lieber vergessen hätten. Zweifellos würden sie lange brauchen, bis sie sich wieder getrauten, einen Fuß in ein Bordell zu setzen.

Der Gerichtsmediziner war mit seiner Arbeit fertig; mit hochrotem Kopf und vor Lüsternheit glänzenden Augen betrat er das Wartezimmer. Man hätte meinen können, er sei betrunken. Er war noch ziemlich jung, und der Anblick von Arnabas nacktem Leichnam hatte ihn tief beeindruckt. Mit vor Erregung erstickter Stimme fragte er, wo er sich die Hände waschen könne.

»Am Ende des Gangs, mein Bey«, sagte Set Amina. »Zeig es ihm, Zayed.«

Zayed, der Hausdiener, der ehrfurchtsvoll in einer Ecke stand, zeigte dem Gerichtsmediziner den Weg und verschwand mit ihm im Gang.

Diese Szene schien das Interesse des Polizeioffiziers von neuem zu erwecken; er wandte sich an Set Amina:

»Sag mal, Weib, ist dieser Zayed dein Zuhälter?«

»Was für ein abscheuliches Wort, Herr Offizier«, protestierte Set Amina. »Er kümmert sich lediglich um das Haus; er ist den Mädchen behilflich.«

»Wo war er heute nachmittag?«

»Woher soll ich das wissen? Er ist immer erst abends hier; er ist unmittelbar nach uns gekommen. Er ist ein guter Junge, der seit vielen Jahren für mich arbeitet. Ich war immer zufrieden mit ihm.«

Durch all diese Erklärungen versuchte Set Amina glaubhaft zu machen, daß der Täter nicht in ihrem Haus zu suchen war. Auf diese Weise glaubte sie, den Sanktionen zu entgehen, unter denen ihr Geschäft mit Sicherheit zu leiden haben würde.

»Ich werde mich später um ihn kümmern. Sag ihm, daß er sich nicht von der Stelle rühren soll; du bist mir dafür verantwortlich.«

»Gott behüte mich!« wimmerte Set Amina. Und übergangslos fuhr sie fort: »Ich lasse Ihnen einen Kaffee zubereiten, mein Bey!«

»Wir sind nicht zum Kaffeetrinken hier, Weib! Du hast offenbar noch nicht verstanden, was mit dir passieren wird. Ich verspreche dir, daß dies das Ende deiner Geschäfte ist.«

»Hab Mitleid mit mir, Exzellenz«, flehte Set Amina. »Was soll aus mir werden? Dann kannst du mich auch gleich töten!«

»Hör auf mit diesem Affentheater, Weib. Ich sage dir zum letzten Mal, daß ich nicht hier bin, um Kaffee zu trinken oder mir dein Gejammer anzuhören.«

Er wollte noch hinzufügen, daß er hier sei, um den Mörder zu finden, aber das kam ihm albern vor, und er sagte nichts.

Da Nour El Dine vom Neuartigen seiner Mission ganz ergriffen war, verhielt er sich wie ein Kind, das eifersüchtig über seine Geheimnisse wacht. Er wandte seine ganze Durchtriebenheit auf, um nichts von seiner Überzeugung durchscheinen zu lassen, daß sich der Mörder weder unter den im Haus anwesenden Personen befand noch unter den vielen schmutzigen Gaunern, von denen es im Alten Viertel nur so wimmelte. Der Gedanke, daß der Mann, den er suchte, ein außergewöhnlicher Mensch sein mußte, der nichts mit diesem Gesindel zu tun hatte, setzte sich endgültig in seinem Kopf fest. Trotzdem war sich Nour El Dine darüber im klaren, daß seine Überzeugung auf ziemlich gewagten psychologischen Hypothesen fußte. Er spürte, daß er sich auf eine gefährliche Gratwanderung einließ. Wohin würde sie ihn führen? Wäre es nicht besser, routinemäßig vorzugehen? Jedenfalls mußte er den Mörder fassen. Aber wie? Wenn er wenigstens etwas gestohlen hätte, dann wäre es möglich gewesen, ihm auf die Spur zu kommen. Aber dieser verfluchte Mörder hatte nichts gestohlen; er hatte nur getötet und war verschwunden. Welches Motiv konnte er gehabt haben? Ein Racheakt vielleicht! Man würde das Leben des Opfers, dieser faszinierend schönen Hure, rekonstruieren müssen, versuchen, einen Hinweis auf die Männer zu bekommen, mit denen sie verkehrt war, herausfinden, ob sie einen Liebhaber gehabt hatte. Nour El Dine machte sich überhaupt keine Illusionen; er hatte eine kräftezehrende Ermittlung in einem rebellischen Milieu vor sich, das immun war gegen Gewalt und reich an Tricks und Kniffen, die sich nur mit Kaltschnäuzigkeit und Ausdauer durchkreuzen ließen. Und das alles, um schließlich was zu finden? Den Mörder einer Prostituierten.

Wie konnte er nur diesem Sumpf entkommen? Die Trivialität solcher Verhöre versetzte ihn immer in einen Zustand der Niedergeschlagenheit, gepaart mit einem Gefühl von Frustration. Diese ständige Unterdrückung seines ästhetischen Empfindens bei der Ausübung seiner Pflicht verbitterte ihn und machte ihn ungerecht. Und doch stand er im Dienste des Gesetzes; er verfügte über die Mittel, dem Gesetz Geltung zu verschaffen und die Schuldigen zu bestrafen. Unglücklicherweise begann dieses Gefühl in ihm zu schwinden; am Ende glaubte er nicht mehr wirklich an die Sache, der er diente. Und das war schlimm.

Er kämpfte gegen seinen Überdruß an und bereitete sich darauf vor, mit dem Verhör zu beginnen.

In diesem Moment klopfte es an der Eingangstür. Eine längere Stille trat ein, dann gab Nour El Dine dem Wachpolizisten ein Zeichen: dieser öffnete vorsichtig die Tür.

El Kordi trat lässig und heiter lächelnd in den Vorraum ein, blieb aber plötzlich verblüfft stehen, so als hätte er sich in der Tür geirrt. Beim Anblick der merkwürdigen Versammlung, die sich seinem Blick darbot, weiteten sich seine Schlitzaugen. Er hatte zu lächeln aufgehört. Er wollte etwas sagen, vielleicht sich entschuldigen, aber der Polizist ließ ihm keine Zeit zum Sprechen; er packte ihn beim Arm, zerrte ihn vor den Offizier und sagte:

»Noch ein Kunde, mein Bey!«

»Ich sehe, daß dein Geschäft floriert«, sagte der Offizier zu Set Amina.

Dieser Sarkasmus schmerzte die Inhaberin. Sie wußte nur zu gut, daß ihr Geschäft florierte, darauf mußte sie nicht erst hingewiesen werden. Und jetzt lief sie Gefahr, alles wegen dieses schamlosen Mörders zu verlieren. Wieder brach sie in Wehklagen aus:

»Warum bleibt das Unglück nur so hartnäckig an mir haften? Ich bin eine arme Frau!«

»Schweig!« befahl Nour El Dine, »oder ich stecke dich ins Gefängnis. Kümmern wir uns jetzt ein bißchen um diesen jungen Mann hier.«

»Um mich?« fragte El Kordi.

Mehr brachte er nicht heraus. Er verstand immer noch nicht, in welche Falle er getappt war. Seine Anwesenheit an diesem Ort schien Teil eines Traums zu sein. Ein dummer Scherz. Er zwinkerte ständig mit den Augen, als würde er eine lästige Vision vertreiben wollen. Was hatte dieser Offizier hier zu suchen? Auf einmal begriff er alles: eine Razzia. Er hätte beinahe zu lachen angefangen.

»Ja, um dich«, sagte Nour El Dine.

El Kordi, dem klar wurde, daß die ganze Sache nicht weiter von Bedeutung war, fand langsam seine Fassung wieder; sein Lächeln kehrte zurück. Dieses Lächeln allerdings behielt er gewöhnlich den Repräsentanten des Systems vor: ein ironisches, beinahe beleidigendes Lächeln.

Der Offizier sah ihn streng an. Dieser Neuankömmling würde das Verhör noch in die Länge ziehen; allein deshalb schon war Nour El Dine nicht gut auf ihn zu sprechen. Dennoch entging ihm nicht, daß er hier die erste in diese sicherlich sehr merkwürdige Geschichte verwickelte Person vor sich hatte, die gesittet wirkte. Ein Hoffnungsschimmer blitzte in seinem Hirn auf und dämpfte sein Bedürfnis, grob zu werden.

»Was geht hier vor?« fragte El Kordi.

»Ich werde es dir gleich erklären. Setz dich. Vor allem aber, verhalte dich ruhig.«

El Kordi zuckte mit den Schultern, rückte seinen Tarbusch zurecht und sah zum Sofa hinüber; die Mädchen drängten sich noch immer um Set Amina, die sich jetzt nur noch einer stummen Verzweiflung hingeben konnte. Als er Naïla, ihr blasses und von Tränen gezeichnetes Gesicht erblickte, wurde er vom Feuer der Leidenschaft ergriffen und stürzte auf sie zu. Er sah sich schon in seiner Rolle als Verfechter der Gerechtigkeit, der sie aus den Fängen der Polizei befreite.

»Macht mir Platz!«

Die Mädchen rückten noch enger zusammen, um einen Platz für ihn freizumachen; El Kordi setzte sich neben Naïla, nahm ihre Hand und hielt sie ganz fest in der seinen. Diese rührende Aufmerksamkeit aber vermochte der jungen Frau anscheinend keinen Trost zu spenden. Die Anwesenheit ihres Liebhabers schien ihr im Gegenteil unangenehm zu sein und ihre Not noch zu vergrößern. Naïla besaß nämlich so etwas wie Selbstachtung! El Kordis Pläne, sie aus ihrer Situation als billige Hure zu befreien, machten sie wütend, weil sie ihr aus der Luft gegriffen und unrealistisch vorkamen. Sie verfügte über genügend Realitätssinn, um zu wissen, daß El Kordi nicht dazu geeignet war, jemanden zu retten. Sie fragte sich manchmal, ob er sich selbst gegenüber ehrlich war und sich nichts vormachte. Darüber hinaus wollte sie ihr Wohl nicht in die Hände eines anderen Menschen legen. Ihr Zusammensein mit El Kordi endete jedesmal im Streit, wenn er seinen Wunsch äußerte, daß sie dieses entwürdigende Leben aufgeben sollte.

»Sagt mal, Mädchen, was hat euch die Ehre dieser Razzia verschafft?« fragte El Kordi.

»Das ist keine Razzia«, erklärte Salima, »Arnaba ist ermordet worden.«

»Ermordet? Wie und wo?«

»Heute nachmittag. Sie wurde auf ihrem Bett erwürgt.«

Die Mitteilung über dieses Verbrechen machte El Kordi einen Augenblick lang sprachlos; dann wurde sein Sinn für das Tragische geweckt und er sah aus, als würde er jetzt die ganze Tragweite des Dramas erfassen, das sich um ihn herum ereignete. Er betrachtete Naïla, berührte sie, wie um sich ihrer Anwesenheit zu versichern, und spürte, daß sein Herz sich vor Mitleid zusammenschnürte. »Es hätte genausogut sie treffen können!« Dieser Gedanke erfüllte ihn mit Schmerz, und er rang sich einige Tränen ab. Dies alles dauerte aber nur einen kurzen Augenblick. Er beobachtete den Offizier, den Gerichtsschreiber, die beiden Polizisten, diesen ganzen Apparat der Gerechtigkeit, mit einem immer größer werdenden Interesse. Neugier hatte sein Angst verdrängt: unbewußt dachte er schon nur noch an das ihm bevorstehende Vergnügen.

»Hat man den Mörder festgenommen?«

»Nein«, antwortete Naïla.

»Was für eine schreckliche Geschichte!« sagte El Kordi. »Wenn ich nur daran denke, daß es ebensogut dich hätte treffen können.«

»Das wäre eine glückliche Fügung gewesen; niemand hätte um mich getrauert.«

»Rede keinen Unsinn. Ich werde dich niemals mehr allein lassen, mein Liebling. Von heute an werde ich nicht mehr von deiner Seite weichen.«

»Bei Allah, du bist es, der Unsinn erzählt! Was würde aus dem Ministerium werden, wenn es auf einen so ausgezeichneten Geist wie dich verzichten müßte?«

»Das Ministerium schicke ich zum Teufel. Ich habe einen anderen Weg gefunden, um an Geld zu kommen. Ich werde es dir später erzählen.«

Der Gerichtsmediziner kam zurück; er wirkte nicht mehr so fiebrig. Trotzdem spürte man, daß er besorgt war und noch unter dem Eindruck einer fleischlichen Vision stand, die ihn sein ganzes Leben lang verfolgen würde.

»Gibt's was Neues?« fragte der Offizier.

»Im Moment nicht«, antwortete der Gerichtsmediziner. »Ich schicke dir morgen nach der Autopsie den Bericht. Und jetzt gehe ich. Gehab dich wohl.«

»Möchte der Herr Doktor nicht eine Tasse Kaffee trinken?« fragte Set Amina. »Du kannst doch nicht einfach so fortgehen. Bei Allah, erweise uns diese Ehre!«

»Vielen Dank«, sagte der Gerichtsmediziner. »Ich habe es aber wirklich eilig; beim nächsten Mal.«

»Sag mal, Weib«, platzte es aus Nour El Dine heraus, »wann wirst du endlich begreifen, daß wir dir hier keinen Höflichkeitsbesuch abstatten. Ich habe dir schon mal gesagt, daß du dich still verhalten sollst.«

»Ist schon gut, mein Bey, ich habe verstanden. Ich habe doch nur meine Pflicht getan; ich wollte freundlich sein.«

»Fangen wir mit dem Verhör an?« fragte der Gerichtsschreiber.

Nour El Dine warf ihm einen matten Blick zu, er schien nicht recht zu verstehen. Was für ein Verhör? Er hatte dieses niederträchtige und lächerliche Possenspiel vollkommen vergessen. Trotzdem mußte er damit anfangen; die Routine verlangte es so. Vor allem dieser staubige, beklagenswert häßliche Gerichtsschreiber verursachte ihm Übelkeit. Nour El Dine träumte von einem schönen Jüngling als Gerichtsschreiber; mit diesem erbärmlichen Schreiber machte die Gerechtigkeit keinen Sinn.

Er machte einem der Kunden, dem angeblichen Freund des Ministers, ein Zeichen, näherzutreten; dieser stand auf und trat auf den Offizier zu, wobei er sich wie eine ausgerenkte mechanische Spielzeugfigur bewegte und unverständliche Worte vor sich hin murmelte. Er war ein Kerl, der zusammengeschrumpft aussah, einen schäbigen Anzug trug und einen verbeulten und schmutzigen Tarbusch aufhatte. Er baute sich in einer Haltung vor dem Offizier auf, die seine äußerste Mißbilligung zum Ausdruck brachte.

»Das kannst du mit mir nicht machen«, schrie er. »Du weißt nicht, wer ich bin.«

»Halt den Mund«, sagte Nour El Dine ruhig.

»Du weißt nicht, wer ich bin, sag ich dir.«

»Und ich sage dir, du sollst den Mund halten. Antworte gefälligst nur, wenn man dich fragt.«

»Den Mund halten! Niemals! Wenn du erst mal erfahren hast, wer ich bin, wirst du dich bei mir entschuldigen.«

Er schlug sich auf die Brust, um so seine Wichtigkeit unter Beweis zu stellen.

»Nun gut! Schluß damit! Sag mir, wer du bist«, entschloß sich Nour El Dine zu fragen.

Der Mann atmete tief durch und sagte mit vor Stolz zitternder Stimme:

»Ich bin Kassierer!«

El Kordi beobachtete einen Augenblick lang die sich ihm darbietende Szene, ohne das Groteske, das ihr anhaftete, wirklich zu erfassen. Er hatte zwar den Eindruck, als sei irgendwo der Mechanismus der Komik ausgelöst worden, aber ihm war, als hätte er mit der ganzen Sache nichts zu tun, er weigerte sich noch zu verstehen. Einige Sekunden lang zögerte er, loszulachen, doch dann, plötzlich, sprang ihm die ganze Lächerlichkeit der Szene, der ganze Reiz, der im Berufsstolz dieses Mannes lag, in die Augen, und er brach in ein nicht enden wollendes Gelächter aus.

Der angebliche Freund des Ministers hörte zu gestikulieren und zu schreien auf; er schien vom Entsetzen gepackt zu sein, als hätte das Lachen El Kordis ihn tief in seiner Würde verletzt. Dieser neuerlichen Beleidigung hatte er nichts entgegenzusetzen. Er warf El Kordi einen bösen Blick zu, aus dem vollkommene Verständnislosigkeit sprach. Daß man über ihn – einen Kassierer! – lachen könnte, betrachtete er als eine ungeheuerliche Kränkung.

Außer El Kordi lachte niemand; außerdem verstand niemand die Gründe für dieses Gelächter. Es erschien allen Anwesenden zumindest unpassend. Nur ein Verrückter konnte in einem Haus lachen, in dem erst vor kurzem ein Mord begangen worden und das zum Schauplatz einer polizeilichen Untersuchung geworden war. Selbst Naïla erschütterte die außergewöhnliche Pietätlosigkeit ihres Liebhabers; all ihr Flehen, er möge ruhig sein, war umsonst. Anscheinend bekam der junge Mann den heiteren Wahnsinn, von dem er geschüttelt wurde, nicht mehr in den Griff; jedesmal wenn er den Typen ansah, lachte er von neuem los.

Der Kassierer hatte sich in beleidigtes Schweigen gehüllt und wartete auf das Ende dieses Ausbruchs, um fortfahren zu können. Immer noch begriff er überhaupt nichts. Allein Nour El Dine vermochte das Lachen El Kordis nachzuvollziehen; wäre er nicht im Zentrum dieser grotesken Diskussion gestanden, hätte er selbst gern losgelacht. Er konnte sich aber sehr wohl denken, daß dieses Lachen auch ihm galt, und er war nicht in der Stimmung, sich lächerlich zu machen.

»Hör auf zu lachen, du!« sagte er. »Wir sind hier nicht im Bordell.«

»Aber ja, Exzellenz! Wir sind hier in einem Bordell«, antwortete El Kordi und lachte noch heftiger.

Man merkte Nour El Dine an, daß er getroffen war; er

hatte eine riesige Dummheit begangen; er schwieg, rasend vor Wut. Sie befanden sich tatsächlich in einem Bordell. Wo war er nur mit seinen Gedanken? Jedenfalls würde er sich an diesem extravaganten jungen Mann rächen. Er beschloß, ihm das gleich beim Verhör heimzuzahlen.

Während dieses kleinen Zwischenspiels hatte der Kassierer zu seiner Überheblichkeit zurückgefunden.

»Also, weißt du jetzt, wer ich bin?« fragte er.

»Du bist Kassierer, und wo?« fragte der Offizier.

»Hört euch das an, ihr lieben Leute!« rief der Kassierer und nahm die Anwesenden zu Zeugen. »Er fragt mich, wo! Ich kassiere natürlich überall. Hast du noch nie einen Kassierer gesehen?«

»Nein, so einen wie dich nicht«, gestand Nour El Dine.

»Herr Offizier, ich protestiere gegen diese Beleidigungen. Darüber hinaus trage ich mich mit dem Gedanken, mich beim Minister zu beschweren.«

Nour El Dine spürte, daß er so schnell wie möglich etwas tun mußte, sonst würde er mit diesem verdammten Kerl niemals fertig werden. Die Autorität des gesamten Staatsapparats stand auf dem Spiel; das ganze Verhör würde unweigerlich zu einer Posse verkommen. Er durfte diesen Irren nicht mit seinen Verrücktheiten weitermachen lassen. Plötzlich erhob er sich und verpaßte dem angeblichen Kassierer zwei fürchterliche Ohrfeigen. Der drehte sich um die eigene Achse und stieß einen leisen Schrei aus, dann hielt er die Arme vor das Gesicht. Aber es war zu spät, Nour El Dine hatte sich schon wieder gesetzt und sah ihn haßerfüllt an. Das alles passierte innerhalb von nur einer Sekunde.

»Und jetzt setz dich hin. Nun hast du was, worüber du dich beim Minister beschweren kannst.«

Ohne etwas zu sagen, kehrte der Kerl an seinen Platz zurück; er ging zusammengekrümmt, als wäre er plötzlich gealtert, und schien seine ganze Würde verloren zu haben.

Der Rest des Verhörs verlief völlig reibungslos. Die beiden anderen Kunden verhielten sich absolut korrekt; sie gaben problemlos ihren Namen und ihren Beruf zu Protokoll. Da sie sich schämten, daß man sie in einem Bordell angetroffen hatte, wollten sie nur so schnell wie möglich gehen können. Der Offizier schickte sie genauso auf ihre Plätze zurück wie den Kassierer, der jetzt aussah wie ein Gespenst und nicht mehr davon sprach, sich beim Minister zu beschweren. Abgesehen davon hatte sich in der Zwischenzeit herausgestellt, daß er ein arbeitsloser Kassierer war.

El Kordi, der sah, daß er nun zum Verhör antreten müßte, wurde nervös, er brannte vor Ungeduld. Der Gedanke, der Staatsgewalt gegenüberzustehen – oder zumindest ihren Repräsentanten –, ängstigte ihn ein wenig, gleichzeitig gab er ihm aber das Gefühl einer großen Verantwortung. Schließlich würde die unterdrückte Volksmasse durch seine Fürsprache die Gelegenheit erhalten, sich zur Wehr zu setzen. Allerdings entbehrte diese Mutmaßung jeder Grundlage: Kein unterdrücktes Volk hatte ihm den Auftrag erteilt, es zu verteidigen. El Kordi hatte sich ganz allein zum Verfechter der Gerechtigkeit aufgeschwungen; bei jeder Gelegenheit hielt er unbeirrt daran fest, sich für die Schwachen einzusetzen. Hierbei handelte es sich um das Resultat einer kindlichen Moral, die El Kordi in den Rang einer revolutionären Tugend erhob. Da ihm selbst kein dramatisches und glorreiches Schicksal bestimmt war, umging er das Problem seiner eigenen Freiheit, indem er beim kleinsten Anzeichen von Ungerechtigkeit in Rage geriet. Im Moment freute er sich schon im voraus auf die einmalige Gelegenheit, dieser widerlichen Karikatur von Gerechtigkeit entgegenzuwirken, die dieser unfähige und brutale Offizier repräsentierte. Er nahm sich vor, sein Ansehen zu untergraben und ihm vor allem einige seiner eigenen Vorstellungen über das Verbrechen im allgemeinen und die herrschenden Gesetze im besonderen mitzuteilen. Welch ein Fest!

Nour El Dine wandte sich El Kordi zu und musterte ihn einen Augenblick lang so, als schätze er den Wert seiner Beute ab. Auch er wollte seinen Spaß haben.

»Du, der vorhin gelacht hat, komm her!«

El Kordi bemächtigte sich eines freien Sessels, stellte ihn vor den Tisch, an dem der Offizier saß, und machte es sich darin gemütlich.

»Ich will dich nicht unnötig auf die Folter spannen«, sagte er. »Ich heiße El Kordi, und ich bin Beamter im Ministerium für das öffentliche Bauwesen.«

Sosehr El Kordi seinen Beamtenstatus verachtete, so sehr berief er sich jetzt darauf gegenüber diesem Offizier, den er entschieden für völlig unfähig hielt. Allerdings war Nour El Dine kein unfähiger Mensch; vielmehr erfüllte ihn gerade die Verpflichtung zum täglichen Umgang mit diesen unwissenden Menschen mit Verbitterung. Die Verachtung El Kordis verdankte sich größtenteils den Allgemeinplätzen, die er über die Dummheit der Polizei äußerte. Zu seinem Unglück hatte der Zufall ihn mit dem einzigen Polizeioffizier zusammengebracht, der über bemerkenswerte Fähigkeiten verfügte und die Absicht hegte, sie gegen einen Gegner seines Kalibers einzusetzen.

»Der Herr Beamte sucht also regelmäßig Bordelle auf! Geschieht das vielleicht im Auftrag des Ministeriums?«

»Ganz natürliche Neigungen führen mich hierher. Ich denke, es ist nicht gesetzlich verboten, mit einer Frau zu schlafen. Das würde nämlich gerade noch fehlen.«

»Nein, im Moment ist es nicht verboten«, pflichtete Nour El Dine bei.

»In Zukunft hoffentlich auch nicht. Es würde mich allerdings auch nicht besonders wundern, wenn es anders kommen sollte.«

»Ich verstehe. Ich habe den Eindruck, du bist nicht einverstanden mit den Gesetzen. Hast du Grund zu klagen?«

»Ich werde mich schon zu gegebener Zeit beklagen«, sagte El Kordi geheimnisvoll.

Nour El Dine empfand eine selten große Befriedigung, wie er sie im Verlaufe seiner zahlreichen Untersuchungen noch niemals erfahren hatte. Vor ihm saß ein in ein Verbrechen verwickelter Mensch, ein Gebildeter, der über echte Weltkenntnis verfügte, und nicht ein Haufen Kreaturen, die noch nicht einmal dazu in der Lage waren, ihre eigenen Kinder wiederzuerkennen. Auf diesen Glücksfall hatte er schon seit Jahren gewartet. Sein Blick verriet eine beinahe naive Freude; er nahm bei diesem jungen Mann einen Widerstand, einen aggressiven Tonfall wahr, die seinem viel zu lange unterdrückten Bedürfnis nach einer echten Herausforderung entsprachen.

Natürlich hatte El Kordi nichts von einem schönen Jüngling; dennoch war Nour El Dine von der männlichen Schönheit seiner Züge beeindruckt, die noch durch die Schlitzaugen betont wurde. Er schien sich zu entspannen, seine Verbitterung für einen Augenblick zu vergessen. Er hatte sich merklich verändert; sein Benehmen wurde freundlich und außergewöhnlich sanft. Aber El Kordi lag es fern, dem Beachtung zu schenken; der Haß, den er jeder Art von Autorität entgegenbrachte, machte ihn so blind, daß er die Fragwürdigkeit dieser unerwarteten Höflichkeit nicht bemerkte.

Nour El Dine blickte ihn liebevoll und mit einer Art lüsterner Zärtlichkeit an, als befände er sich auf der Lauer nach einem Zeichen heimlichen Einverständnisses.

Warum fing er plötzlich an, Englisch zu sprechen?

»Kommst du oft hierher?«

»Sooft ich das körperliche Bedürfnis habe«, antwortete El Kordi in derselben Sprache.

»Mir schien, du hättest eine besondere Vorliebe für eines der Mädchen. Bist du ihr Liebhaber, oder täusche ich mich?«

Dieses auf englisch geführte Gespräch wurde begleitet von einer feierlichen Stille. Der Gerichtsschreiber, der überhaupt nichts mehr verstand, hörte zu schreiben auf. Zuerst reinigte er sich die Ohren, weil er eine ungelegene Taubheit vermutete; dann, überwältigt vom Ereignis, legte er seinen Stift vor sich nieder und nahm eine von Hilflosigkeit zeugende Haltung an. Set Amina glaubte, daß sich hinter dem Gebrauch dieser fremden Sprache eine Falle verbarg, mit der ihr Untergang besiegelt werden sollte. Sie seufzte und sagte:

»Bei meiner Ehre! Das ist das Weltende. Jetzt spricht man schon Englisch in meinem Haus!«

Nour El Dine entschloß sich, das Verhör auf arabisch fortzusetzen, nicht um Set Amina einen Gefallen zu tun, sondern weil der Gerichtsschreiber es langsam unstatthaft fand, so ausgeschlossen zu werden: er zischte einige unfreundliche Worte zwischen den Zähnen hervor.

»Hast du Kontakt zu anderen Kunden dieses Hauses?« fragte er ihn im Plauderton. »Ich wüßte gern, was du über sie denkst.«

El Kordi erfaßte sofort die Tragweite dieser heimtückischen Frage.

»Wenn ich dich recht verstehe, dann möchtest du, daß ich dir die Personen nenne, die für diesen Mord in Frage kommen. Laß mich dir sagen, Herr Offizier, daß ich kein Spitzel bin.«

»Diese Vermutung liegt mir fern. Du hast mich nicht richtig verstanden. Ich wollte ganz einfach wissen, welche Atmosphäre in diesem Haus herrscht. Kann ich mit deiner Kooperationsbereitschaft rechnen?«

»Auf keinen Fall«, entrüstete sich El Kordi. »Ich würde nicht einmal den kleinen Finger für die Polizei rühren. Abgesehen davon weiß ich nichts über diese Sache.«

»Tatsächlich, fällt dir zu diesem Mord überhaupt nichts ein?«

»Mir fällt sogar sehr viel ein. Ich bezweifele aber, daß du mir folgen kannst.«

»Wieso? Ich wäre sehr froh, wenn du mit mir darüber reden würdest.«

»Na gut! Ich bin der Meinung, daß allein die Gesellschaft für dieses Verbrechen verantwortlich ist«, sagte El Kordi hochtrabend.

»Was sagst du da, mein Sohn!« rief Set Amina aus. »Bei Allah, du wirst verrückt.«

Sie glaubte, daß mit der »Gesellschaft«, von der El Kordi sprach, alle Anwesenden und insbesondere sie selbst gemeint waren.

»Schweig, Weib! Fahre fort, mein Lieber, mich interessiert deine Meinung«, sagte Nour El Dine, wobei in seinen Augen ein eigentümlicher Glanz von Zuneigung lag.

Aber es kam nichts mehr. El Kordi schwieg; er war davon überzeugt, mit diesem revolutionären Satz alles gesagt zu haben.

»Ich habe dem nichts hinzuzufügen«, sagte er.

Die Quelle seiner Revolte schien versiegt.

»Das ist bedauerlich«, sagte Nour El Dine. »Es wäre mir lieb gewesen, wenn du diesen Gedanken noch ein wenig vertieft hättest! Dann eben ein andermal. Ich habe dir noch ein paar andere Fragen zu stellen.«

Er war ein Glücksfall für ihn. Mochte dieser junge Mann auch selbst nicht der Mörder gewesen sein, so führte er ihn doch trotz allem auf eine ernst zu nehmende Spur. Hatte er sich nicht gerade selbst verraten? Dieser übertriebene Idealismus, der alles auf die Gesellschaft abwälzte, entsprang demselben Geist, der auch die Idee zu dem Mord an der Hure geboren hatte. Ein Anarchist! Vielleicht gab es viele, die so dachten wie er. Wie zu einem Abgrund fühlte sich Nour El Dine unwiderstehlich zu El Kordi hingezogen; seine ganze Aufmerksamkeit war geweckt. Mit Hilfe dieses jungen Beamten würde er mit Sicherheit sensationelle Entdeckungen machen. Er mußte sich jetzt nur davor hüten, ihn anzuherrschen.

»Darf ich mir erlauben«, fuhr er fort, »dich zu fragen, wo du heute nachmittag zwischen zwei und sechs Uhr warst?«

»Ich bin spazierengegangen«, sagte El Kordi, ohne zu überlegen.

»Ich verstehe. Das ist ein ziemlich geläufiges Alibi. Aber unglücklicherweise nicht zu überprüfen. Hast du mir nichts anderes anzubieten?«

»Vielleicht könnte man die Spur meiner Schritte wiederfinden. Ich habe Sohlen, die Abdrücke hinterlassen.« Und El Kordi hob den Fuß, damit der Offizier in Ruhe seine Sohlen ansehen könnte.

Nour El Dine hatte nicht die Zeit zu antworten, denn plötzlich ging die Eingangstür auf, und zwei Krankenpfleger mit weißen Hemden, die eine Bahre trugen, kamen herein. Der Wachpolizist führte sie zum Zimmer der ermordeten Hure, in dem sie verschwanden. Kurze Zeit später kamen sie mit dem Leichnam der jungen Arnaba wieder heraus, der mit einem geteerten Tuch bedeckt war. Bei diesem Anblick begannen die Mädchen zu heulen und wie Wahnsinnige mit den Armen zu schlagen. Nour El Dine hielt sich die Ohren zu und wartete geduldig, bis diese kollektive Raserei zu Ende sein würde.

El Kordi lächelte albern. Er wurde die Erinnerung an den jämmerlichen Kerl, der sich mit so großem Stolz als Kassierer ausgegeben hatte, nicht los. Der hatte von sich behauptet, der Freund des Ministers zu sein. Und wenn schon, warum eigentlich nicht?

V

Das Geräusch der Stimmen und das Licht der Karbidlampen vermittelten ihm das Gefühl eines behaglichen Zufluchtsortes. Zu dieser Zeit des Abends quoll das Café des Miroirs über von einer lärmenden Menschenmenge, die alle Tische besetzt hielt und sich in einer langsamen Prozession über die Fahrbahn aus gestampftem Lehmboden bewegte. Aus den Lautsprechern des ununterbrochen spielenden Radios ertönte ein Schwall lauter Musik, der die Pracht der Wörter, der Schreie und des Gelächters in einem gleichklingenden Getöse untergehen ließ. In diesem überwältigenden, lärmenden Getümmel überließen sich zerlumpte Bettler, Kippensammler und fliegende Händler einer Art heiterer Aktivität, ganz so wie Gaukler auf einem Jahrmarkt. Allabendlich herrschte hier diese Jahrmarktsatmosphäre. Das Café des Miroirs schien ein von der Weisheit der Menschen geschaffener Ort zu sein, der am Rande einer zur Traurigkeit verdammten Welt lag. Yéghen fühlte sich von diesem Müßiggang und dieser trunkenen Freude immer wie verzaubert. Es hatte den Anschein, als würde niemand von diesen Menschen die Angst und das harte Los eines Lebens im Elend kennen. Sicher, ihre aus unzähligen Lumpen bestehende Kleidung zeugte von großer Armut, sie hinterließ ihre unauslöschlichen Spuren auf den eingefallenen und ausgemergelten Körpern; und doch vermochte sie nicht, aus ihren Gesichtern die sichtbare Freude darüber zu löschen, noch am Leben zu sein.

Eigenartiges Volk! Yéghen, den dieses brüderliche und außerordentlich ermutigende Gedränge glücklich machte, bahnte sich einen Weg durch die Menge. Er befand sich in seiner Welt; hier war seine Häßlichkeit niemandem ein Dorn im Auge; im Umgang mit den einfachen Menschen erlangte sie im Gegenteil sogar eine Art Glanz. Man kannte ihn, und er wurde mit freundschaftlichen Zurufen begrüßt. Man lud ihn mehrfach zu einem Glas Tee ein, aber er lehnte mit der vagen Begründung ab, daß er beschäftigt sei. In Wahrheit versuchte er Gohar zu finden; ohne Droge und hilflos leidend, würde dieser ihn sicher ungeduldig erwarten. Das Leiden Gohars war die einzige Ungerechtigkeit auf dieser vor Ungerechtigkeiten strotzenden Welt, die er nicht tolerieren konnte. Er brachte alle Großzügigkeit, deren er fähig war, auf, um Gohar zu seiner täglichen Ration Haschisch zu verhelfen. Einem Menschen dieses kleine bißchen Glück zu verschaffen – wenn auch nur für die Dauer einiger weniger Stunden – war in seinen Augen wirkungsvoller als all die vergeblichen Anstrengungen der Reformer und Idealisten, die eine notleidende Menschheit von ihrem elenden Los befreien wollten. Was das anging, rühmte Yéghen sich, der Apostel eines unmittelbaren und spürbaren Nutzeffekts zu sein. Die langwierige Ausarbeitung gelehrter Theorien darüber, wie die Armut des Volkes zu lindern wäre, stellte seiner Ansicht nach nichts als einen schlechten Scherz dar.

Er lachte hämisch, darauf bedacht, den Anschein zu wahren.

Ohne es sich einzugestehen, war er noch ganz überwältigt von der Erinnerung an die erst kurze Zeit zurückliegende Begegnung mit dem jungen Mädchen. Jetzt, wo er es geschafft hatte, dank eines Gedichts mit ihr in Kontakt zu treten, fragte er sich, welche Auswirkungen dieses Abenteuer wohl auf sein Privatleben haben würde. Er war sich jedenfalls absolut sicher, keine Liebe für sie zu empfinden. Im Grunde handelte es sich von seiner Seite aus um einen Vorstoß, den er ohne jede Lust auf eine Eroberung unternahm. Die Aussicht, mit der Tochter eines Beamten zu schlafen, die obendrein auch noch minderjährig war, reizte Yéghen nicht im geringsten. Trotzdem weckte dieses Mädchen durch ihr zynisches Verhalten seine Neugierde; sie schien ihn herauszufordern. Ihre Reaktion auf seine Häßlichkeit ließ auf einen zumindest hinterlistigen Charakter schließen. Yéghen erblickte in ihrem Verhalten die Offenbarung von etwas Anormalem, Schändlichem, das ihn dazu anregte, sich einer für ihn einzigartigen Erfahrung auszusetzen. Es war das erste Mal, daß ihm eine Frau ihre Aufmerksamkeit zuteil werden ließ, und es fehlte nicht viel, daß er sich darauf etwas einbildete. Er konnte sich nicht dazu durchringen, einer solchen Quelle der Freude und, wer weiß, vielleicht auch sinnlicher Erregung einfach zu entsagen. Er war gut genug mit den Regeln der Wahrscheinlichkeit vertraut, um zu wissen, daß die Möglichkeit eines solchen Liebesabenteuers sich einem Mann wie ihm vielleicht alle drei Generationen einmal bietet. Er mußte also die Gelegenheit beim Schopf packen. Und dann waren da auch noch die Klavierstunden, die das Abenteuer zu etwas noch Außergewöhnlicherem machten. Nicht daß Yéghen Musik mochte; er verabscheute sie im Gegenteil von ganzem Herzen, aber er glaubte nicht, daß das Mädchen jemals Gelegenheit haben würde, in seiner Gegenwart zu spielen.

Sollte er mit Gohar darüber sprechen? Zunächst einmal mußte er ihn finden. Im grellen Licht der Karbidlampen, das von den riesigen Spiegeln an den Wänden zurückgeworfen wurde, nahmen seine kurzsichtigen Augen alles völlig verschwommen wahr. Nur mühsam bahnte er sich einen Weg durch das Gedränge, als er spürte, wie ihn jemand am Arm faßte.

»Mein lieber Yéghen, erweise mir die Ehre, dich an meinen Tisch zu setzen.«

Yéghen drehte sich um. Der Mann war ein allgemein bekannter Homosexueller von majestätischer Korpulenz, der eine Jacke aus grüner Seide und einen auberginefarbenen, weiten Mantel trug. Seine Haare und sein Schnauzbart waren gefärbt; an den Fingern trug er schwere Ringe. Es handelte sich um einen sehr reichen Tuchhändler, der als Literaturkenner gelten wollte.

Die Liebenswürdigkeit, die der dicke Händler ihm entgegenbrachte, amüsierte Yéghen immer, weil ihrer Beziehung dadurch ein Hauch des Zweideutigen anhaftete.

»Na, was macht die Poesie?«

»Sie dämmert vor sich hin«, sagte Yéghen.

»Gleichviel! Trink ein Glas Tee mit mir. Ich brenne vor Ungeduld, dir zuzuhören.«

»Vergib mir, aber es ist mir nicht möglich. Ich suche jemanden. Ich muß ihn unbedingt finden.«

»Ah, ich verstehe«, sagte der Mann mit einem vielsagenden Augenzwinkern.

»Du verstehst überhaupt nichts. So weit ist es mit mir noch nicht gekommen. Aber vielleicht wird es ja eines Tages mal soweit sein.«

»Na! Das wird ein großer Tag. Ich werde mich glücklich schätzen, dich zu meinen Freunden zu zählen.«

»Das glaubst du doch wohl selbst nicht«, widersprach Yéghen. »Mit so einem Gesicht!«

»Vergiß nicht, daß du für mich andere Reize besitzt. Ich bin empfänglich für das Genie.«

»Mit anderen Worten, du würdest gern mit meinem Genie schlafen.«

Sie lachten lauthals los.

»Aber auch das ist unmöglich«, fuhr Yéghen fort. »Ich habe kein Genie. Gehab dich wohl. Wir werden uns bestimmt schon bald wiedersehen.«

»Deine Bescheidenheit ehrt dich. Mach mir die Freude und nimm wenigstens eine Zigarette von mir.«

Er hielt Yéghen eine Schachtel Luxuszigaretten hin; der nahm sich eine, und der Mann zündete sie ihm mit einem goldenen Feuerzeug an.

»Danke.«

Yéghen ließ den dicken Händler stehen und begab sich von neuem auf die Suche nach Gohar. Wo hatte der sich nur versteckt? Er entdeckte ihn nirgendwo. Er wurde langsam nervös, und das um so mehr, als er spürte, daß ein kleiner Kippensammler hinter ihm her war, der sich an seine Fersen geheftet hatte und ihn genau beobachtete, um den Moment nicht zu verpassen, in dem er seine Zigarette wegwerfen würde. Die Verlockung dieser Luxuskippe schien auf den kleinen Jungen eine Art Faszination auszuüben. Er folgte Yéghen auf Schritt und Tritt und wirkte dabei wie ein hungriger Hund. Schließlich hatte Yéghen genug von dieser Nachstellerei und warf ihm die halb gerauchte Zigarette hin.

»Hier, du Mistkerl! Willst du mir nicht noch in den Hintern kriechen.«

»Gott behüte mich«, rief das Kind, während es die Zigarette aufhob.

Rein zufällig entdeckte er dann Gohar.

In einem Friseurladen – einer Art Hütte ohne Tür –, der nur vom weit entfernten Licht des Cafés beleuchtet wurde, thronte Gohar, vor Müdigkeit ermattet und der traurigen Weisheit eines in sich zusammenbrechenden Universums hingegeben, auf dem einzigen Sessel. Als er die Stimme Yéghens hörte, fuhr er hoch.

»Sei gegrüßt, Meister.«

»Endlich kommst du, mein Sohn!«

Yéghen verbeugte sich bis zum Boden, was wie eine parodistische Ehrerbietung anmutete. Die Wertschätzung, die er seinem Meister entgegenbrachte, schloß Possen nicht aus.

»Immer zu deinen Diensten. Ich hoffe, ich störe dich nicht beim Nachdenken?«

»Ganz und gar nicht. Setz dich.«

Yéghen holte sich einen Stuhl, der auf der Straße herumstand, dann setzte er sich mit heiterer Miene zu ihm. Jedesmal wenn er ihn traf, empfand er dieselbe Freude; man hätte meinen können, daß die Anwesenheit Gohars die unglaublichsten Glücksgefühle hervorrief. All seine Ängste, auch die in seinem Unterbewußtsein verborgenen, verschwanden beim bloßen Anblick seines Meisters. Sogar seine Häßlichkeit vergaß er.

In dem engen Friseurladen erhielt das Schweigen Gohars das unsagbare Gewicht der Ewigkeit. Yéghen respektierte dieses Schweigen. Er wußte, daß die Stummheit Gohars geheime und nicht zu vermittelnde Freuden verbarg. Aber plötzlich schreckte ihn das Gefühl auf, etwas sehr Wichtiges vergessen zu haben; obwohl Gohar niemals um etwas bat, wartete er mit Sicherheit auf eine einzige Sache: die Droge. Schnell holte er aus seiner Tasche ein zusammengefaltetes Blatt Papier, entfaltete es und teilte das darin enthaltene Stück Haschisch in zwei Hälften. Die größere Hälfte bot er Gohar an; der nahm sie wortlos und rollte sie zwischen seinen Fingern zu einer Kugel, die er sich dann in den Mund steckte, um sie zu lutschen. Schon fühlte er, wie seine Lebensgeister langsam wieder erwachten und das Blut in seine erstorbenen Venen strömte. Er schloß die Augen und kostete diesen wunderbaren Augenblick, der auf den völligen Entzug folgt, in vollen Zügen aus. Yéghen, den diese zu hastige Art, Rauschgift zu nehmen, etwas verdutzte, rührte sich nicht. Die Einnahme der Droge über den Verzehr, die Gohar wegen ihrer Einfachheit bevorzugte, versetzte ihn immer genauso in Erstaunen wie ein Zaubertrick, bei dem man etwas zum Verschwinden bringt. Er vertrat die Ansicht, daß die Einnahme von Drogen ein ausgefeilteres Ritual erforderte. Yéghen liebte die phantastische Atmosphäre der Opiumhöhlen, den schweren Rauch, dicht und undurchdringlich wie Nebel, und vor allem liebte er den anhaltend süßlichen Geruch, der lange in den Kleidern hängenblieb und noch aufdringlicher war als ein Frauenparfum. Es handelte sich um eine Art von Romantik, die seiner Poetenseele teuer war und die Gohar auf einen Schlag wegwischte, wenn er sich das Haschisch direkt in den Mund steckte. Angesichts dieser Hast überkam Yéghen jedesmal ein leichter Schauer. Er mochte sich noch so oft sagen, daß die gewünschte Wirkung die gleiche sei, er konnte nicht umhin, dieses mangelnde Interesse an Vorbereitung und schmükkendem Beiwerk zu bedauern.

Im Halbdunkel des Ladens schnitt er seine Lieblingsgrimassen und achtete auf das kleinste Anzeichen des Wiederauflebens, das sich im Organismus seines Gefährten vollzog. Er freute sich schon darauf, bald mit ihm plaudern zu können. Gohar blieb aber immer noch stumm; nur ein leichtes Keuchen ließ darauf schließen, daß er langsam zum Leben erwachte.

Nach dem Verlassen des Bordells, in dem er die junge Prostituierte erwürgt hatte, war Gohar auf der Suche nach Yéghen durch die Straßen der Stadt gelaufen. Die Wirkung der Droge hatte zur Folge, daß sich das Bewußtsein seiner Tat eine gewisse Zeit lang abschwächte. Sie kam ihm vor wie ein tragischer Irrtum, dessen Bedeutung sich jedoch im Unbestimmten verlor. Welche Bedeutung besaß schon ein einziges Verbrechen angesichts der Unzahl anderer, verschiedenartigster Verbrechen wie Kriege, Massaker oder Unterdrückung, die jeden Tag begangen wurden? Natürlich war er nicht unempfänglich für Mitleid. Der Gedanke an sein Opfer hatte ihm, während er verzweifelt durch die Straßen der Stadt irrte, die ganze Zeit über das Herz zusammengeschnürt. Aber er hatte das Gefühl, als würde es sich um einen bedauerlichen Unfall handeln, dessen hilfloser und erschrockener Zeuge er lediglich war. Er hatte diese verwerfliche Tat niemals gewollt oder geplant. Es gelang ihm nicht, den Widerspruch zwischen seinem tiefen Abscheu gegenüber Gewalt und der grausamen Gewißheit der Fakten aufzulösen. Wie ließ sich also dieses Verbrechen erklären? Daß das Schicksal ihn in eine von ihm verhöhnte, verbrecherische und gräßliche Welt zurückstoßen wollte, das mochte Gohar einfach nicht glauben. Er glaubte nicht an die Unabwendbarkeit eines Schicksals, dem man nicht entrinnen kann. War es sein Schicksal, ein ehrenwerter Professor zu sein, der die schändlichen Lügen lehrte, mit deren Hilfe eine privilegierte Klasse ein ganzes Volk unterdrückte? Und beging er etwa Verrat an seinem Schicksal, wenn er diesen Schwindel nicht mehr mitmachte? Nichts lag ferner als diese Vermutung. Zweifellos war er geprägt, das Produkt einer eingeschüchterten Zivilisation, die durch Mord prosperierte. Aber er glaubte, der Angst entkommen zu sein, zu Frieden und Ruhe zurückgefunden zu haben auf diesem noch intakten Fleckchen Erde, wo die Würde eines sich zur Freude hingezogenen Volkes sich entfaltete. Hatte er also mit seiner Flucht nichts anderes erreicht, als Mord und Schrecken zu bringen, die ihm förmlich am Leib klebten? Sollte sein Abenteuer mit einer Niederlage enden? Nein, das konnte nicht sein.

Trotzdem wußte er, daß er mit der menschlichen Gerichtsbarkeit zu rechnen hatte. Die Polizei würde sich nicht um abstrakte Überlegungen scheren; für sie war Schicksal gleichbedeutend mit dem Schwert des Henkers. Sie sah im Schicksal nichts anderes als einen Willen zur Unterdrückung, dessen einzige Funktion darin bestand, die Sklaven nicht aus ihrer Knechtschaft entkommen zu lassen. Gohar war klar, daß sie überall herumschnüffeln und ungeheure Anstrengungen unternehmen würden, deren einziges Ziel darin bestand, ihn zu fassen. Nicht etwa, weil dieser Mord an einer Prostituierten in ihren Augen eine verabscheuungswürdige und unmenschliche Tat war, sondern einfach deshalb, weil er ihre tyrannische Ordnung störte. Die Regel, nach der jedes Vergehen bestraft werden müsse, war auch so eine dieser heuchlerischen Lügen, die eine dem Untergang geweihte und verdorbene Gesellschaft als Bollwerk um sich herum errichtet hatte. Was für einen Weg er in diesen wenigen Jahren zurückgelegt hatte! Die strenge Moral, die er einst gelehrt und an die er geglaubt hatte wie an einen unveräußerlichen Reichtum, erwies sich als das unheilvollste Komplott, das je gegen ein ganzes Volk geschmiedet wurde; sie war nichts als ein Herrschaftsinstrument, mit dessen Hilfe die im Elend Lebenden in Schach gehalten wurden. Vielleicht war dieses Verbrechen letztlich nur die Buße für seine früheren Lügen, für seine blinde Komplizenschaft mit den höllischen Mächten. Auf diese Weise würde er endgültig und für immer mit allem brechen, was ihn noch mit dieser verhaßten Welt verband! Von nun an würde er zum Heer der

Verfolgten gehören, die an den Rand des Schrekkens gedrängt wurden, die aber ungebrochen ein gesunder Lebensmut beseelte.

Kein Gericht könnte die junge Arnaba wieder zum Leben erwecken. Er aber, Gohar, lebte. Die Polizei würde einen lebenden Feind bekämpfen müssen, einen Lebenden der allerschlimmsten Art: einen Optimisten. Sie würden es schwer haben, ihn in die Enge zu treiben. Er würde mit der ganzen Kraft seiner Passivität kämpfen, um dieses neue Leben zu bewahren, das er sich unter Aufbringung übermenschlicher Kräfte erkämpft hatte.

Wohltuender Zauber der Droge! Gohar bewegte sich in seinem Sessel, öffnete die Augen und lächelte im Dunkel.

Yéghen deutete dieses Lächeln als Zeichen dafür, daß er jetzt sprechen konnte.

»Nun, Meister, was gibt es Neues?«

»Schweig, mein Sohn, ich habe einen denkwürdigen Tag hinter mir!«

»Wieso denn das?«

Yéghen freute sich unbändig, er rieb sich die Hände und schnitt noch mehr Grimassen als sonst. Der Ton in Gohars Stimme kündigte ihm an, daß er eine außergewöhnliche Geschichte zu hören bekäme.

Gohar erzählte ihm von seinem morgendlichen Mißgeschick. Er sprach von seinem toten Nachbarn, vom schmutzigen Wasser, das sein Zimmer überschwemmt hatte, und von den gellenden Schreien der Klageweiber.

»Seit heute mittag treibe ich mich auf der Straße herum. Es war furchtbar.«

»Diese Geschichte ist so lustig«, lachte Yéghen auf, »daß sie jedes Opfer wert ist. Meister, nur du allein erlebst solche Abenteuer. Ehrlich, ich beneide dich darum.«

»Ich habe dich überall gesucht«, sagte Gohar. »Wo hast du denn gesteckt?«

Yéghens Miene verdüsterte sich, und als würde er ein Geheimnis preisgeben, sagte er:

»Ich habe meine Mutter besucht.«

Es gab etwas, was mit der Mutter Yéghens zu tun hatte und woran Gohar sich zu erinnern versuchte. Was war es noch? Ach ja. Jetzt erinnerte er sich wieder.

»Ich habe gehört, sie sei gestorben. Ich hoffe, daß das nicht stimmt. Falls doch, mein lieber Yéghen, möchte ich dir mein aufrichtiges Beileid aussprechen.«

»Dir kann ich es ja sagen, Meister«, sagte Yéghen lachend. »Es stimmt nicht. Sie lebt noch, sie ist sogar so lebendig, daß sie mich mit ihren moralischen Ratschlägen ganz trübsinnig gemacht hat. Ich möchte ganz einfach etwas Geld zusammenbringen. Was hältst du davon?«

»Ich muß zugeben, es ist eine großartige Idee. Ich wünsche dir viel Erfolg.«

»Nicht wahr?« sagte Yéghen überglücklich. »Ich war mir sicher, daß du mir beipflichten würdest. Übrigens ist sie eine außergewöhnliche Frau.«

»Wer? Deine Mutter?«

»Ja. Sie sagt manchmal Dinge, die mir den Atem verschlagen. Und trotzdem bin ich davon überzeugt, daß sie kein Haschisch nimmt. Weißt du, was sie mir mal gesagt hat?«

»Nein, ich würde mich aber glücklich schätzen, wenn ich es erführe.«

»Ich gebe ihre Äußerung wortwörtlich wieder. Sie sagte: ›Du bist jetzt alt genug, um deine Angelegenheiten mit Gott ganz allein zu regeln.‹ Das ist beängstigend, nicht wahr?«

»Ich verstehe nicht recht, was du meinst«, sagte Gohar.

»Sie möchte nicht mehr als Vermittlerin fungieren. Sieh mich an, Meister! Kannst du dir vielleicht vorstellen, daß ich mit Gott verhandle! Das schaffe ich niemals.«

»Was ist denn das für eine Neuigkeit? Seid wann hast du etwas mit Gott zu tun?«

»Ich persönlich hatte noch nie etwas mit ihm zu tun. Meine Mutter hat sich um alles gekümmert. Zwischen uns gab es ein stilles Abkommen. Aber jetzt ist es vorbei damit: Ich muß ganz allein zurechtkommen. Und so kam mir der

Gedanke, ein wenig Geld für ihr angebliches Begräbnis zu sammeln. Das ist sie mir einfach schuldig.«

»Ich muß sagen, daß deine Argumentation tadellos ist. Trotzdem ...«

Er riß Mund und Augen auf. Die wunderbare Wirkung des Haschischs versetzte ihn in einen euphorischen Zustand, in dem alle Dinge eine ungewöhnliche Dimension annahmen und nichts verdächtig oder unmöglich zu sein schien. Zusammengesunken in seinem Sessel, die Hände auf den Griff des Gehstocks gelegt, den er zwischen den Beinen hielt, dachte Gohar über die seltsame Beziehung nach, die Yéghen zu Gott unterhielt. Er sah Gott ganz deutlich als einen liebenswürdigen und vornehmen Mann vor sich, wie er mit Yéghen verschiedene vertrauliche Dinge besprach. Die beiden Gesprächspartner schienen sich schon lange zu kennen, sie sagten sich sehr harte Worte direkt ins Gesicht, ohne dabei ausfällig oder laut zu werden. Aber das wirklich Sensationelle an dieser Vision bestand darin, daß Gott sehr modern gekleidet war und keinen Bart trug.

Gohar wurde von einem kurzen Lachen geschüttelt.

Der Friseurladen lag neben dem Café des Miroirs, am Rande eines mit Urinpfützen und Abfällen übersäten Geländes. Nachts diente er den kleinen Bettlern und Kippensammlern als Schlupfwinkel, die dort zusammengepfercht wie Tiere in einer Höhle schliefen. Jeden Morgen mußte der Friseur sie wutentbrannt mit Fußtritten und unter üblen Drohungen fortjagen. Er hätte eine Tür an seiner Hütte anbringen müssen, aber eine solche Investition sprengte den Rahmen seiner finanziellen Möglichkeiten. Gohar hatte diesen Ort einmal abends entdeckt, als er Ruhe suchte, und seitdem begab er sich oft dorthin, um sich an seinem paradiesischen Frieden zu erfreuen. Dieser Frisiersessel war wirklich wie geschaffen dafür, sich seinen Gedanken hinzugeben.

»Meister«, sagte Yéghen, »ich möchte dir etwas anvertrauen.«

»Ich höre.«

»Nun, ich stehe vor dir als jemand, der gerade ein Liebesabenteuer durchlebt.«

»Meinen Glückwunsch! Wer ist die glückliche Auserwählte?«

»Es ist ein Mädchen, das nicht so wie die anderen ist.«

»Da muß ich noch mal nachfragen«, sagte Gohar. »Wie ist ein Mädchen, das nicht so wie die anderen ist? Mein lieber Yéghen, ich dachte eigentlich, du würdest über ein besseres Urteilsvermögen verfügen.«

»Ich wollte sagen, sie ist keine Hure.«

»Stammt sie aus dem Bürgertum?«

»Ja. Wohl die Tochter eines Beamten.«

»Oh! Das ist ja schrecklich! Liebst du sie?«

»Hältst du mich für El Kordi? Meister, ich bin doch kein Kind.«

»Auch El Kordi ist kein Kind«, sagte Gohar. »Glaub mir, du schätzt ihn falsch ein. Er steht lediglich unter dem Einfluß einer westlichen Literatur, die beabsichtigt, die Frau zum Mittelpunkt eines Mysteriums zu machen. El Kordi zerbricht sich den Kopf darüber, ob die Frau ein denkendes Wesen ist; sein Gerechtigkeitssinn verleitet ihn dazu, sie als soziales Wesen zu verteidigen. Aber im Grunde genommen glaubt er selbst nicht daran. Alles, was er von einer Frau will, ist, daß sie mit ihm schläft. Und das meistens auch noch, ohne zu zahlen, weil er arm ist.«

»Bei mir aber liegt der Fall anders. Ich will gar nicht mit ihr schlafen.«

»Eine platonische Liebe! Das ist ja noch schlimmer.«

»Es geht überhaupt nicht um Liebe, Meister. Es geht um etwas anderes.«

»Und worum geht es?«

»Ich weiß es nicht.«

Yéghen schwieg. Er hatte gerade bemerkt, daß eine ganze Bande struppiger Kinder, die im Eingang des Ladens stand, ihr Gespräch mit andächtigem Schweigen verfolgte. Sie schienen wie versteinert von dem, was sie soeben zu hören bekamen.

»Das hier ist ein Friseursalon für Nichtraucher«, sagte er. »Es gibt hier keine Zigarettenstummel. Ihr verschwendet eure Zeit.«

»Wir suchen keine Kippen«, sagte ein ungefähr achtjähriges Mädchen, das nur mit bunten Lumpen bekleidet war. »Wir wollen schlafen. Das ist unser Platz.«

»Ihr wollt jetzt schon schlafen?« fragte Yéghen. »Aber es ist doch noch zu früh. Geht noch ein wenig spazieren.«

»Gib mir einen Piaster«, forderte das kleine Mädchen.

Mit ihren hennaroten Haaren und den bunten Farben ihres Aufputzes sah sie aus wie eine schmutzige Puppe.

»Einen Piaster«, empörte Yéghen sich. »Was willst du mit einem Piaster anstellen? Schämst du dich nicht zu betteln? Komm, laßt uns in Ruhe. Wir haben ernste Dinge zu besprechen.«

»Gehen wir«, sagte das Mädchen mit verächtlich herabgezogenem Mundwinkel. »Das sind Kinderschänder.«

»Das sind wohl die verhängnisvollen Folgen der Finsternis«, sagte Yéghen.

Die Kinder ließen sich unweit der Hütte nieder. Yéghen verlor sie nicht aus den Augen; er sah, wie sie sich gegenseitig anrempelten und dabei obszöne Flüche ausstießen. Zweifellos einigten sie sich, wie sie die Männer am besten von diesem Ort vertreiben könnten. Yéghen wußte, daß sie hartnäckig waren und nicht lockerlassen würden.

Dieser Ort wurde jetzt sehr gefährlich.

»In Wahrheit amüsiert mich das Mädchen.«

»Wer, die Kippensammlerin?« fragte Gohar.

»Aber nicht doch, Meister. Die Tochter des Beamten. Stell dir vor, sie sieht mich an, ohne angewidert zu sein. Und das im vollen Licht der Straßenlaterne. Sie lächelt mich sogar an. Ich bin fast geneigt zu glauben, daß sie mich sympathisch findet.«

»Du wirst doch wohl nicht zu einem Geck werden wollen?« fragte Gohar beunruhigt. »Damit spricht sie deine Eitelkeit an. Mein lieber Yéghen, dieses Mädchen ist ein Ausbund an Verruchtheit.«

»Ich habe vergessen, dir zu sagen, daß sie Klavierstunden nimmt.«

Gohar fand keine Zeit zu antworten. Sie wurden erneut gestört. Diesmal war es ein einarmiger jammernder Verkäufer von Lotterielosen. In seiner intakten Hand hielt er ein einzelnes zerknittertes und schmutziges Los, das er zweifellos vom Boden aufgelesen hatte.

»Wieviel kann man mit diesem Los gewinnen?« erkundigte sich Yéghen.

»Tausend Pfund, mein Bey!« antwortete der Mann.

»Das ist nicht genug. Hast du eins, mit dem man zehntausend gewinnen kann?«

»Es gibt keine Lose, mit denen man zehntausend Pfund gewinnen kann. Nur tausend. Und mit diesem Los gewinnst du sie. Kauf es mir ab! Allah möge deinen Reichtum mehren.«

»Mach dich fort«, sagte Yéghen. »Tausend Pfund ist was für Bettler.«

Der Mann verschwand in der Dunkelheit, die über dem unbebauten Gelände lag, und murmelte irgendwelche Beschimpfungen gegen eine anscheinend anspruchsvolle und zänkische Ehefrau vor sich hin.

»Meister, stell dir einmal vor, wir hätten tausend Pfund!«

»Was sollten wir damit, mein Sohn?«

»Du könntest dann endlich nach Syrien gehen.«

Die Anspielung auf diese Reise betrübte Gohar, anstatt ihn zu erfreuen, denn sie erinnerte ihn indirekt an sein Verbrechen. Noch ein Traum, der zerbrach. Würde er diese Reise jetzt noch jemals antreten können? Er hatte sich vielleicht um die einzige Möglichkeit gebracht, der Angst zu entfliehen, mit der die Welt rang. Es fiel ihm schwer, diesem paradiesischen Syrien zu entsagen, das er sich erträumt hatte und wo er glückliche Tage verleben wollte. Sicher, es war nur ein Traum, aber war nicht die schlimmste aller Entsagungen der Abschied von einem Traum?

»Ich könnte sogar mit dir kommen«, fuhr Yéghen fort.

Gohar wandte den Kopf und sah seinen Gefährten an. Wie sollte er ihm erklären, daß es nicht mehr möglich war; wie sollte er ihm dieses entsetzliche Verbrechen erklären? Zu einer solchen Beichte fühlte er sich außerstande. Später vielleicht würde er ihm alles erzählen.

Yéghen verzog erstaunt das Gesicht: im Eingang der Hütte war die Silhouette El Kordis zu erkennen.

»Etwas Furchtbares ist passiert! Ich bin außer mir.«

Die beiden Männer ließen sich durch diese Eröffnung in keiner Weise aus der Ruhe bringen. Sie war Bestandteil einer Art von Ritual. El Kordi sprach die Leute immer mit der Heftigkeit eines Menschen an, der unmittelbar zuvor nur knapp einem Blutbad entronnen war. Man mußte ihm ein wenig Zeit lassen, sich wieder zu beruhigen. Sie hüteten sich auch davor, ihm Fragen zu stellen. Sie warteten geduldig, bis er ihnen sagte, was ihn bedrückte.

Angesichts dieses einverständlichen Schweigens stieß El Kordi einen Seufzer aus.

»Ich warne euch, das ist kein Scherz«, sagte er. »Ich komme von Set Amina. Das Haus ist voller Polizisten.«

»Eine Razzia!« entfuhr es Yéghen.

»Eben nicht! Genau das dachte ich zuerst auch. Es ist aber viel schlimmer. Man hat Arnaba ermordet, die Neue.«

Nachdem er den gewünschten Überraschungseffekt erzielt hatte, beruhigte El Kordi sich. Jetzt betrachtete er das Geschehene unter einem weniger tragischen Blickwinkel.

»Weiß man, wer der Mörder ist?« fragte Yéghen.

»Nein. Das einzige, was man weiß, ist, daß er nichts gestohlen hat. Er hat das Mädchen einfach nur erwürgt. Das hat den Polizeioffizier im übrigen ganz verrückt gemacht. Er hatte kein Tatmotiv. Ich bin nur hierhergekommen, um euch zu sagen, daß ihr nicht dorthin gehen sollt. Man hat mich verhört; es war sehr unangenehm.«

»Welche Art von Verhör?« wollte Yéghen wissen. »Hat man dich geschlagen?«

»Sie haben es nicht gewagt. Als ich sagte, daß ich Regierungsbeamter sei, hat der Offizier seinen Ton mir gegenüber schnell geändert. Die ganze Sache kam mir übrigens ziemlich undurchsichtig vor. Ein merkwürdiger Typ. Wißt ihr, plötzlich fing er an, Englisch mit mir zu sprechen!«

»Oh! Bei meiner Mutter!« sagte Yéghen. »Englisch!«

»Genau. Set Amina war das überhaupt nicht geheuer. Sie beklagte sich darüber, daß man in ihrem Haus Englisch spricht.«

»Diese Art Offizier kenne ich. Er wollte dich bluffen.«

»Mich blufft man nicht«, sagte El Kordi.

Er begann von seinem Verhör zu erzählen, wobei er sich selbst die beste Rolle zuwies und die revolutionäre Tragweite seiner Antworten dem Offizier gegenüber besonders hervorhob. Aus allem, was er erzählte, ging hervor, daß es ein brutales Verhör war, er sich aber mit letzter Kraft zu wehren gewußt hatte.

»Ich habe ihn buchstäblich verblüfft. Er wußte nicht mehr, woran er war.«

Als er merkte, daß Gohar nichts sagte, schwieg er. Das Schweigen seines Meisters in einer so wichtigen Angelegenheit, die sie alle unmittelbar betraf, erschien ihm unverständlich. Saß er vielleicht zufälligerweise tot in seinem Sessel?

»Was hältst du von der Sache, Meister?« fragte er. »Ich würde mich glücklich schätzen, deine Meinung dazu zu hören. Es ist ein mysteriöses Verbrechen, nicht wahr?«

»Vielleicht war es ein Versehen, mein Sohn«, antwortete Gohar, als würde er mit sich selbst sprechen.

»Ein Versehen! Was sagst du da, Meister?«

Dann begann er übergangslos zu lachen.

»Ah! Ich habe vergessen, euch zu sagen, daß da auch noch ein ganz komischer Kauz war. Er behauptete, der Freund eines Ministers zu sein ...«

In diesem Augenblick drängte ein barfüßiger, in Lumpen

gekleideter Mann El Kordi zur Seite und trat in den Laden ein; er sah völlig verstört aus.

»Wo ist der Barbier? Ich möchte mich rasieren lassen.«

»Das bin ich«, sagte Gohar, indem er aufstand. »Würden Euer Exzellenz die Güte besitzen, Platz zu nehmen.«

Der Mann ließ sich in den Sessel fallen und schlief sofort ein. Bald hörte man ihn schnarchen.

»Gehen wir«, sagte Gohar.

»Ich würde gern ein Glas Tee trinken«, sagte El Kordi. »Die ganze Aufregung hat mich durstig gemacht.«

Untergehakt machten sich die drei Männer auf den Weg zu den Lichtern des Cafés, wobei sie über diesen jämmerlichen Kassierer scherzten und lachten, den El Kordi im Bordell getroffen hatte. Das Verbrechen hatten sie bereits vergessen. Gohar noch mehr als die anderen.

VI

Es war elf Uhr vormittags. El Kordi langweilte sich hinter seinem Schreibtisch im Ministerium für Bauwesen und beobachtete die herumschwirrenden Fliegen. Der große Raum, in den das Licht durch hohe Fenster fiel und in dem mehrere Schreibtische standen, an denen noch andere Beamte ihrer Arbeit nachgingen, war ihm ebenso verhaßt wie eine Gefängniszelle. Genaugenommen handelte sich hier sogar um ein ganz schäbiges Gefängnis, wo man auf ewig mit gewöhnlichen Kriminellen zusammen war. El Kordi hätte es hingenommen, im Gefängnis zu sein, allerdings nur in einer Einzelzelle und als politischer Gefangener. Sein Groll gegen diese Art des Zusammengepferchtseins rührte von hohen aristokratischen Instinkten her, deren er sich nicht bewußt war. Dieser auf die Dauer unerträgliche Mangel an Intimität verbitterte ihn. Wie sollte man in Gegenwart solch regungsloser und verstaubter Gestalten, die für die ewige Sklaverei bestimmt waren, in Ruhe über Probleme von universaler Bedeutung nachdenken können? Um gegen diese Ungerechtigkeit des Schicksals zu protestieren, arbeitete El Kordi fast überhaupt nichts, womit er zugleich sein Mißfallen sowie seine geistige Unabhängigkeit zum Ausdruck bringen wollte. Aber da niemand seinen Protest zur Kenntnis nahm, langweilte er sich.

Sein Verhalten erklärte sich nicht allein aus Faulheit; die Nichtigkeit einer Arbeit, die ein Kind zu verrichten in der Lage gewesen wäre, trug wesentlich zu seiner Entscheidung bei. In Gegenwart dieser jämmerlichen Kollegen hier in diesem tristen Raum eingeschlossen zu sein, während das Leben ihm eigentlich etwas ganz anderes abverlangte, erschien ihm wie eine ungerechtfertigte Schikane. Was hatte er denn getan, um eine solche Strafe zu verdienen? El Kordi glaubte sich für ein zwar hoffnungsloses, aber ruhmreiches Leben bestimmt. Die Tatsache, auf dieses Nichts, diese stumpfsinnige und nutzlose bürokratische Routine zurückgeworfen zu sein, ließ ihn an seinem Schicksal zweifeln. In Wahrheit wußte er jedoch nicht, was er anderes tun könnte. Überkam ihn, so wie jetzt, eine düstere Langeweile, führte er sich gern das Elend des Volkes sowie seine eigene furchtbare Unterdrückung vor Augen; dann fand er Gefallen daran, von einer brutalen und blutigen Revolution zu träumen. Befand er sich dann aber einmal auf der Straße inmitten all der Menschen, verwandelte sich das Elend des Volkes in einen Mythos, eine leere Abstraktion, und verlor seine ganze explosive Schärfe. Es waren in erster Linie die pittoresken Details dieses Elends, die Größe seines unerschöpflichen Humors, zu denen er sich hingezogen fühlte, und darüber vergaß er sofort seine heilbringende Mission. Bei diesem beklagenswerten Volk entdeckte er eine unerklärliche und rätselhafte Fähigkeit zu so intensiver Freude, einen vollkommen offensichtlichen Willen zum Glück und zur Sicherheit, daß er am Ende dachte, der einzige unglückliche Mensch auf Erden zu sein. Wo also war das Unglück? Wo war die verheerende Unterdrückung? Man hätte meinen können, daß all diese Bilder, die er sich von diesem Elend machte, sich in nichts auflösten wie Traumbilder. Es bedurfte großer Anstrengungen seitens El Kordis, um das Beklagenswerte, das die Voraussetzung seiner Empörung bildete, hier auszumachen. Da, wo er eigentlich tiefbetrübt mit seinen Tränen hätte kämpfen müssen, wurde er von einem ungeheuren Lachen geschüttelt.

Das alles war nicht ernst zu nehmen. El Kordi hätte gern ein Volk nach seinen Vorstellungen gehabt: traurig und von Rachegelüsten beseelt. Nur, wo war es zu finden?

Er träumte davon, ein Mann der Tat zu sein; sein Blut kochte vor jugendlicher Ungeduld. Diese lächerliche Arbeit, für die er einen Hungerlohn bezahlt bekam, war nicht dazu angetan, seinen Hunger nach sozialer Gerechtigkeit zu stillen. Sie widerte ihn so sehr an, daß er sich ihrer meistens mit

Hilfe seiner noch unglücklicheren Kollegen – sie waren verheiratet oder hatten viele Kinder – entledigte, die er dafür korrekt entlohnte. Dies war auch der Grund dafür, weshalb sich an jedem Monatsende ein paradoxes Schauspiel ereignete: die Kollegen, die eine bestimmte Arbeit für El Kordi übernommen hatten, standen vor seinem Büro Schlange, um ihren mageren Lohn zu kassieren. Bei diesen Gelegenheiten nahm El Kordi die gereizten Züge eines Chefs an, der seine Angestellten auszahlt. Das wenige Geld, das übrigblieb, reichte ihm dennoch zum Leben. Er führte ein zwar äußerst ärmliches, aber anständiges und, so glaubte er, sehr würdevolles Leben. Seine dauernde Sorge bestand darin, den Schein zu wahren. War er beispielsweise gezwungen, sich von gekochten Bohnen zu ernähren, erzählte er dem Lebensmittelhändler, daß es ihn anwidere, dauernd Hähnchen zu essen, und daß eine volkstümliche Mahlzeit sicherlich seinen abgestumpften Geschmackssinn anregen würde. Der Lebensmittelhändler war natürlich kein Dummkopf, aber die Ehre gerettet.

Von seinem Platz aus beobachtete er zerstreut seine abscheulichen Kollegen und glaubte, überall die Ketten der Sklaverei zu gewahren. Diese Beschränkung, die seiner Freiheit täglich für einige Stunden auferlegt wurde, machte ihn äußerst empfänglich für das Leiden der unterdrückten Massen auf der ganzen Welt. Er rückte auf seinem Stuhl hin und her und stieß einen lauten Seufzer aus. Einige der Sklaven, die ernsthaft arbeiteten, hoben den Kopf und warfen ihm einen verständnislosen Blick zu. Auf diese traurigen Blicke reagierte El Kordi mit einem aggressiven Gesichtsausdruck. Er verachtete sie alle. Mit dieser kläglichen Sippschaft wäre keine Revolution zu machen. Seit Jahren schon – wie viele es waren, hätte niemand zu sagen gewußt – saßen sie da mit ihren mumifizierten Gesichtern, verwachsen mit ihrem Platz und eingestaubt. Ein echtes Panoptikum der Abscheulichkeiten. Bei dem Gedanken daran, daß er eines Tages vielleicht so sein könnte wie sie, schauderte es El Kordi, und er wollte sofort weg von hier. Dann sagte er sich, daß es noch zu früh zum Gehen sei, und langweilte sich in Ruhe weiter.

Um dem deprimierenden Einfluß seiner Kollegen zu entgehen, versuchte El Kordi, sich in seine Liebesphantasien zu flüchten. Seit dem Abend des Verbrechens, das heißt seit drei Tagen, hatte er Naïla nicht wiedergesehen, und er begann die unseligen Auswirkungen einer zwangsweisen Keuschheit zu spüren. Das Freudenhaus stand immer noch unter polizeilicher Aufsicht; es barg viele Risiken, sich hineinzuwagen. El Kordi dachte an die junge Frau und stellte sie sich krank und einsam vor; er stellte sich vor, wie sie ihn in ihrem Todeskampf zu sehen verlangte und mit ihrem letzten Atemzug seinen Namen aushauchte. Einen langen Augenblick schwelgte er in dieser pathetischen Vorstellung, dann überkam ihn mit einem Mal das Bedürfnis, Naïla einen Brief zu schreiben. Er würde ihr von seiner Liebe und gleichzeitig vom Leiden des Volkes schreiben. Unglücklicherweise konnte er sein Vorhaben nicht in die Tat umsetzen: er fand nirgends seine Feder. Da erinnerte er sich, daß sein Vorgesetzter sie ihm schon vor einiger Zeit unter dem zweifelhaften Vorwand weggenommen hatte, sie würde mangels Gebrauch Rost ansetzen. Bei der Erinnerung an diese Schikane empfand El Kordi zunächst Wut, die sich aber sehr schnell in große Erleichterung verwandelte; er hatte jetzt eine Entschuldigung, den Brief nicht zu schreiben, ganz abgesehen davon, daß Naïla nicht lesen konnte.

Fliegen schwirrten im Zimmer herum und setzten sich auf seine Nase. El Kordi versuchte einige von ihnen zu fangen, um sie einem furchtbaren Schicksal zuzuführen, wurde ihrer aber nicht habhaft. Er war so sehr abgestumpft, daß es ihm für diese Art des Zeitvertreibs an Behendigkeit mangelte. Am Ende seiner Kräfte, nahm er zum zehnten Mal die Zeitung in die Hand, die auf seinem Tisch herumlag, und überflog sie. Allerorten verkündeten große Überschriften, daß man überall auf der Welt dabei sei, für den nächsten

Krieg aufzurüsten. In der Zeitung wirkte dies alles wie etwas weit Entferntes, ohne direkte Auswirkungen auf das tägliche Leben. Man berichtete so rückhaltlos davon, daß man nicht an den Wahrheitsgehalt der ganzen Angelegenheit glauben konnte. Aber El Kordi befand sich augenblicklich in einem Zustand der Bedrückung, der ihn für die geringste Gefahr empfänglich machte: zum ersten Mal hatte er den Eindruck, als berge die Beschreibung all dieser Waffenarsenale eine konkrete und gräßliche Realität in sich. Es handelte sich nicht mehr einfach nur um gedruckte Zeitungsworte. Die Anhäufung eines solchen kriegerischen Potentials schien ihm nicht nur gegen die Menschheit, sondern geradezu gegen seine eigene Sicherheit gerichtet zu sein. So als würde er, El Kordi, durch die widerwärtige Zurschaustellung all dieser in Marsch gesetzten Armeen ins Visier genommen. Eine furchtbare Angst packte ihn. Das Gemetzel war also genau geplant: Sie wollten ihm ans Fell. Und er, was machte er in der Zwischenzeit? Er saß ruhig hinter seinem Schreibtisch, verwundbar und schutzlos. Er mußte etwas tun, sich vor allem zunächst einmal eine Waffe kaufen. Es wäre eine Torheit, sich in einer Welt, in der sich alle bewaffnen, keine Waffe zu besorgen und darauf zu warten, daß man getötet würde. Das durfte man sich nicht gefallen lassen, der Bedrohung mußte etwas entgegensetzt werden. »Ich müßte mit Gohar darüber reden«, sagte er sich. Beim Gedanken an einen mit einem Maschinengewehr bewaffneten Gohar mußte er lächeln. Es war sein erstes Lächeln an diesem Tag.

Dieser amüsante Gedanke entspannte El Kordi, und er konnte der Versuchung, das Ministerium zu verlassen, nicht mehr länger widerstehen; die Rolle eines in seinem Zimmer hockenden Verfechters der Gerechtigkeit hatte er lange genug gespielt. Er erhob sich von seinem Stuhl.

»Ezzedine Effendi!«

Damit war der Bürovorsteher gemeint, ein fast blinder Alter. Seine riesigen Brillengläser verliehen ihm das Aussehen eines prähistorischen Tieres. Die Nase ganz dicht über der Akte, an der er gerade arbeitete, fragte er resigniert:

»Was gibt's denn?«

»Ich gehe für einen Augenblick weg.«

»Tu dir nur keinen Zwang an, mein Sohn. Sei versichert, wir werden schwer an deiner Abwesenheit tragen.«

Diese ironische Bemerkung vermochte El Kordis Entschluß nicht zu erschüttern. Seit langem schon war er an solche verbalen Ausfälle gewöhnt. Es entging ihm nicht, daß sein Vorgesetzter seine Abwesenheit als eine Wohltat empfand; seine Anwesenheit konnte einem reibungslosen Arbeitsablauf nur abträglich sein. Er war ein abschreckendes Beispiel für seine Kameraden im Unglück.

»Gehabt euch wohl!«

»Fühle dich nur nicht verpflichtet zurückzukommen«, sagte Ezzedine Effendi. »Laß dir nur ruhig Zeit.«

El Kordi zuckte mit den Schultern, und ohne einen Blick für seine abgestumpften Kollegen verließ er den Raum.

Die Hoffnung auf eine Revolution diente im Grunde nur der Zerstreuung seiner Langeweile; als er sich erst einmal seiner Peiniger entledigt hatte und in die Gärten des Ministeriums hinausgetreten war, dachte El Kordi schon nicht mehr daran. Die Frühlingssonne und die milde Luft weckten sinnliche Gedanken in ihm, und er beschleunigte seinen Schritt. Sein Wunsch, Naïla wiederzusehen und mit ihr zu schlafen, vermischte sich mit der Neugierde, vielleicht etwas Zweckdienliches über dieses rätselhafte Verbrechen ohne Motiv in Erfahrung zu bringen. Genaugenommen war er ja in dieses Verbrechen verwickelt; es ging ihm nicht aus dem Kopf. Sein Verhör durch den Polizeioffizier hatte ihn auf den Geschmack solcher riskanter Unterhaltungen gebracht, bei denen er den Eindruck gewann, sich unmittelbar einer Gefahr auszusetzen, die prickelnder war als alle seine wunderbaren Hirngespinste. Denn diese Gefahr war echt, keine Spielerei. Der Offizier scherzte nicht beim Verhör. Bei der Erinnerung an dieses Gespräch schwoll seine Brust vor Stolz: Er zweifelte nicht daran, einen überwältigenden Sieg über die Vertreter der Staatsgewalt davongetragen zu haben, obwohl er zum ersten Mal eine derartige Erfahrung gemacht hatte. Er war dazu bereit, sich erneut mit diesem unfähigen Offizier zu messen. Er fürchtete niemanden. Sollten sie doch kommen und ihn festnehmen, wenn sie den Mut dazu hatten.

Ein plötzliches Erstaunen ergriff ihn. Ihm schien, als würde er ohne Feindseligkeit oder Groll an den Offizier denken, sondern vielmehr mit einer Art unbestimmter Freude, einem sadistischen Vergnügen. »Merkwürdig!« sagte er sich. Bisher wurden seine Gefühle gegenüber Nour El Dine von genau demselben unveränderlichen Haß diktiert, den er für all diejenigen empfand, die mehr oder weniger direkt die Staatsmacht sowie das Unrecht personifizierten. Mit einem Mal wurde er sich eines außergewöhnlichen Sachverhalts bewußt: Nour El Dine war nicht einfach nur ein ruchloser Polizist, sondern auch ein Begehrlichkeiten und Qualen ausgelieferter Mensch, was ihn, abgesehen von seiner schmutzigen Arbeit, mit dem grenzenlosen Elend in Verbindung brachte, mit dem die Masse der Menschen rang. Auf diese Weise bekam er ein neues Gesicht, und der Gedanke an dieses Gesicht rief bei El Kordi einen verwirrenden Gefühlszustand hervor. Er versuchte sich an eine eigenartige Begebenheit zu erinnern, von der er im Verlauf des Verhörs den Eindruck hatte, daß sie den Rahmen polizeilicher Routinearbeit sprengte. Was war es noch? Ach ja! Der Offizier hatte auf einmal angefangen, Englisch mit ihm zu sprechen: eine Sprache, die nur sie beide verstanden. Aus welchem Grund tat er es? Dieses Gespräch in einer fremden Sprache hatte in der Tat etwas Zweideutiges, so als hätte Nour El Dine, indem er das Verhör abbrach, zwischen ihnen eine zweifelhafte Vertrautheit herstellen wollen. El Kordi erinnerte sich noch genau an sein erfreutes Gesicht, an den sanften Ton seiner Stimme – ein vertrauensseliger Tonfall, der zu seinem vorherigen Verhalten in vollkommenem Widerspruch stand –, als er ihm von seinem Verhältnis zu der jungen Naïla erzählt hatte. Einen Moment lang hatte sich ihm der Eindruck aufgedrängt, als hätte der Offizier seine Rolle des begriffsstutzigen Beamten aufgegeben, um zu einem menschlichen Wesen zu werden, das gefallen und verführen möchte. Ihn verführen, ihn, El Kordi. Genau das war es. Bei Gott! Jetzt verstand er alles. Nour El Dine, der Polizeioffizier, dieses ehrenwerte Symbol der Staatsgewalt, war nichts anderes als ein gewöhnlicher Homosexueller.

Während er über die humoristische Bedeutung seiner Entdeckung nachsann, durchquerte er das vornehme Regierungsviertel, bog in ein Labyrinth dichtbevölkerter Gassen ein und fand sich, ohne es bemerkt zu haben, vor Set Aminas Bordell wieder. Auf seinem ganzen Weg hatte er die zahlreichen sozialen Ungerechtigkeiten, die in ihrer monotonen Allgegenwärtigeit normalerweise seinen Blick betrübten, überhaupt nicht zur Kenntnis genommen. Der Gedanke an die Homosexualität des Polizeioffizers erfreute ihn dermaßen, daß er darüber seinen ganzen Haß auf die Macht der Herrschenden vergaß. Seine – uneingestandene – Angst während der letzten Tage hatte sich in einen übertriebenen und kindischen Optimismus verwandelt. Ein Homosexueller wäre das letzte, wovor er sich fürchtete. Jetzt konnte er es kaum noch erwarten, endlich mit Nour El Dine zusammenzutreffen.

Als er an die Tür des Bordells klopfte, überstrahlte ein zufriedenes Lächeln den verschlossenen Gesichtsausdruck, den er normalerweise aufsetzte.

»El Kordi Effendi!« rief Zayed aus. »Bei Allah! Was willst du denn hier? Das Haus ist geschlossen; wir arbeiten nicht mehr.«

»Ich möchte euch nur einen Höflichkeitsbesuch abstatten«, antwortete El Kordi. »Laß mich herein!«

»Wir werden streng überwacht. Hat dich jemand gesehen?«

»Nein, niemand hat mich gesehen. Beruhige dich, ich habe mich unsichtbar gemacht.«

»Dann komm schnell herein. Das Auge der Polizei wacht über uns.«

El Kordi trat ein und sah, wie Zayed die Tür schloß.

»Wie kommt es, daß du noch nicht im Gefängnis bist?«

»Na, na, El Kordi Effendi!« sagte Zayed vollkommen verängstigt. »Laß bitte diese Scherze. Man könnte dich hören.«

»Wer denn?«

Zayed warf ihm, ohne zu antworten, einen vorwurfsvollen Blick zu und verschwand zögerlichen Schrittes im Gang. Man hätte meinen können, er sei von einer Schlange gebissen worden.

El Kordi schien zufrieden mit seinem schlechten Scherz und blieb im Wartezimmer stehen. Er hatte das Gefühl, seit Jahren nicht mehr hiergewesen zu sein, obwohl sich nichts im Raum verändert hatte; der Tisch und die Korbsessel standen immer noch auf demselben Platz. Nicht einmal Set Amina schien sich seit diesem schicksalhaften Abend, an dem die Polizei ihr Haus heimgesucht hatte, vom Fleck gerührt zu haben. El Kordi bemerkte sie auf dem Sofa zusammengekauert im Halbdunkel, sie hatte eine Hand auf die blasse Wange gelegt und bot so das Schauspiel der größten Verzweiflung.

Er trat zu ihr heran.

»Sei gegrüßt, Weib!« sagte er, indem er sich verbeugte. »Mach dir keine Sorgen mehr; ich bin hier, um dich zu beschützen.«

Sie hatte genau gesehen, wie er hereingekommen war und mit Zayed geplaudert hatte, mimte aber die von allem zu hart Getroffene, um dem trügerischen Treiben dieser Welt noch irgendein Interesse entgegenbringen zu können.

»Du bist es?« sagte sie und sah ihn an wie ein Gespenst. »Bist du verrückt, hierherzukommen! Sie haben mir verboten, Kunden zu empfangen. Willst du etwa meinen Tod?«

»Ich bin nicht als Kunde hier, Weib! Ich besuche meine Braut.«

»Seine Braut! Das höre sich einer an!«

»Ja, ganz genau, meine Braut! Vielleicht wußtest du es nicht, dann teile ich es dir bei dieser Gelegenheit mit.«

Set Amina seufzte und schwieg. Schon als Kind hatte man ihr beigebracht, daß man Irren nicht widerspricht. Dieser El Kordi hatte tatsächlich den Verstand verloren. Als hätte sie nicht schon genug Scherereien!

»Wann soll die Hochzeit stattfinden?« fragte sie mit trauriger Stimme.

»Sehr bald schon. Ich bin hier, um ihr die gute Nachricht mitzuteilen.«

»Das ist gut. Setz dich; ich möchte vorher noch mit dir reden.«

El Kordi nahm sich einen Sessel und rückte ihn an das Sofa heran, um sich der Puffmutter direkt gegenüberzusetzen.

»Was hast du mir zu sagen?«

Set Amina schien aus ihrer Lethargie zu erwachen und bewegte sich zum ersten Mal auf ihrem Sofa. Im Grunde stimmte sie der Besuch El Kordis, trotz ihrer Angst vor der Polizei, glücklich; endlich hatte sie einen akzeptablen Gesprächspartner gefunden, der die Pein ihrer gequälten Seele richtig einzuschätzen wußte. Die tragische Situation, in der sie sich befand, weckte in ihr das Bedürfnis, sich einem Menschen anzuvertrauen, und sie hatte niemanden, bei dem sie es hätte tun können. Die Mädchen waren zu töricht und zu sehr mit ihrem faden Geschwätz beschäftigt, um ein aufmerksames Ohr für ihre Klagen zu haben. Sie hatte versucht, Zayed, den Hausdiener, für ihr Unglück zu interessieren, aber der fürchtete sich so sehr vor der Polizei, daß er von nichts anderem mehr sprach, als davon, das Haus zu verlassen. El Kordi war gerade rechtzeitig gekommen: ein oder zwei Tage später wäre sie den Erstickungstod gestorben.

»Nun, mein Sohn, hast du gesehen, welches Unglück über mich gekommen ist? Was habe ich Gott nur getan?«

»Das ist eine Lappalie«, sagte El Kordi.

»Wie bitte? Du findest, daß das eine Lappalie ist? Bei

Allah! Ein solches Verbrechen! Und dann auch noch in meinem eigenen Haus.«

»Solche Dinge kommen in den besten Häusern vor. Glaub mir, du machst dir völlig unnötig Sorgen.«

»Dein Wort in Gottes Ohr, mein Sohn. Ich fühle mich so alt wie die Welt.«

»Du und alt!« feixte El Kordi. »Tu doch nicht so! Ich würde mich deiner schon noch annehmen, wenn du nur wolltest.«

»Schweig, du schamloser Kerl! Ich könnte deine Mutter sein!«

Diese heftige Empörung war nichts als Theater; El Kordi wußte es und hatte seinen Spaß daran. Er sah, wie sie sich, angeregt durch seine schlüpfrige Anspielung, so glaubte er, auf dem Sofa wand. Es war aber ganz anders: Set Amina war im Augenblick ganz und gar nicht empfänglich für diese Art von Schäkerei. Eine Sache vor allem plagte sie, und zwar dieses an besagtem Abend in einer fremden Sprache geführte Gespräch zwischen El Kordi und dem Polizeioffizier.

Sie lehnte sich nach vorne, packte den Arm des jungen Mannes und zog ihn zu sich heran.

»Sieh mir in die Augen und sage mir die Wahrheit.«

»Was willst du wissen?« fragte El Kordi, den dieses Verhalten ein wenig beunruhigte. Glaubte die arme Frau tatsächlich, er würde gern mit ihr schlafen?

»Sag! Was hat er dir auf englisch gesagt?«

»Wer denn, Weib?«

»Der Polizeioffizier. Ihr habt euch auf englisch unterhalten. Ich habe zwar nichts verstanden, aber ich weiß, daß es Englisch war. Ich bin nicht blöd, ich erkenne die verschiedenen Sprachen.«

»Es ging bei dem Gespräch um private Dinge«, sagte El Kordi. »Es hatte nichts mit dem Verbrechen zu tun.«

»Bist du sicher? Hat er dir nichts über mich gesagt?«

»Nicht ein Wort. Bei meine Ehre! Beruhige dich.«

»Er hat mir ganz fürchterliche Konsequenzen angekündigt. Was habe ich ihm nur getan, diesem Mann? Warum hat er es auf mich abgesehen? Sehe ich etwa wie eine Mörderin aus?«

»Es gehört zu seinem Beruf, Menschen in Angst und Schrecken zu versetzen. Auch mich hat er versucht zu beeindrucken. Ich versichere dir aber noch einmal: das heißt überhaupt nichts.«

»Das möchte ich dir gern glauben.«

Eine Minute lang dachte sie nach, dann sagte sie mit einem seltsamen Lächeln:

»Ich dachte mir schon, daß es so war.«

»Was willst du damit sagen?«

»Ich habe nicht lange gebraucht, um zu merken, um welche Art Mann es sich bei ihm handelt. Allah möge mich beschützen! Er ist schwul.«

El Kordi ließ sich in seinen Sessel zurückfallen und brach in schallendes Gelächter aus.

»Wie bitte?«

»Als hättest du es nicht selbst gewußt«, entgegnete Set Amina. »Bei den verliebten Blicken, die er dir zuwarf. Ich habe es doch genau gesehen. Es hat nicht viel gefehlt, und er hätte dich auf den Mund geküßt.«

»Ich habe mir fast so was gedacht«, gestand El Kordi.

Der Aufmerksamkeit dieser alten Puffmutter entging also nichts; sie hatte Nour El Dine von der ersten Minute an durchschaut. El Kordi schämte sich seines mangelnden Scharfsinns. Was für eine kümmerliche Figur er bei dieser billigen Verführungsszene abgegeben haben mußte! Die Art und Weise, in der er sich an der Nase hatte herumführen lassen, war unverzeihlich. Und das ihm, der glaubte, sich über die Staatsgewalt lustig zu machen!

»Da du offenbar so gut mit ihm stehst, versuch doch, ihn zu besänftigen. Sag ihm, er soll mir keine Scherereien machen.«

»Was redest du denn da, Weib? Ich stehe überhaupt nicht gut mit ihm. Ganz im Gegenteil, ich halte noch ein paar unangenehme Überraschungen für ihn bereit. Was denkst du eigentlich, wer ich bin? Jedenfalls nicht der willfährige Jüngling, für den du mich hältst.«

»Tu das nicht, mein Sohn! Du willst mich ruinieren. Schau dich doch im Haus um, wie traurig es hier ist! Und die Mädchen schlafen auch nur noch die ganze Zeit. Sie nehmen schlechte Gewohnheiten an. Wie bringe ich sie nur wieder dazu, Geschmack an ihrer Arbeit zu finden?«

»Ich werde dir dabei behilflich sein«, bot sich El Kordi an. »Nichts würde mir mehr Freude bereiten.«

Er stand auf.

»Und jetzt muß ich dich verlassen. Gehab dich wohl. Ist Naïla in ihrem Zimmer?«

»Ja, wo sollte sie denn sonst sein? Ich sagte doch, daß die Mädchen die ganze Zeit schlafen. Ihnen ist anscheinend nicht bewußt, welcher Schicksalsschlag uns getroffen hat. Ich bin hier die einzige, die sich Sorgen macht. Und wenn du gehst, paß bitte auf, daß man dich nicht bemerkt; offenbar schleicht ein Polizist in Zivil vor dem Haus herum.«

»Du kannst ganz beruhigt sein. Ich paß schon auf«, versprach El Kordi.

Naïlas Zimmer ähnelte den Zimmern aller anderen Mädchen, die hier als Prostituierte arbeiteten, aber jedesmal, wenn El Kordi über die Schwelle trat, überkam ihn ein Unbehagen, eine Art abergläubische Furcht. Dieses unangenehme Gefühl ging größtenteils auf den Geruch der Medikamente zurück, der die muffige Atmosphäre des Zimmers erfüllte. Diese Medikamente, die im Spiegelschrank versteckt waren, um die Kunden nicht zu verschrecken, gingen ihm nicht aus dem Kopf. Nur sie führten ihm die Krankheit seiner Geliebten vor Augen; sie bildeten den einzigen sichtbaren Hinweis auf ein Leiden, dessen eigentliches Ausmaß sein Verständnis überschritt.

Da El Kordi selbst noch niemals krank gewesen war, neigte er dazu, das Leiden der anderen entsprechend den äußerlich erkennbaren Merkmalen der Krankheit zu beurteilen. Da keine sichtbare Verletzung auf die Tuberkulose hindeutete, an der Naïla litt, empfand er lediglich ein von Skepsis durchsetztes Mitleid für sie. Im Grunde brachte ihn dieser Medikamentengeruch in eine mißliche Lage: er erinnerte ihn plötzlich wieder daran, daß er sich in einem Krankenzimmer befand. Das war sehr unangenehm. Sinnliche Gelüste hatten ihn hierhergeführt, er wollte mit ihr schlafen und nicht sein Mitleid bekunden.

Als er die junge Frau ausgestreckt auf ihrem Bett ruhen sah, zog es ihm trotzdem das Herz zusammen, und er wurde von einem starken Gefühl der Zärtlichkeit überwältigt. Sie lag mit geschlossenen Augen da und rang nach Luft. Auf ihrem blassen Gesicht zeichnete sich eine außergewöhnliche Traurigkeit ab. In seiner Rührung hatte El Kordi Schwierigkeiten, sie überhaupt wiederzuerkennen; einen Augenblick lang vergaß er seine sinnliche Begierde und dachte nur noch daran, wie er dieses Wesen, das ein blindes Schicksal auf die Straße verbannt hatte, vor einem elenden Tod bewahren konnte.

Er trat an das Bett heran.

»Liebling!«

Naïla schlug die Augen auf und blickte ihn bestürzt an.

»Du bist es!«

»Ja, mein Liebling. Wie geht es dir?«

»Was geht das dich an? Seit wann sorgst du dich um meine Gesundheit?«

Sie ging schon wieder in die Offensive; wie immer wollte sie ihre Einsamkeit laut herausschreien, ihm zeigen, daß er nichts für sie zu tun vermochte.

»Ich konnte nicht früher kommen. Du machst dir überhaupt keine Vorstellung: das Haus ist von der Polizei umstellt.«

»Auf einmal fürchtest du dich jetzt also vor der Polizei? Ich dachte, für mich würdest du durchs Feuer gehen.«

»So ist es auch, Liebling. Aber es war nicht nur wegen der Polizei. Die Wahrheit ist, daß ich mich um eine ganze Menge

Dinge gekümmert habe. Ich muß dich hier so schnell wie möglich herausholen. Ich habe beschlossen, daß du unmöglich so weiterleben kannst wie bisher.«

»Du hast es beschlossen! Nun, dann muß ich dir sagen, daß das mein Leben ist und daß ich kein anderes will.«

»Versteh doch: ich möchte, daß du glücklich bist.«

»Mein Gott! Wie willst du mich denn glücklich machen? Mit deinem armseligen Gehalt vom Ministerium könntest du noch nicht einmal eine ausgehungerte Katze glücklich machen.«

»Ich werde bald eine Menge Geld verdienen«, sagte El Kordi mit kindlicher Begeisterung. »Ich arbeite an einer Riesensache. Vertraue mir.«

Er glaubte von dem, was er sagte, selbst kein Wort, aber das war ohne Bedeutung. Wichtig war allein, Naïlas Wut mit Hilfe geeigneter Lügen, die keinerlei Konsequenzen haben würden, zu besänftigen. Und im übrigen wollte sie ihm im tiefsten Inneren ja sowieso gern glauben; sie mochte sich noch so sehr dagegen auflehnen, letztlich ließ sie sich immer von den schönen Worten ihres Liebhabers bezirzen. Diese bizarre Liebe, die sie bei El Kordi geweckt hatte, erfüllte sie mit Stolz. Er war so anders als all die anderen Männer, die ihr im Haus von Set Amina begegnet waren! Und obwohl er arm wie ein Bettler war, nahm er eine höhere soziale Stellung ein als sie. Denn man durfte nicht vergessen, El Kordi war schließlich Staatsbeamter und gehörte damit einer gehobenen Klasse der Gesellschaft an. Naïla, die ihre schlimme Lage bedrückte, konnte sich diese eigenartige Leidenschaft nur durch die körperliche Anziehungskraft erklären, die sie auf den jungen Mann auszuüben schien. Zu Anfang hatte sie geglaubt, der Ausbruch ihrer Krankheit würde dazu führen, daß er sich von ihr abwendete, aber entgegen dieser Vermutung wurde er zu ihrer Überraschung noch feuriger, noch leidenschaftlicher als je zuvor. Diese morbide Haltung des jungen Mannes konnte sie sich nicht recht erklären. Sie wußte nicht, daß El Kordi sie als Sühneopfer eines von ihm verabscheuten gesellschaftlichen Systems betrachtete und daß sie, unabhängig davon, ob sie krank war oder nicht, in seinen Augen das personifizierte Bild einer Welt der Besitzlosen war.

An ihrem Schweigen erkannte er, daß der große hysterische Anfall vorüber war; er setzte sich auf den Rand des Bettes, beugte sich über sie und begann sie zu liebkosen. Sie ließ ihn ihre Hände, ihr Gesicht und dann ihren Körper streicheln. Sie schien glücklich und entspannt zu sein; ihre Augen glänzten fiebrig. Dieser Augenblick der Gelöstheit war jedoch nur von kurzer Dauer. Mit einem Mal entwand sie sich der Umarmung ihres Liebhabers und brach in Schluchzen aus.

»Was hast du, Liebling?«

»Es ist schrecklich! Ich kann sie nicht vergessen. Arme Arnaba!«

»Beruhige dich«, sagte El Kordi. »Denk nicht mehr daran. Wenn du weinst, wird sie auch nicht wieder lebendig. Wir können nichts mehr ändern.«

»Ich frage mich, wer dazu fähig ist, ein so abscheuliches Verbrechen zu begehen. Und dann auch noch für nichts und wieder nichts!«

»Bei Allah, ich weiß es auch nicht! Aber zweifellos ist der Kerl sehr intelligent.«

»Wie kannst du so etwas sagen? Was ist denn daran intelligent, wenn man ein armes Mädchen ermordet?«

»Jedenfalls werden sie ihn niemals zu fassen bekommen. Vor allem dann nicht, wenn sie auf diesen unfähigen Offizier setzen.«

»Hast du ihn noch mal gesehen? Hat er dich erneut verhört?«

»Nein. Ich hoffe aber, ihm eines Tages noch einmal zu begegnen. Ich habe ihm einiges mitzuteilen.«

»Was denn? Erzähl es mir!«

El Kordi lächelte verschmitzt.

»Das hat nichts mit dem Verbrechen zu tun«, sagte er. »Es

ist eine persönliche Angelegenheit, die nur uns beide etwas angeht.«

»Ich flehe dich an, bring dich nicht in Schwierigkeiten. Ich kenne dich.«

»Ich bin doch schließlich kein kleines Kind!« empörte sich El Kordi. »Ich habe vor niemandem Angst. Mit diesem Offizier mache ich, was ich will.«

Das war, um die Wahrheit zu sagen, nur eitles Geschwätz; Nour El Dine war für ihn kein Feind mehr, den man fürchten mußte. Bisher hatte El Kordi sich damit begnügt, diesen sinnlosen Mord wie eine persönliche Angelegenheit, eine Art epischen Kampf zwischen sich und der Polizei anzusehen. Jetzt aber hatte eine neue Figur die Bühne des Dramas betreten, eine Figur, die er bewußt als nicht existent ausgeklammert hatte: der Täter. Schließlich gab es ihn. Die junge Arnaba hatte sich ja nicht selbst erdrosselt. El Kordi fragte sich, ob er ihn wohl kennen mochte, denn falls es sich bei ihm um einen Kunden des Bordells handelte, müßte er ihn kennen. Er kannte alle, die zu Set Amina kamen. Er versuchte angestrengt, sich jeden von ihnen ins Gedächtnis zu rufen, sie waren jedoch allesamt so unbedeutend, so wenig greifbar, daß ihm die Vorstellung, sie eines Verbrechens zu beschuldigen, vollkommen lächerlich vorkam.

Er überlegte auch, ob er nicht eine geheime Untersuchung ins Auge fassen sollte; nein, nicht etwa, um den Mörder verhaften zu lassen; El Kordi hätte ihn niemals denunziert. Nur die Gründe für seine Tat hätte er gern von ihm erfahren. Vielleicht handelte es sich sogar um ein politisches Verbrechen, denn er hatte nichts gestohlen. Das Motiv. Das zu erfahren wäre interessant gewesen.

Er betrachtete sein Gesicht im Spiegel des Schranks, erinnerte sich an die darin verschlossenen Medikamente und wandte den Kopf ab.

»Nun gut, ich werde mich ausziehen. Rück mal ein wenig, daß ich mich zu dir legen kann.«

»Du hast nur das eine im Kopf«, sagte Naïla.

In ihrer Stimme klang Verbitterung mit.

»Aber natürlich, Liebling«, antwortete El Kordi. »Woran sollte ich denn sonst denken?«

»Wie kannst du nur ein krankes Mädchen wie mich lieben? Wo ich doch im Augenblick so häßlich bin.«

»Deine körperliche Schönheit spielt doch überhaupt keine Rolle! Du hast es noch nicht verstanden: deine Seele ist es, die ich liebe.«

Wenn El Kordi mit einer Frau schlafen wollte, war er in der Lage, alles mögliche zu erzählen. Nichts vermochte ihn aufzuhalten. Auf diesem Gebiet hielt er die schlimmsten Lügen sogar für unerläßlich.

Obwohl sie die Liebeserklärung El Kordis alles andere als überzeugend fand, entgegnete sie weiter nichts. Es hatte keinen Zweck, seine verstiegenen Äußerungen zu hinterfragen; weder die wahren Motive noch das Ausmaß seiner Liebe würde sie jemals in Erfahrung bringen. Trotzdem, was für ein Hundesohn! Zu behaupten, daß er ihre Seele liebe! Das war ein bißchen stark. Sie sah, wie er sich seiner Kleidung entledigte und sie sorgsam über einen Stuhl legte. Zog er sich etwa wegen ihrer Seele aus? Dummkopf! Wer sollte ihm das denn glauben? Sie hätte beinahe zu lachen angefangen, beherrschte sich aber. Immer noch starrte sie ihn mit vor Angst wie versteinerten Augen an. Auch sie dachte an den Mörder. Ihre Angst hatte sie in dem Augenblick befallen, als sie die Schreie Set Aminas und die entsetzten Ausrufe der Mädchen gehört hatte. In der Einsamkeit ihres Zimmers, und noch bevor sie den Sinn dieses Tumultes überhaupt verstand, hatte sie eine düstere Vorahnung ergriffen. Erst später hatte sie eine Verbindung zwischen dem Verbrechen und der Anwesenheit El Kordis hergestellt. Diese nichtssagende Koinzidenz sowie das Verhalten des jungen Mannes während seiner Vernehmung hatten ausgereicht, um in ihr einen unerträglichen Zweifel zu nähren. Und wenn er der Mörder wäre?

Während der drei Tage, in denen Naïla ihren Liebhaber

nicht mehr gesehen hatte, versuchte sie vergeblich, ihren fürchterlichen Verdacht loszuwerden. Aber die Geheimniskrämerei El Kordis sowie sein rätselhaftes Verhältnis zu dem Offizier, der die Untersuchung leitete, vergrößerten ihre Befürchtungen nur noch. Sie hätte ihn gern dazu befragt, getraute sich aber nicht.

El Kordi war nun vollkommen nackt; selbst jetzt bewahrte er seine ganze Würde, denn er hatte vergessen, den Tarbusch abzunehmen. Plötzlich bemerkte er es, nahm ihn ab und plazierte ihn oben auf die ordentlich über den Stuhl gehängten Kleider. Dann legte er sich neben die junge Frau, schloß sie in seine Arme und drückte sie beschützend an seine Brust.

»Sag mal: du warst es doch nicht?«

»Ich, was denn, Mädchen?«

»Der sie umgebracht hat.«

»Was redest du da? Du bist verrückt!«

»Die ganzen letzten Tage über dachte ich, daß du es vielleicht gewesen wärst. Ich bin gestorben vor Angst. Du warst es also nicht?«

»Natürlich war ich es nicht. Was denkst du dir denn aus? Ich habe niemanden umgebracht.«

Er runzelte die Stirn und überlegte, während Naïlas Kopf auf seiner Schulter ruhte. Sie hatte ihn also tatsächlich dieses Verbrechens verdächtigt. El Kordi war fassungslos; noch stärker aber erschütterte ihn eine teuflische Idee, die gerade in seinem Gehirn zu keimen begann. Und wenn er sie in dem Glauben ließe, daß er der Mörder der jungen Prostituierten war? Was würde er schon dabei riskieren? Dies war für ihn eine unverhoffte Gelegenheit, sich mit romantischem Ruhm zu bedecken und den geheimnisumwobenen Helden zu spielen.

Sein Einfall machte ihn so glücklich, daß er jetzt Lust verspürte, sie zu lieben. Ohne sich zu rühren, begann er der jungen Frau am Ohr zu knabbern, wobei er ihr kleine, harmlose Obszönitäten zuflüsterte.

Als er sie nehmen wollte, blickte ihm Naïla in die Augen und sagte:

»Schwöre, daß du es nicht warst.«

»Ich schwöre es dir! Du kannst ganz beruhigt sein. Wir wollen nicht mehr davon sprechen!«

Aber in seiner Stimme lag so etwas wie eine Aufforderung zum Zweifel, ein offensichtliches Verlangen, daß man ihm nicht glaubte. Naïla spürte dies so deutlich, daß ihr das Blut in den Adern gefror; sie verharrte lange regungslos und steif in seinen Armen.

VII

Die heruntergekommene Einrichtung führte ihm seinen eigenen Verfall noch deutlicher vor Augen. Diese Konditorei war wirklich schäbig, besaß aber den Vorteil, am Rande des Alten Viertels in einer Zone zu liegen, wo nur der Abschaum des Volkes und streunende Hunde verkehrten. Der ideale Ort für die von Nour El Dine bevorzugte Art der Verabredungen; nachdem er schon mehrere andere ausprobiert hatte, war seine Entscheidung schließlich auf diesen hier gefallen, um seine geheimen Liebestreffen abzuhalten. Hier riskierte er zumindest keine Indiskretionen. Allerdings teilten seine jungen Freunde ganz und gar nicht seinen Standpunkt; sie waren überhaupt nicht glücklich darüber, in diese schmutzige Absteige eingeladen zu werden, die Nour El Dine beharrlich als Konditorei bezeichnete und wo man ihnen ungenießbares Gebäck servierte. Was sollte daran Spaß machen? Sie fragten sich, ob Nour El Dine sie demütigen wollte, und zerbrachen sich den Kopf darüber, was ihn wohl dazu veranlaßte. Hierdurch haftete diesen Verabredungen etwas Düsteres an, so daß sie oft einen unglücklichen Ausgang nahmen. Auch Nour El Dine selbst fühlte sich in dieser schmutzstarrenden Umgebung nicht wohl. Er beklagte die Umstände, die ihn dazu zwangen, sich wie ein Verschwörer zu verstecken. Wie hätte er es aber anders machen sollen? Seine Polizeioffiziersuniform machte die Sache für ihn nicht gerade leichter; wo immer er hinging, spürte er, wie er alle Blicke auf sich zog. Er hätte sicherlich weniger Aufmerksamkeit erregt, wenn er vollkommen nackt herumspaziert wäre.

Aus Gründen der Vorsicht hatte Nour El Dine einen Tisch im hinteren Teil des Ladens ausgesucht. Ihm gegenüber saß der junge Samir, der mit einer Hartnäckigkeit schwieg, als hätte er es sich so vorgenommen. Seitdem sie hier zusammensaßen, hatte er seinen Mund noch nicht aufgemacht. Auf dem Tisch standen zwei kleine Teller mit je einem Stück nicht näher bestimmbarem Gebäck. Keiner von beiden hatte es bisher angerührt. Das war im übrigen immer so: sie bestellten das Gebäck nur der Form halber. Man mußte wirklich ausgehungert oder zumindest am Ende seiner finanziellen Möglichkeiten sein, um sich zum Verzehr dieser Abscheulichkeit durchzuringen.

»Du ißt ja nichts«, sagte schließlich Nour El Dine, um das Schweigen zu brechen.

Das war ein Fehler. Der junge Samir schüttelte sich vor Ekel, und voller Verachtung warf er Nour El Dine einen schneidenden Blick zu.

»Das Zeug hier soll ich essen? Wofür hältst du mich eigentlich, Herr Offizier?«

»Ich bitte um Vergebung, mein lieber Samir. Ich habe etwas Unüberlegtes gesagt. Rühr es bitte nicht an.«

»Unglaublich! Das machst du absichtlich.«

»Was denn?«

»Mich an einen so widerlichen Ort einzuladen!«

»Ich habe es dir doch schon erklärt. Ich kann es mir nicht erlauben, Orte aufzusuchen, wo ich Gefahr laufe, Bekannte zu treffen.«

»Wieso? Schämst du dich meiner?«

»Darum geht es nicht. Das weißt du sehr wohl. Versteh mich doch, mein lieber Samir. Für mich ist es hier genauso unangenehm wie für dich. Aber die Umstände erfordern es.«

Samir lachte höhnisch.

»Die Umstände! Das nennst du Umstände?«

»Bitte beruhige dich.«

Samir setzte wieder seine schmollende Miene auf und sagte nichts mehr. Das auf eine niederträchtige Weise konziliante Verhalten Nour El Dines erfüllte ihn mit Widerwillen. Er war ein junger Mann von achtzehn Jahren mit feinen, regelmäßigen Gesichtszügen, dem es nicht an einem gewissen männlichen Charme mangelte. Er war barhäuptig, trug ein Hemd mit offenem Kragen und eine gutgeschnittene Sportjacke, die auf seine bürgerliche Herkunft schließen ließ. Er hatte nichts von den weiblichen Verhaltensweisen der meisten Homosexuellen; im übrigen war er weit davon entfernt, einer zu sein. Die Beziehung, die er mit Nour El Dine unterhielt, hatte nichts mit Leidenschaft oder Geschäft zu tun, sie gründete auf einem Gefühl des wilden und erbarmungslosen Hasses. Dieser Haß resultierte nicht nur aus einer besonderen Abneigung gegenüber Nour El Dine; was Samir an ihm vor allem verabscheute, das waren die Prinzipien einer konformistischen Moral, unter denen er schon in seiner eigenen Familie so sehr litt und die der Polizeioffizier in vollkommener Weise zu verkörpern schien. Nach seinem Vater, dem Staatsanwalt – diesem integren Mörder –, war Nour El Dine der Mensch, den er am meisten verabscheute. Einen so herausragenden Vertreter dieser Gattung von Heuchlern in der Hand zu haben, mitanzusehen, wie sich dieser mit seiner schäbigen Leidenschaft bloßstellte und verzehrte, bereitete ihm ein beinahe sadistisches Vergnügen. Seine Treffen mit Nour El Dine dienten ihm folglich nur dazu, seinen Haß zu vertiefen und dessen verschiedene Nuancierungen auszuloten.

Seit einigen Monaten schon und ohne Wissen seiner Familie hatte er sein Studium der Rechte aufgegeben und die Universität in der Absicht verlassen, das Leben nicht mehr mittels der Bücher, sondern angesichts der alltäglichen Praxis auf der Straße zu studieren.

Nour El Dine konnte einfach nicht begreifen, warum dieser junge Mann in die Treffen mit ihm einwilligte. Für ihn blieb das immer ein Rätsel. Bisher war es ihm noch nicht gelungen, mit ihm zu schlafen, nicht einmal sein Vertrauen zu gewinnen. Mit den Argumenten, die er normalerweise gebrauchte, um diese Art der Eroberungen zu einem erfolgreichen Abschluß zu bringen, regte er die bissige Ironie des jungen Mannes nur noch mehr an. Dieser widersetzte sich auf sehr sarkastische Art, mit einer bemerkenswerten Intelligenz und List. Die Schwierigkeit bei ihm bestand darin, daß er zu intelligent war. Manchmal hatte Nour El Dine den Eindruck, daß Samir sich offen über ihn lustig machte und sich nur in der Absicht mit ihm traf, ihn zu provozieren.

»Vergib mir«, sagte er mit zerknirschtem Gesichtsausdruck. »Ich weiß, daß dieser Ort deiner nicht würdig ist. Aber warum weigerst du dich auch, zu mir in die Wohnung zu kommen? Dort könnten wir viel besser miteinander plaudern.«

»Plaudern! Was für eine plumpe Falle, Herr Offizier. Hältst du mich für ein kleines Kind?«

»Jetzt kränkst du mich aber wirklich, mein lieber Samir. Wovor fürchtest du dich?«

»Ich fürchte mich vor gar nichts«, antwortete der junge Mann, indem er Nour El Dine einen haßerfüllten Blick zuwarf. »Aber ich werde nicht mit zu dir kommen.«

Der Schock, den dieser haßerfüllte Blick auslöste, ließ Nour El Dine erblassen. Sicher, er rechnete damit, gegen eine gewisse Abneigung ankämpfen, sogar einige Verletzungen seines Selbstwertgefühls in Kauf nehmen zu müssen, aber niemals hätte er gedacht, bei diesem vornehmen und schönen Jüngling auf ein so unmäßiges Gefühl wie Haß zu treffen. Auf dieses Hindernis war er überhaupt nicht gefaßt. Erschüttert faßte er sich wie ein von einem tödlichen Schmerz gepeinigter Mensch mit der Hand an die Stirn. Jedoch vergaß er nicht seine kritische Lage. Die ganze Zeit über behielt er den Eingang des Ladens im Auge, weil er fürchtete, jemanden eintreten zu sehen, den er kannte. Diese Furcht war dumm und unbegründet. Es war ausgeschlossen, daß einer seiner Bekannten in diese heruntergekommene Konditorei kommen würde. Sie waren allein, verbannt an den Rand der Welt und jedem Blick entzogen. Selbst der Besitzer drehte ihnen den Rücken zu. Er überwachte die Theke, die sich am Eingang des Ladens befand, und pries, während er die unzähligen Fliegen verjagte, den Passanten die Genüsse seiner schlechten Waren an. Die meisten Kunden aßen ihr Gebäck im Stehen auf der Gasse; einige wenige nahmen es in ein Stück Zeitungspapier eingepackt mit. Schweigsame Menschen, die so tief gesunken waren, daß nur eine Art Wunder sie noch am Leben zu erhalten schien. Nour El Dine vermochte nicht daran zu glauben, daß es sie wirklich gab. Er schloß die Augen, öffnete sie wieder, betrachtete den jungen Mann, der ihm gegenübersaß, und seufzte.

Das auf den Tellern liegengebliebene Gebäck hatte eine Unmenge Fliegen angezogen. Samir versuchte vergeblich, sie zu vertreiben; sie schwirrten herum, ließen sich auf seinem Gesicht nieder und wären ihm beinahe in die Augen geflogen.

»Diese verdammten Fliegen bringen mich noch um«, sagte er wütend. »Gehen wir.«

»Ich bitte dich. Bleib noch einen Moment.«

»Was soll ich noch hier?«

»Bist du nicht glücklich in meiner Gesellschaft?«

Das ironische Lächeln Samirs ließ den Offizier verzweifeln.

»Aber selbstverständlich doch. Es ist eine große Ehre und eine große Freude für mich. Trotzdem gibt es da eine Sache, die mich betrübt.«

»Was ist das?«

»Ich hätte gern, daß man uns zusammen sieht, damit ich mich unserer Freundschaft rühmen kann.«

Sein Sarkasmus war so offensichtlich, daß Nour El Dine nichts zu antworten wußte. Und obwohl diese aggressive Einstellung und dieses unverschämte Verhalten der Grund seiner Leidenschaft für den jungen Mann waren, erfüllten sie ihn immer mit Angst. Normalerweise zeigten sich seine jungen Freunde unterwürfiger; allerdings handelte es sich bei ihnen größtenteils auch um willensschwache und charakterlose Menschen. Die Schönheit war ihr einziges Kapital: darin ähnelten sie den Frauen. Samir dagegen gehörte zu einer ganz anderen Kategorie. Noch nie war Nour El Dine bei seinen vielen Abenteuern mit professionellen Homosexuellen einem Menschen von so natürlicher Eleganz und so stolzer Gesinnung begegnet. Zum ersten Mal in seinem Leben empfand er echte Zuneigung für jemanden. Es handelte sich nicht mehr nur um eine vulgäre – flüchtige und schändliche – sinnliche Leidenschaft, sondern um die Begegnung zweier auserlesener Seelen. Diese Begegnung hatte ihn der Widerwärtigkeit seines Berufes entrissen, sie hatte ihm geistige Freuden in Aussicht gestellt, die ihm sein Schicksal erträglicher gemacht hätten.

Nour El Dine stand noch unter dem Eindruck von Samirs gehässigem Blick. Dieser war noch zu jung, um so leichtfertig hassen zu können; oder er mußte eine außergewöhnliche Veranlassung dazu haben. Nour El Dine fürchtete sich vor der möglicherweise grausamen Wahrheit. Sollte Samir etwa auch ein Revolutionär sein, einer dieser jungen Menschen, die von nichts anderem träumten als davon, die Regierung zu stürzen, und für die die Polizei das Hassenswerteste überhaupt war? Zumindest würde dies sein Verhalten erklären. Nour El Dine preßte seine Kiefer fest aufeinander und setzte sich in einer so steifen Haltung auf seinen Stuhl, als würde ihn die Anwesenheit eines ihm gegenübersitzenden Anarchisten plötzlich an seine richterlichen Pflichten erinnern.

Dieses Schauspiel dauerte allerdings nicht sehr lange. Schon bald trat ihm der Schweiß auf die Stirn, und seine Gesichtszüge zeugten von der erlittenen Niederlage und Demütigung. Er streckte die Hand aus, um den Arm seines Gegenübers zu berühren, zögerte eine Sekunde lang und ließ sie dann mit einer Bewegung, die seine ganze Niedergeschlagenheit verriet, wieder seitlich am Körper herunterfallen.

Plötzlich begriff er, daß er nicht länger schweigen durfte: er mußte etwas sagen, sich irgend etwas einfallen lassen, um den jungen Mann zurückzuhalten.

»Mein lieber Samir.«

»Ja.«

»Ich verspreche dir, daß ich dich das nächste Mal an einen feinen Ort im Europäischen Viertel ausführe.«

»Tatsächlich! Der Herr Offizier geht mit der Zeit.«

»Allerdings müßtest du mir einen Gefallen erweisen, mein lieber Samir.«

»Welchen?«

»Nun, ich würde gern sehen, daß du eine Kopfbedeckung trägst. Es schickt sich nicht, barhäuptig auszugehen.«

»Das ist es also! Merke dir, daß ich mich anziehe, wie es mir gefällt. Im übrigen habe ich überhaupt keinen Tarbusch.«

»Dann erlaube mir, dir einen zu schenken.«

Nour El Dine dachte, der junge Mann würde anständiger aussehen, wenn er einen Tarbusch trüge. Er gab sich der falschen Vorstellung hin, daß das noch sehr jugendliche Alter Samirs an sich schon das untrügliche Zeichen von Homosexualität sei.

»Einen Tarbusch. O nein, ich möchte ein Auto. Warum schenkst du mir kein Auto?«

»Das übersteigt meine finanziellen Möglichkeiten«, antwortete Nour El Dine.

»Beruhige dich! Es war nur ein Scherz. Was sollte ich mit einem Auto anfangen? Und um dir nichts zu verschweigen, sollst du wissen, daß mein edler Vater eines besitzt. Ich bin noch nie mitgefahren … Eher würde ich sterben.«

»Warum denn?«

»Das sage ich dir nicht. Du würdest es am Ende nicht verstehen.«

Wieder herrschte Schweigen zwischen ihnen, das nur von den herumschwirrenden Fliegen unterbrochen wurde, die noch zudringlicher waren als zuvor. Nour El Dine stockte der Atem; während er den jungen Mann betrachtete, dessen letzte Worte ihn scheinbar unwiderruflich verurteilt hatten, dachte er fieberhaft nach. Ihn des Unverständnisses anzuklagen hieß, ihn in den Dreck zu ziehen, ihm zu verstehen zu geben, daß er ein Dummkopf sei, dem man kein Vertrauen schenken dürfe. Diese Art der Beleidigung bedeutete eine ungeheure Verletzung seines Selbstwertgefühls. Er durfte sie sich nicht tatenlos gefallen lassen.

Er atmete tief durch, blickte nochmals zum Ladeneingang hin – was zu einer echten Zwangshandlung wurde – und sagte dann mit einem Zittern in der Stimme, als ginge es um die Erörterung des Weltuntergangs:

»Wie kannst du nur sagen, ich sei unfähig, dich zu verstehen. Dein Mißtrauen mir gegenüber bricht mir das Herz, mein lieber Samir. Ich möchte gern alles über dich wissen. Es würde mich sehr glücklich machen, wenn es in meiner Macht stünde, dir deine Sorgen zu nehmen. Daran zweifelst du doch hoffentlich nicht.«

»Du bist sehr liebenswürdig, Herr Offizier«, sagte der junge Mann lächelnd. »Ich habe aber keine Sorgen.«

»Was verbittert dich dann so sehr? Verzeih, aber ich glaubte, deinen Worten entnommen zu haben, daß es um die Beziehung zu deinem Vater nicht zum besten bestellt ist.«

»Erwähne diesen Mann nicht. Ich hasse ihn.«

Nour El Dines Bestürzung drückte sich in einem grotesken Mienenspiel aus. Er hatte sich also nicht getäuscht; es war tatsächlich Haß gewesen, den er im Blick Samirs erkannt zu haben glaubte.

»So weit ist es schon gekommen! Du überraschst mich, mein lieber Samir. Wie kannst du nur deinen eigenen Vater hassen?«

»Willst du es wirklich wissen? Nun, das ist ganz einfach: mein Vater ist ein Kerl von deiner Sorte.«

»Was willst du damit sagen?« fragte Nour El Dine und wurde dabei ganz bleich.

»Nein, nein! Es ist nicht das, was du glaubst. Mein Vater hält es eher mit den Frauen. Deine Ähnlichkeit mit ihm hat einen tiefer gehenden und auch verabscheuenswürdigeren Ursprung.«

»Ich muß zugeben, daß ich dich nicht recht verstehe.«

»Ich sagte dir ja, daß du es nicht verstehen würdest. Das spielt aber auch überhaupt keine Rolle.«

Zum ersten Mal sprach er mit jemandem über seinen Vater, und daß es ausgerechnet mit diesem schwulen Offizier war, der sich um sein Ansehen sorgte, schien ihm ein Wink des Schicksals zu sein. Wer anders als Nour El Dine wäre besser dazu geeignet gewesen, den furchtbaren Ausbruch dieses Hasses nicht nur auf seinen Vater, sondern auf alle Ausdrucksformen des bürgerlichen Lebensideals über sich ergehen zu lassen? Repräsentierte er nicht die bewaffnete Stütze, den ruchlosen Söldner dieser Kaste verkleideter Mörder, die noch blutrünstiger waren als Schakale in der Wüste? Samir war fast ausschließlich in Gesellschaft seiner älteren Brüder groß geworden, die, von Ehrgeiz beseelt, denselben Karriereweg eingeschlagen hatten wie ihr ehrenwerter Vater. Er selbst war nur knapp der unheilvollen Verlockung einer bequemen und unbeschwerten Zukunft entgangen. Wollte er nicht ein berühmter Anwalt werden? Und doch fühlte er sich seit seiner frühesten Kindheit wie ein Fremdkörper in diesem niederträchtigen und schäbigen Milieu. Sein Wunsch, ein berühmter und angesehener Mann zu werden, währte nur kurz. Eines Tages war er mit einem Gefühl des Ekels aufgewacht.

Derart ernüchtert, igelte er sich für lange Zeit in einem Zustand der Verachtung ein. Verachtung war aber eine bloß negative Einstellung, die zu nichts führte. Die Angst davor, inmitten dieser ruhmreichen und selbstgefälligen Verderbtheit seine Jugend zu vergeuden, ließ einen unerbittlichen Haß in ihm entstehen. Unwiderstehlich keimten in seinem Kopf Mordgedanken. Das Leben solch ruchloser Menschen auszulöschen schien ihm eine Aufgabe, gar eine Mission von außergewöhnlicher Bedeutung zu sein.

Für ihn war der Augenblick gekommen, in dem er handeln mußte. Trotzdem zögerte er noch bei der Wahl seines ersten Opfers. Mit wem sollte er anfangen?

»Ich denke, ich werde ihn eines Tages umbringen.«

»Wen?«

»Meinen Vater natürlich! Und weißt du, welcher Gedanke mir dabei am meisten Vergnügen bereitet? Daß es vielleicht an dir sein wird, mich festzunehmen. Sag mal, Herr Offizier, würdest du das tun, trotz der Liebe, die du für mich empfindest?«

Tief ins Herz getroffen, senkte Nour El Dine den Kopf.

»Bei Allah! Du verlierst den Verstand«, sagte er in einem Atemzug.

Der Dunst, der sein Gehirn umnebelte, wurde dichter; er hatte den Eindruck, als würde er seit einer Ewigkeit in einen Brunnen ohne Grund stürzen. Irgendwo draußen rief ein Kind etwas Unanständiges; ein hungriger Hund bellte schwach; die Glocke einer in der Nähe vorbeifahrenden Straßenbahn tönte wie ein Alarmsignal. Alle diese Geräusche drangen zu ihm wie durch einen Nebel, sie ähnelten den Klängen einer fremden und entlegenen Welt. Er hob den Kopf wie ein Ertrinkender, zog am Kragen seines Gehrocks, nahm dann eine steife Haltung an und starrte auf eine Stelle der von Rissen überzogenen Wand des Ladens, wo die Überreste einer naiven Wandmalerei zu erkennen waren, die eine volkstümliche Hochzeit darstellte. Man erkannte noch den Bräutigam, der von zwei Freunden geleitet wurde, die Blumensträuße trugen und denen uniformierte Musikanten vorausgingen. Eine offene Kutsche, in der dichtgedrängt die Gäste saßen, folgte dem Zug. Die Farben waren fast vollständig verblaßt, aber die Umrißlinien hatten noch ihre ursprüngliche Frische behalten.

Der junge Mann war dem Blick Nour El Dines gefolgt. Er lächelte.

»Das wäre doch eine kluge Entscheidung«, sagte er.

»Was willst du damit sagen?«

»Du solltest heiraten, Herr Offizier.«

Nour El Dine steckte den Schlag mit stoischem Gleichmut weg. Die einzige angemessene Reaktion auf diesen so offensichtlichen und gemeinen Tiefschlag hätte der sofortige

Bruch sein müssen. Aber mit Samir zu brechen war etwas, wozu er sich nicht entschließen konnte. Er hatte sich dieser Leidenschaft ganz und gar hingegeben; was auch immer noch passieren sollte, er würde bis zum Letzten gehen.

Er mußte sich dieser Verhöhnung entziehen! Diesem verdammten Ort entfliehen, wo sich alles gegen ihn verschwor, um ihm eine Niederlage zuzufügen! Eher die Verzweiflung als die Hoffnung verlieh ihm den Mut zu fragen:

»Möchtest du nicht heute abend zum Essen zu mir kommen?«

»Nein«, antwortete Samir.

»Weshalb? Willst du mich nicht mehr sehen?«

»Wenn es dir nur darum geht, mich zu sehen, dann kannst du mich in ein Restaurant einladen.«

»Ich würde aber gern mit dir allein sein. Empfindest du überhaupt keine Freundschaft für mich? Gib dir einen Stoß, mein lieber Samir, sei ein Mann!«

Samir schien einen Moment lang zu zögern, dann fing er lauthals zu lachen an; zum ersten Mal lachte er freimütig auf.

Der Konditor wandte ihnen sein großes fettglänzendes Gesicht zu und sah sie mit vor Erstaunen weitaufgerissenen, schleimigen Augen an. Schon blieben zwei oder drei Passanten am Eingang des Geschäfts stehen. Sie erregten Aufsehen! Das war es, was Nour El Dine am meisten fürchtete.

»Beruhige dich! Ich bitte dich inständig, errege kein Aufsehen.«

»Herr Offizier«, sagte Samir, »deine Logik ist umwerfend! Du willst also mit mir schlafen und gleichzeitig soll ich ein Mann sein! Ehrlich, ich muß dir sagen, daß ich so etwas Komisches noch nie gehört habe.«

»Du hast mich nicht verstanden«, beteuerte Nour El Dine. »Darum geht es wirklich nicht. Mein lieber Samir, ich glaube, daß es da zwischen uns ein Mißverständnis gibt.«

Er stand auf, rückte seinen Tarbusch zurecht und setzte einen entschlossenen Gesichtsausdruck auf.

»Verzeih, aber ich muß gehen. Die Pflicht ruft. Wir werden uns bei anderer Gelegenheit wiedersehen. Gehab dich wohl!«

Stolz und mit zusammengezogenen Augenbrauen ging er am verblüfften Konditor vorbei und verließ das Geschäft.

Jetzt hatte er es eilig, schlich sich durch das Labyrinth der Gäßchen hindurch, wobei er an unzähligen Hütten aus Holzbrettern und leeren Benzinkanistern vorbeikam. Er hatte wieder seine martialische und siegessichere Haltung angenommen, aber in diesem verrufenen Viertel beeindruckte seine Polizeioffiziersuniform niemanden. Um die Polizei zu fürchten, muß man etwas zu verlieren haben; und hier besaß niemand etwas. Überall herrschte vollkommenes unmenschliches Elend; der einzige Ort der Erde, an dem ein Vertreter der Staatsgewalt über keinerlei Möglichkeit verfügte, sich Respekt zu verschaffen. Nour El Dine kannte die Mentalität der Einwohner hier aufs genaueste; er wußte, daß sie durch nichts zu erschrecken oder aus ihrem merkwürdigen Dämmerzustand herauszuholen waren. Sie hegten weder Groll noch Feindseligkeit, nur eine stillschweigende Geringschätzung, eine enorme Verachtung gegenüber der Macht, die er repräsentierte. Man hätte meinen können, sie wüßten nicht um die Existenz einer Regierung, einer Polizei oder einer mechanisierten und fortschrittsorientierten Gesellschaft. Diese für die analphabetischen Bevölkerungsschichten typische Gesinnung verletzte Nour El Dine im tiefsten Inneren seines Wesens, da sie ihm die Sinnlosigkeit seiner Bemühungen vergegenwärtigte. Er war außerstande, diese Starrsinnigkeit, diese Weigerung zur Zusammenarbeit nicht als eine persönliche Beleidigung aufzufassen. Bei jedem seiner Schritte hatte er den Eindruck, als würde man ihm ins Gesicht spucken. Er schwitzte, ein immer größer werdendes Unbehagen peinigte ihn. Seine Nervosität verwandelte sich alsbald in Panik, und er fing kopflos zu rennen an. Aber sogleich verlangsamte er sein Tempo wieder, verfluchte sich selbst und schalt sich einen Dummkopf. Diese Hurensöhne würden ihm doch keine Angst einjagen. Er bekam seine Nerven in den Griff, beschloß, leichten Schrittes weiterzugehen und richtete die Augen geradeaus wie jemand, der nachdenkt und über die Dinge erhaben ist.

Diese zur Schau gestellte überlegene Haltung wäre ihm beinahe zum Verhängnis geworden. Da er nur geradeaus blickte, trat er in eine Wasserpfütze, rutschte aus und wäre um ein Haar der Länge nach hingefallen. Kopflos und mit unkontrollierten Bewegungen flüchtete er sich in die Nähe einer Hütte und nahm seine Schuhe sowie seine Hosenbeine in Augenschein, die mit Schlamm bespritzt waren. Das Gefühl der Scham, des nicht wiedergutzumachenden Verlusts an Ansehen, ließ ihn einen Moment lang wie gelähmt verharren, ohne daß er es gewagt hätte, seinen Kopf zu heben. Was für ein lächerliches Schauspiel mußte er diesen Elenden bieten? Ihn packte die Wut, und er fluchte leise vor sich hin. Vor Zorn bebend, richtete er sich wieder auf, darauf gefaßt, daß ihm Spott und Gelächter entgegenschallen würden. Aber nein, niemand lachte. Und doch war es schlimmer, als hätten sie sich über ihn lustig gemacht. Die Kränkungen Samirs, die ihm noch im Kopf herumgeisterten, waren nichts im Vergleich zu diesen in ewiger Fassungslosigkeit erstarrten Blicken, die auf ihm ruhten, als würden sie ihm den höheren Auftrag streitig machen, ihm das Kleidungsstück, das allein ihn unantastbar machte, entreißen wollen. Gegen den Haß Samirs, gegen seinen Sarkasmus konnte er sich wenigstens wehren, wie aber sollte er auf diese ungeheure Gleichgültigkeit reagieren, die grausamer war als der unerbittlichste Haß. Nichts an ihrem Verhalten deutete auf Ablehnung oder Empörung hin. Es schien, als würden sie ihn wie einen räudigen Hund betrachten, wie einen Wurm. Wieso bewarfen sie ihn nicht mit Steinen? Nour El Dine wartete auf eine Reaktion, aber nichts geschah. Sie verharrten in ihrer Regungslosigkeit und ihrer morbiden Gleichgültigkeit. Erst als er seinen Weg fortsetzte, geschah etwas Verblüffendes. Ein etwa sechsjähriges Mädchen mit dreckverschmiertem Gesicht, das in der Mitte des Gäßchens stand, hob den Saum ihres

Kleides und bot ihm mit einer Geste von rührender Einfachheit ihr Geschlecht dar. Nour El Dine erblaßte und schien einen Moment lang zu wanken; dann wandte er den Kopf ab und machte sich so schnell es ging davon.

Er rätselte über den Sinn dieser grauenerregenden Szene. Es schien ihm, als entstammte die Geste des kleinen Mädchens einem wilden und unbegreiflichen Universum. Ein bizarrer Vorgang, der die Grenzen des Verstandes überschritt und unmittelbar dem Abfall und der jahrhundertealten Verderbtheit entsprang. »Verfluchte Brut! Bin ich denn dazu verurteilt, mein ganzes Leben unter diesen Ausgestoßenen zu verbringen?« Als er an die Rolle dachte, die er in diesem grotesken Drama spielte, stieg eine Woge der Verbitterung in ihm auf und schnürte ihm den Hals zu. Welch alberne Rolle, wahrlich! Was dachte sich die Regierung eigentlich dabei, ihn mit einer so undankbaren Aufgabe zu betrauen? Welches Recht konnte sich auf diesem Müllhaufen, diesem Feld des Todes und der Verzweiflung Geltung verschaffen? In dieser grauen und schleimigen Masse nach einem Straftäter zu suchen, selbst wenn es sich um einen Schwerverbrecher handelte, war absurd. Man hätte sie alle einsperren müssen. Nour El Dine machte sich überhaupt keine Illusionen; er wußte, daß sie mächtiger waren. Jahrelang hatte er diese traurige Erfahrung gemacht. Diesem unabänderlichen Elend, dieser Weigerung, am Schicksal der zivilisierten Welt teilzuhaben, wohnte eine solche Kraft inne, daß keine Macht der Welt damit fertig werden konnte.

Er erinnerte sich daran, daß er es im Augenblick deshalb so eilig hatte, weil er einen Verbrecher verfolgte, und er begann zu grinsen. Diese Untersuchung des Mordes an einer jungen Dirne würde ihm noch einigen Ärger bereiten, das verriet ihm eine düstere Vorahnung. Sein Hang, hinter einem einfachen gemeinen Verbrechen außergewöhnliche Hintergründe zu vermuten, erschwerte ihm die Untersuchung unnötig. Sein Wunsch, einen großen Fall aufzuklären, sich mit einem gleichwertigen Gesprächspartner zu messen, hinderte ihn daran, die banale Wirklichkeit zu sehen. Mit gesenktem Kopf stürmte er förmlich vorwärts, als würde die Ergreifung dieses imaginären Mörders, dieses Mörders, der einer höheren Rasse angehörte, seinem Leben einen Sinn geben können.

Er stieß einen Seufzer der Erleichterung aus: er war dieser Hölle also doch noch entkommen. Zwar befand er sich noch nicht wieder auf dem Boden der Zivilisation, aber trotzdem war es schon erträglicher. Er befand sich in einer Straße, einer echten Straße mit Autos und Straßenbahnen, bevölkert mit Menschen, die sich wie lebende Wesen verhielten. Die Terrassen der Cafés waren voll von ihnen, sie gefielen sich in vorteilhaften Posen, hatten heitere Gesichter, sprachen und diskutierten voller Zuversicht miteinander. Nichts schien sie zu ängstigen, so als sei das Leben eine heitere Angelegenheit. Wieder fühlte Nour El Dine Verbitterung in sich aufsteigen. Warum mußte immer er allein dem Schrecken ausgesetzt sein? Das Schauspiel dieser Menschheit, die sich den Freuden eines immerwährenden Festes hingab, machte ihn rasend eifersüchtig. Er verübelte ihnen ihre Sorglosigkeit, ihre Fähigkeit, das Wesen der Welt zu verkennen, deren Grundlage Trostlosigkeit und Reue waren. Durch welchen Zauber entkamen sie der allgemeinen Verzweiflung?

Die Antwort auf diese Frage war kinderleicht: diesen Menschen war alles egal, weil sie nichts mehr zu verlieren hatten. Nour El Dine weigerte sich jedoch, diese elementare Wahrheit anzuerkennen. Dann hätte er sich auch gleich wie ein Anarchist verhalten können.

Er sah den Polizisten in Zivil an einem Tisch auf der Terrasse eines Cafés sitzen und ging geradewegs auf ihn zu.

Dieser erhob sich.

»Guten Tag, Exzellenz!«

Es war ein Mann in den Vierzigern, der einen abgewetzten langen schwarzen Mantel und Stiefel mit gelben Knöpfen trug; um seinen dünnen Hals lag ein breiter kastanienbrauner Schal, dessen beide Enden seitlich an ihm herumflatterten wie die Flügel eines Raben. Er besaß nur ein Auge; aber dieses eine Auge war so viel wert wie zwei, denn in ihm funkelte ein mörderischer Schalk.

»Nun? Hast du ihn aufgespürt?« fragte Nour El Dine.

»Ich muß zugeben, es war ein hartes Stück Arbeit. Trotzdem habe ich ihn dann doch noch ausfindig gemacht. Dieser Hurensohn wechselt beinahe alle zwei Stunden seinen Aufenthaltsort. Man könnte glauben, er hat kein ruhiges Gewissen.«

Nour El Dine wurde ungeduldig.

»Wo ist er jetzt?«

»Hausnummer 17, in dieser Straße.«

»Ist das ein Hotel? Wie heißt es?«

»Ich weiß es nicht; es gibt kein Schild. Der Kerl wohnt im ersten Stock, im Zimmer gegenüber der Treppe.«

»Gut gemacht. Du kannst jetzt gehen, ich brauche dich nicht mehr.«

»Zu deinen Diensten, mein Bey!«

Nour El Dine verließ den einäugigen Polizisten, überquerte die Fahrbahn und ging langsam den Gehsteig entlang, der von baufälligen Gebäuden mit ungeraden Nummern gesäumt wurde. Nach einigen Minuten blieb er endlich vor der Hausnummer 17 stehen; einen Augenblick lang nahm er die heruntergekommene Fassade in Augenschein, blickte nach rechts und nach links – als würde er fürchten, beim Betreten eines so schäbigen Hotels beobachtet zu werden –, ging dann durch die Tür und betrat einen übelriechenden und düsteren Flur. Von einem Hotelier war weit und breit nichts zu sehen; der Ort schien seit vielen Jahren verlassen zu sein. Eher von seinem Instinkt als von seinem Sehorgan geleitet, erreichte Nour El Dine eine Steintreppe mit ausgetretenen Stufen, die ihn in den ersten Stock hinaufführte; dort angekommen, erahnte er im Dunkeln die Konturen einer Tür, gegen die er heftig mit der Faust schlug.

Niemand reagierte auf sein heftiges Klopfen. Nour El Dine hielt das Ohr an die Tür; drinnen bewegte sich nichts.

Ohne länger zu warten, drehte er am Griff, öffnete die Tür und trat in ein Zimmer, dessen Größe und Einrichtung er wegen des fehlenden Lichts nicht erkennen konnte. Auch hier herrschte die gleiche Dunkelheit wie im Gang, die nur durch einige schwache Lichtstrahlen, die durch die Schlitze der geschlossenen Fensterläden drangen, ein wenig erhellt wurde. Zuerst hatte Nour El Dine den Eindruck, als sei das Zimmer leer. Aber allmählich gewöhnten sich seine Augen an das Halbdunkel, und er nahm ein Bett wahr und in diesem Bett unter den Decken die Umrisse einer menschlichen Gestalt.

»Heda! Wach auf!«

Die unter der Decke ausgestreckte Gestalt blieb so bewegungslos wie ein Leichnam. Nour El Dine begann nervös zu werden und sich zu fragen, ob der Mann vielleicht tot sei. Er trat an das Bett und hob mit einem unsäglichen Ekel die Decken hoch. Dieser Vorgang brachte den völlig nackten Körper eines so spindeldürren Mannes zum Vorschein, daß selbst das härteste Gemüt erschrocken wäre.

»Allah möge uns beschützen«, murmelte Nour El Dine.

In der Zwischenzeit mußte die Kälte, die der Schlafende empfand, weil er aufdeckt worden war, auf ihn eine größere Wirkung ausgeübt haben als ein Erdbeben, denn er erwachte, blinzelte mit den Augen, gähnte und fragte schließlich:

»Was soll denn das?«

»Polizei!« brüllte Nour El Dine, als würde er mit diesem einen Wort allen Widerstandsgeist des Schlafenden brechen wollen.

Aber das Wort »Polizei« beeindruckte den Mann im Bett offensichtlich wenig, denn während er sich anschickte weiterzuschlafen, erwiderte er vollkommen ruhig:

»Du kannst alles durchsuchen: in diesem Zimmer gibt es nicht einen Krümel Haschisch.«

»Darum geht es mir gar nicht«, sagte Nour El Dine. »Mach schon, steh auf, ich will mit dir reden.«

»Mit mir reden!« rief Yéghen aus, der jetzt vollkommen wach war. »Bei Allah! Herr Offizier, womit habe ich diese Ehre verdient? Wobei kann ich dir behilflich sein?«

»Ich bin zu dir gekommen, um über einen Mordfall zu reden.«

»Einen Mord, Exzellenz! Was für ein schwarzer Tag!«

»Das kannst du wohl sagen, ein schwarzer Tag für dich.«

Yéghen warf die Decken ganz zurück und setzte sich mit gekreuzten Beinen auf sein Bett; mit seinem von der Schwindsucht gezeichneten Oberkörper, seinem knochigen Gesicht und seinen verstörten Augen ähnelte er einem durch Fasten und Kasteiungen ausgemergelten hinduistischen Fakir.

»Ein Mord!« wiederholte er. »Was habe ich mit einem Mord zu tun?«

»Das werde ich dir sagen. Aber zunächst möchte ich von dir wissen, ob du davon gehört hast, daß eines der Mädchen im Bordell von Set Amina vor ein paar Tagen erdrosselt wurde?«

»Ich habe davon gehört«, sagte Yéghen.

»Es sieht so aus, als seist du ein Stammgast des Hauses.«

»Das ist richtig.«

»Du kennst also die junge Arnaba?«

»Selbstverständlich. Sie war die Schönste im Stall.«

»Gut, da wir uns nun schon mal so problemlos verstehen, kannst du mir sagen, wo du zum Zeitpunkt des Verbrechens warst?«

Yéghen brauchte überhaupt nicht nachzudenken oder zu fragen, wann genau das Verbrechen begangen worden sei; er war sicher, daß er sich nicht täuschte. Er antwortete schmeichlerisch:

»Ich habe geschlafen, Exzellenz!«

»Wo hast du geschlafen?«

»Weiß ich doch nicht. Ich schlafe überall.«

»Du Hundesohn weißt also nichts von dieser Angelegenheit?!«

»Bei meine Ehre, nein! Ich weiß nichts. Ich könnte dir vielleicht einige Informationen über bestimmte Drogenhändler geben. Aber ein Mord! Das überschreitet nun wirklich meine Kompetenz.«

»Dann laß dir sagen, daß du der Hauptverdächtige bist.«

»Ich! Aber ich habe doch geschlafen, Exzellenz! Wie kann ein so intelligenter Offizier wie du einen solch schwerwiegenden Irrtum begehen?«

»Schluß mit den Mätzchen«, knurrte Nour El Dine. »Ich werde dich schon zum Sprechen bringen.«

Ihm war bewußt, daß er gerade albernes Zeug von sich gegeben hatte, einen dieser Allgemeinplätze, die er häufig während eines Verhörs benutzte und die, trotz der Drohung, die sie enthielten, absolut nichts bedeuteten. Die Wahrheit war, daß er sich vor lauter Ekel krank und wie dem Tode nahe fühlte. In diesem Zustand würde er niemanden zum Sprechen bringen, zumindest solange er die verpestete Luft in diesem Zimmer einatmen müßte. Er warf einen Blick auf das Fenster mit den geschlossenen Läden, wünschte sich sehnlichst, es zu öffnen, erschauderte jedoch bei dem Gedanken, das Tageslicht hereinzulassen. Das Halbdunkel kam ihm gelegen; dadurch konnte ihm Yéghen seine Verwirrung nicht anmerken. Von der Straße drang der ohrenbetäubende Lärm der Fahrzeuge, die Beschimpfungen der beinahe wahnsinnig werdenden Kutscher und das ununterbrochene Geläute der Straßenbahnen herauf, die sich verzweifelt einen Weg durch die apathisch hin- und herwogende Menschenmenge bahnten. Diese Nähe zum pulsierenden Leben ließ seinen Willen wieder erstarken. Auf der Suche nach einem Möbelstück, an das er sich anlehnen könnte, machte er einige Schritte und setzte sich schließlich auf die Kante eines Tisches. Dieser Besuch würde ein totaler Mißerfolg werden, wenn er nicht seine Taktik änderte. Die Schwierigkeiten, Yéghen zu verhören, erklärten sich aus der Tatsache, daß dieser über eine subversive Intelligenz verfügte, die sich über alles lustig machte. Er war vorbestraft und ein unverbesserlicher Haschischraucher; er unterhielt Beziehungen zu sämtlichen Drogenhändlern sowie den zwielichtigen Gestalten des Alten Viertels. Trotzdem glaubte Nour El Dine nicht an seine Schuld. Was er hier suchte, war lediglich eine Spur, ein Indiz, das ihn zum eigentlichen Mörder führte. Er wußte, daß der Mann, den er vor sich hatte, keinerlei Hang zur Gewalt besaß, außer der Droge nichts ernst nahm, folglich zwar der Feigheit verdächtig war, aber unfähig, ein Verbrechen zu begehen. Das Ignorieren der Wechselfälle des Lebens und der Abscheulichkeit der Existenz stellte für Nour El Dine nämlich ein sicheres Anzeichen von Feigheit dar. Erlaubte er es sich denn vielleicht, das Leben als eine nicht ernst zu nehmende Angelegenheit zu betrachten? Wohin würde es denn führen, wenn das Unglück keine Bedeutung mehr besäße?

Wieder überkam ihn Bitterkeit, und er starrte Yéghen geistesabwesend an. Er konnte einfach nicht umhin, dieser ganzen Szene eine lächerliche und anstößige Seite abzugewinnen. Dieser spindeldürre nackte Mann, der auf seinem Bett saß und sich einem Verhör durch die Polizei unterziehen mußte, kam ihm wie etwas Absurdes und Widernatürliches vor. Überall begegnete ihm nur Hohn.

Und um dem Ganzen die Krone aufzusetzen, fing Yéghen auch noch zu lachen an.

»Du hast überhaupt keinen Grund, so vergnügt zu sein«, sagte Nour El Dine. »Du bist da in eine üble Geschichte verstrickt.«

»Entschuldige bitte, Exzellenz. Aber die Welt wird immer lustiger. Findest du nicht?«

»Was macht dich so zuversichtlich?«

»Die Bombe!« antwortete Yéghen.

»Welche Bombe?«

»Hast du noch nichts von der Bombe gehört? Herr Offizier, du überraschst mich wirklich. Selbst die Kinder wissen davon. Es sieht so aus, als hätten sie eine Bombe erfunden, mit der auf einen Schlag eine ganze Stadt zerstört werden kann. Findest du das nicht lustig? Was willst du mehr?«

Nour El Dine verschlug es einen Moment lang vor Erstaunen die Sprache, während er zu begreifen versuchte. Dieses Verhör entwickelte sich zum reinsten Wahnsinn.

»Deine verdammte Bombe ist mir vollkommen gleichgültig! Sie ändert nichts an deiner Lage.«

»Aber ja doch, Exzellenz! Überlege doch einmal! Was sollte ich denn angesichts der Bedrohung durch die Bombe zu befürchten haben?«

Die Luft wurde immer stickiger. Der Straßenlärm brach plötzlich ab, grundlos, als würde sich das Leben für immer zurückziehen. Die Häßlichkeit Yéghens faszinierte Nour El Dine; er konnte sich einfach nicht vom Anblick dieser erbarmenswürdigen Nacktheit losreißen, die Brechreiz bei ihm hervorrief. Er verzog gequält das Gesicht, wie jemand, der an Magenkrämpfen leidet.

»Fühlst du dich vielleicht nicht wohl?« fragte Yéghen. »Was ich gesagt habe, tut mir leid. Weißt du, diese Geschichte mit der Bombe ist nur ein Scherz. Mach dir nichts draus. Jedenfalls werden sie die Bombe niemals hier in der Gegend abwerfen. Sie ist zu teuer. Glaub mir.«

»Dreckiger Hanswurst! Halt endlich den Mund! Los, zieh dich an! Wir gehen.«

»Um diese Zeit?« flehte Yéghen. »Hab Mitleid mit mir, Exzellenz! Was habe ich dir denn getan?«

»Du wirst dich jetzt anziehen, Hundesohn!«

»Ist schon gut. Ich stehe ganz zu deinen Diensten, mein Bey! Nur bitte, stoß mich nicht herum.«

Yéghen sprang aus dem Bett und suchte seine Kleider, die kreuz und quer über einem Stuhl lagen. Er zog sich rasch an und öffnete dann die Zimmertür.

»Nach dir, mein Bey«, sagte er, indem er sich ganz tief verbeugte.

Nour El Dine verließ, gefolgt von Yéghen, das Zimmer. Als sie auf der Straße standen, blickten sie sich einen Moment lang an, als müßten sie sich erst einmal wiedererkennen. Yéghen war heiter gestimmt.

»Ich lade dich zu einem Kaffee ein, Exzellenz!«

Nour El Dine packte Yéghen am Arm und zog ihn schnellen Schrittes mit sich, indem er zwischen den Zähnen hervorzischte:

»Gift werde ich dir verabreichen.«

VIII

Auf Gohars Gesicht, das von der flackernden Flamme einer Kerze beleuchtet wurde, lag der Ausdruck von Ekstase. Mit flach auf die Knie gelegten Händen saß er auf dem einzigen Stuhl im Zimmer und neigte den Kopf zur Tür, hinter der die Nachbarwohnung lag. Was er von dort vernahm, überstieg alles, was er sich je vorzustellen gewagt hätte. Vor Erstaunen verharrte er regungslos. In dem Bewußtsein, der einzige Zeuge eines außergewöhnlichen Vorgangs zu sein, war sein Geist ungewöhnlich wach. Dieser Zustand der Ekstase dauerte bereits seit einiger Zeit an. Die Augen geschlossen, genoß Gohar mit unsäglicher Befriedigung die verschiedenen Phasen eines Ehekrachs. Jedes Wort, das auf der anderen Seite der Wand gesprochen wurde, traf ihn wie eine schillernde Wahrheit und erhellte das Dunkel seines Bewußtseins.

Seit einigen Tagen wurde die Wohnung seines verstorbenen Nachbarn von neuen Mietern bewohnt. Bei dem Paar handelte es sich um einen Mann ohne Arme und Beine, Bettler von Beruf, und seine Frau, ein großes, athletisch gebautes Weib, das genauso eindrucksvoll war wie ein zehnstöckiges Gebäude. Jeden Morgen setzte sie ihren sogenannten Ehemann auf einen Gehweg im Europäischen Viertel und holte ihn bei Einbruch der Dunkelheit wieder ab, um ihn an den häuslichen Herd zurückzubringen. Gohar war ihnen einmal im Treppenhaus begegnet. Die Frau trug den Stumpf-Mann wie eine Amphore auf ihrer Schulter. Den Gruß Gohars erwiderte sie mit kräftiger und sehr tiefer Stimme, die geeignet war, das Blut in den Adern eines auch noch so unerschrockenen Menschen gefrieren zu lassen. Sie hatte ein abweisendes Gesicht und wirkte so arrogant wie nur eine verheiratete Frau wirken kann.

Gohar traute seinen Ohren nicht; je länger er zuhörte, desto mehr Mühe bereitete es ihm, sich die Szene vorzustellen, die sich im Zimmer nebenan abspielte. Die Frau machte dem Stumpf-Mann eine klassische Eifersuchtsszene. Gohar hörte, wie sich der Stumpf-Mann energisch zur Wehr setzte. Er wies die Anschuldigungen der Frau zurück, um sie dann im nächsten Augenblick seinerseits zu beschimpfen, indem er sie als liederliches Frauenzimmer, Hexe und Kannibalin bezeichnete. Schließlich fing er zu jammern an und forderte sein Essen. Seine Frau aber stellte sich taub und bestürmte ihn weiterhin mit Vorwürfen und Beschimpfungen.

Gohars Verwunderung war um so größer, als er schon seit langem glaubte, daß ihn nichts mehr überraschen könnte. Auf einen Stumpf von Mann eifersüchtig zu sein! Der weibliche Hang, alles in Besitz zu nehmen, kannte wirklich keine Grenzen. Gohar war den Frauen dankbar für das ungeheure Maß an Dummheit, mit dem sie die zwischenmenschlichen Beziehungen bereicherten. Sie waren dazu imstande, einem Esel eine Eifersuchtsszene zu machen, nur um sich interessant zu machen.

Er begann ein ziemlich lebhaftes Interesse für seine neuen Nachbarn zu entwickeln. Dieser Ehekrach eröffnete ihm, trotz seiner niederträchtigen und erbarmenswürdigen Seite, unvergleichliche Blickwinkel auf die Menschheit. Was für ein Glücksfall! Er rieb sich die Hände, dankte dem wundersamen Zufall, durch den er – ohne sein Zimmer verlassen zu müssen – am dunklen Geheimnis dieses Paares teilhaben konnte. Nicht für alle Vergnügungen der Schöpfung hätte er seinen Platz hergegeben.

Der Betrug war so offensichtlich, so allumfassend, daß der erste beste, sogar ein geistig Zurückgebliebener, ihn problemlos erkannt hätte. Immer noch warf sich Gohar seine Blindheit vor. Viele lange Jahre hatte er gebraucht, die Eintönigkeit eines ganzen den Studien gewidmeten Lebens, bevor er seine Unterrichtstätigkeit richtig zu beurteilen vermochte: ein gewaltiger Schwindel. Mehr als zwanzig Jahre lang hatte er verbrecherischen Unsinn gelehrt, junge Köpfe dem Joch einer falschen und nebulösen Philosophie unterworfen. Wie hatte er sich nur ernst nehmen können? Begriff er denn nicht, was er las? Hatte er nie den Eindruck, daß eine schamlose Heuchelei seine Reden durchzog? Welch unbegreifliche Schwäche! Und dabei mangelte es eigentlich nicht an Warnungen. Der kleinste Text über Alte oder Neue Geschichte, den er für seine Studenten kommentiert hatte, enthielt tausend Unwahrheiten. Die Geschichte! Daß man die Geschichte verfälschte, mochte ja noch hingehen. Aber die Geographie! Wie war es möglich, die Geographie zu verfälschen? Nun, sie hatten es geschafft, die Harmonie des Erdballs außer Kraft zu setzen, indem sie derartig phantastische und willkürliche Grenzen zogen, daß sie sich von Jahr zu Jahr veränderten. In erster Linie wunderte Gohar sich darüber, daß er seine Studenten nie nachdrücklich auf solcherlei Veränderungen hingewiesen hatte. Als würden sie sich wie von selbst ergeben; als sei eine offiziell sanktionierte Lüge zwangsläufig die Wahrheit.

Eine solche Ansammlung von Lügen mußte zu einer vollkommenen Verwirrung führen. Und daraus resultierte eine weltweite Angst. Jetzt wußte Gohar, daß diese Angst noch keine metaphysische war. Er wußte, daß sie nicht zwangsläufig zum menschlichen Schicksal gehörte, sondern absichtlich und willentlich hervorgerufen wurde durch bestimmte Mächte, die immer schon die Klarheit und den Durchschnittsverstand bekämpft hatten. Diese Mächte betrachteten die einfachen Ideen als ihre Todfeinde. Denn nur angesichts von Obskurantismus und Chaos vermochten sie zu gedeihen. Deshalb auch versuchten sie mit allen Mitteln, die eindeutigsten Sachverhalte so widersprüchlich wie möglich darzustellen und die Vorstellung eines absurden Universums glaubwürdig erscheinen zu lassen, in der Absicht, den Fortbestand ihrer Herrschaft zu sichern. Gohar begehrte mit ganzem Herzen gegen die Konzeption eines absurden Universums auf. In Wahrheit wurden unter dem Deckmantel dieser angeblichen Absurdität der Welt alle Verbrechen begangen. Das Universum war nicht absurd, es wurde lediglich von der niederträchtigsten Bande von Schurken regiert, die jemals den Fuß auf die Erde gesetzt und sie beschmutzt hatte. Tatsächlich jedoch war diese Welt von grausamer Einfachheit, aber die großen Denker, denen die Aufgabe zufiel, sie den Laien zu erklären, konnten sich nicht dazu durchringen, sie so zu akzeptieren, wie sie war, und zwar weil sie fürchteten, für einfältig gehalten zu werden. Darüber hinaus ging man ein zu großes Risiko ein, wenn man die Dinge auf eine einfache und objektive Art und Weise erklären wollte. Es gab unerfreuliche Präzedenzfälle, die den Beweis dafür erbrachten, daß Menschen nur deshalb gefoltert wurden, weil sie für bestimmte Phänomene eine ehrliche und vernünftige Erklärung vorschlugen. Die Beispiele, die an ihnen statuiert wurden, taten ihre Wirkung; sie übten einen heilsamen Einfluß auf die nachfolgenden Generationen aus. Niemand brachte mehr den Mut auf, klare und genaue Ideen zu formulieren. Der Hermetismus des Denkens war zum einzigen Schutz gegen die Tyrannei geworden.

Nicht das Verlangen nach einem Martyrium veranlaßte Gohar, seiner von Irrtümern geprägten Vergangenheit zu entsagen. Er hatte die Universität, wo er unterrichtete, und seine bürgerliche Wohnung im Europäischen Viertel nicht in der Absicht aufgegeben, eine neue Lehre zu verbreiten. Er hielt sich weder für einen Reformer noch für einen Propheten. Er war einfach vor der Angst geflohen, die sich seiner täglich zunehmend bemächtigte. Diese Angst hatte ganze Kontinente überzogen. Wo würde sie haltmachen? Jetzt war sie da und schlug mit ihren verheerenden Wogen an die Gestade der Insel des Friedens, auf der Gohar Zuflucht gefunden hatte. Er fragte sich, wie lange das Alte Viertel dem vergifteten Atem noch widerstehen würde. Zweifellos noch jahrelang, ein ganzes Jahrhundert vielleicht. Weder lesen noch schreiben zu können, welch wunderbare Überlebensmöglichkeit bedeutete dies in einer Welt, die sich dem Gemetzel verschrieben hatte! Gohar war zu folgender fundamentaler Einsicht gelangt: die blutrünstige Macht besaß keine Gewalt über Menschen, die keine Zeitungen lasen. Die Angst konnte diese Menschen nicht erreichen. Das Alte Viertel war wunderbarerweise der einzige unversehrte Ort im Land, wo sich ein gesundes, von der einfachen Vernunft bestimmtes Leben entfaltete. Überall sonst regierte der aberwitzigste Irrsinn. Trotzdem war eine Ansteckungsgefahr nicht vollkommen ausgeschlossen: es gab das Radio. Die Erfindung des Radios betrachtete Gohar als das schlimmste Teufelswerk. Das Zerstörungspotential dieser kleinen Kiste, die man jetzt fast überall sah, schien ihm größer zu sein als das aller Bomben zusammengenommen.

Es dauerte lange, bis er begriff, daß in der Nachbarwohnung Ruhe eingetreten war. Er war enttäuscht, beinahe gereizt. Er spitzte die Ohren in der Erwartung, wenigstens ein kleines Geräusch aufzufangen, um zu erfahren, wie der Streit ausgegangen war. Eines jedenfalls schien sicher: das, was im Nebenzimmer passierte, war sehr viel aufschlußreicher als alles, was er jahrelang gelehrt hatte. Diese Eifersuchtsszene bewies eine unumstößliche Wahrheit: die Überlegenheit des Mannes. Trotz seiner Verstümmelung gelang es dem Stumpf-Mann, allein aufgrund der Tatsache, daß er ein Mann war, Leidenschaft und fleischliches Begehren zu wecken. Nichts als ein Geschlecht. Aber dieses Geschlecht barg die ganze Hoffnung der Welt.

Die Flamme der Kerze war kurz davor zu erlöschen, flackerte dann aber noch einmal auf und tauchte die Kargheit des Zimmers in ein neues Licht. Gohar kniff die Augen zusammen, blickte sich um, als sei er gerade aufgewacht, und bewunderte erneut die Armseligkeit seiner Einrichtung. Die denkwürdige Überschwemmungskatastrophe hatte keine Spuren hinterlassen. Nur die alten Zeitungen, die ihm als Matratze dienten, hatten durch den Zwischenfall Schaden erlitten: sie waren nur noch ein Haufen zerknittertes und feuchtes Papier. Er hatte noch nicht daran gedacht, sie durch andere zu ersetzen. Er nahm sich vor, bei der nächsten sich bietenden Gelegenheit El Kordi, den einzigen seiner Bekannten, der Zeitungen kaufte, nach welchen zu fragen.

Es kam ihm lustig vor, sich um den Zustand seiner Schlafstelle zu sorgen, so als hätte sich nichts verändert, als hätte es den Mord an der jungen Dirne nicht gegeben. Änderte er im Grunde genommen überhaupt irgend etwas? Eigentlich handelte es sich ja nur um einen Unfall. Er fragte sich, was aus ihm geworden wäre und wie er sich verhalten hätte, wenn er dieses Verbrechen in der weit zurückliegenden Zeit begangen hätte, in der er ein ehrbares und angesehenes Leben geführt hatte. Ganz sicher hätte er sich für ein Ungeheuer gehalten und sich von Gewissensbissen quälen lassen. Während jetzt nichts mehr von Bedeutung war. Sogar ein Verbrechen ließ ihn gleichgültig. War das nicht ein begrüßenswerter Fortschritt, ein Indiz dafür, daß er auf dem richtigen Weg war? Dieser Mord hatte die letzten Bande durchtrennt, die noch zu seiner verlogenen Vergangenheit bestanden. Welch glückliche Fügung! Keine albernen Gewissensqualen mehr! Seine Gewißheit darüber, daß jede Tragödie lächerlich war, hinderte ihn an der Verurteilung seiner Tat. Er leugnete das Drama ganz einfach.

In der Nebenwohnung begann der Stumpf-Mann von neuem zu jammern; er forderte sein Essen in einem immer weinerlicher werdenden Ton. Aber die Stimme der Frau war nicht mehr zu hören. Was machte sie? Gohar stellte sich vor, wie sie im Angesicht ihres völlig hilflosen Mannes aß.

Er fuhr zusammen: man hatte an seine Zimmertür geklopft.

»Wer ist da?«

»Ich bin es, Meister.«

Es war die Stimme Yéghens. Selbst durch die Tür hindurch spürte man seine Heiterkeit.

»Tritt ein, mein Sohn! Sei willkommen!«

Yéghen öffnete die Tür einen Spaltbreit, streckte zunächst seinen Kopf hindurch und trat dann ganz ein, indem er sich mit einer ziemlich gelungenen ballettartigen Bewegung um die eigene Achse drehte. Während er auf Gohar zuging, neigte er sich zum Gruß fast bis auf den Boden, richtete sich wieder auf, verbeugte sich noch zwei- oder dreimal und blieb dann unbeweglich stehen, als würde er einen Befehl erwarten. Diese Begrüßung war mehr als ein einfaches Possenspiel. Es entstand der Eindruck, als würde Yéghen tatsächlich sehr viel Respekt und Ernst hineinlegen. Allerdings bemerkte Gohar diese Nuance nicht. Yéghens Possen erheiterten ihn immer; er war an sie gewöhnt.

Da er keine Aufforderung erhielt, begann Yéghen schließlich zu sprechen:

»Ich hoffe dich nicht zu stören, Meister!«

»Ganz und gar nicht. Ich bin wirklich hocherfreut. Setz dich doch.«

Gohar wollte aufstehen und ihm den Stuhl überlassen, aber Yéghen verwahrte sich vehement gegen diese Geste der Höflichkeit. Es schien, als fürchtete er, ein Idol zu stören.

»Niemals! Ich bin dein ergebener Diener. Ich setze mich auf den Boden.«

Er trat zur Wand zurück, ohne den Blick von Gohar abzuwenden; dann setzte er sich mit angezogenen Beinen auf den Boden. Sein Verhalten war äußerst merkwürdig, wie getragen von einer Art stillschweigendem Einverständnis bis in den Tod. Es schien, als sei Gohar mit einem Mal zu einem mythischen Wesen geworden, dem mehr Hochachtung gebührte als einem einfachen Freund.

»Du wirst dich fragen, was mich zu dir führt, Meister!«

»Ich hoffe, es ist ausschließlich die Freude, mich zu sehen«, antwortete Gohar.

»Sicher. Es gibt aber noch einen anderen Grund.«

»Allah möge uns beistehen! Was ist es?«

Yéghens ernster Gesichtsausdruck verschwand plötzlich; er grinste.

»Nun, die Mächte der Hölle sind mir auf den Fersen, Meister. Heute nachmittag hat mir ein Polizeioffizier einen Besuch abgestattet. Ich frage mich übrigens, wie er meine

Adresse herausgefunden hat; ich habe mich gerade erst in diesem Hotel eingerichtet. Auf mein Wort, das muß Zauberei sein.«

»Ich vermute«, sagte Gohar, »daß er nichts gefunden hat, denn sonst wärst du nicht hier.«

»Es ging nicht um Drogen. Allerdings dachte ich zunächst auch, daß er deshalb gekommen sei. Aber nein, er hat mich sofort wissen lassen, daß er einen Mörder suche. Kurz, er verdächtigt mich, der Mörder der jungen Arnaba zu sein. Ehrlich gesagt, es freut mich, daß er sich zuerst an mich gewandt hat.«

Gohar zeigte kein Anzeichen von Erregung. Er brauchte sich noch nicht einmal zu verstellen. Die Polizei sollte nur ihre Arbeit tun; das war völlig normal. Ihn betraf es überhaupt nicht.

»Warum verdächtigen sie gerade dich, mein Sohn?«

»Du weißt doch, wie das funktioniert. Sie werden sich gesagt haben, daß der Mörder einer der Kunden des Bordells gewesen sein muß. Und weil ich ihnen bereits bekannt bin, sind sie sofort zu mir gekommen. Du weißt ja, daß ich bei ihnen meinen Ruf weghabe. Sie glaubten, auf der richtigen Fährte zu sein. Bedauerlicherweise haben sie keinen Beweis gegen mich in der Hand.«

»Was hast du dem Polizeioffizier erzählt?«

Diese Frage, auf die er gewartet zu haben schien, erfreute Yéghen.

»Ach, er hat versucht, mich zu beeindrucken, ich habe mich aber über ihn lustig gemacht.«

»Du hast dich über ihn lustig gemacht?«

»Genau, Meister! Er hat mir die schlimmsten Strafen angedroht, aber ich wußte, daß er nur Theater macht. Er kann mir überhaupt nichts anhaben. Und um seine Freundlichkeiten zu erwidern, habe ich ihm von der Bombe erzählt.«

»Von welcher Bombe, mein Sohn?«

»Na, von der Bombe, Meister. Du weißt doch, die, die auf einen Schlag eine ganze Stadt zerstören kann.«

Ohne einen Laut von sich zu geben, hatte Gohar Yéghen von seinem Gespräch mit dem Polizeioffizier erzählen lassen, als handelte es sich um eine reizende Anekdote. Aber jetzt verstand er nichts mehr. Stand sein Gefährte unter Drogen? Er begriff die Beziehung zwischen den Drohungen des Polizeioffiziers und der schlagfertigen Antwort Yéghens einfach nicht. Sollte Yéghen vielleicht auch noch etwas mit Waffenhandel zu tun haben? Ausgeschlossen war das nicht.

»Erkläre mir mal, mein Sohn, was hat die Bombe damit zu tun?«

»Das ist ganz einfach, Meister! Ich habe versucht, ihm verständlich zu machen, daß seine Drohungen angesichts der ungeheuren Bedrohung durch die Bombe lächerlich sind. Das ist aber noch nicht alles. Ihm ist diese Geschichte so sehr zu Herzen gegangen, daß er ganz blaß wurde. Die Angst machte ihn ganz krank. Es war wirklich lustig anzusehen. Am Ende tat er mir leid. Ich habe ihn wieder beruhigt, indem ich ihm sagte, daß die Bombe einfach zu teuer sei und es ihnen keinen Spaß bereiten würde, sie hier, über einem Haufen wackliger, baufälliger Häuser, abzuwerfen.«

Angesichts von so viel Naivität hob Gohar den Kopf.

»Da täuschst du dich aber, mein Sohn. Du kannst mir glauben, daß sie sie sogar über ihrer eigenen Mutter abwerfen würden. Diese Halunkenbande hat vor nichts Respekt.«

»Glaubst du wirklich, Meister?«

»Das ist sogar das einzige, woran ich glaube.«

»Dann sind sie verrückt geworden!«

»Such doch nicht nach mildernden Umständen für sie. Sie sind nicht verrückt. Ganz im Gegenteil, sie sind bei klarem Verstand. Genau das macht sie so gefährlich.«

Einen Moment lang schien Yéghen so betrübt, als sei er seiner letzten Illusionen beraubt worden. Wie konnte er so naiv sein zu glauben, daß diese elende Gegend vor der Bombe sicher sei? Gohar irrte niemals in seinem Urteil über die Menschheit. Diese Hurensöhne, die die Bombe gebaut hatten, würden vor nichts zurückschrecken. Das stand unumstößlich fest.

»Meister, sag, besteht die Möglichkeit, daß sie ihnen in den eigenen Händen explodiert, diese dreckige Bombe?«

»Nein, das glaube ich nicht. Dazu sind sie zu vorsichtig und zu geschickt.«

»Nun gut, sei's drum!« sagte Yéghen enttäuscht. »Mir wäre es jedenfalls sehr lieb gewesen, wenn sie ihnen in den eigenen Händen explodiert wäre, während sie daran herumbasteln. Das wäre der größte Spaß des Jahrhunderts. Ich hätte gern ein bißchen Spaß, Meister.«

»Hast du nicht genug Spaß? Mir scheint, dieses Jahrhundert übertrifft in seiner Possenhaftigkeit alle anderen.«

»Du hast recht. Ich sollte mich nicht beklagen.«

Yéghen verstummte. Dieser Exkurs über die Bombe und ihre zerstörerischen Wirkungen hatte ihn nicht seine Sorge über eine andere Bedrohung vergessen lassen, die deshalb noch schwerer wog als die durch die Bombe, weil sie unmittelbarer war. Die ganze Zeit über verschlang er Gohar förmlich mit seinen Blicken, als befürchtete er, daß dieser plötzlich verschwinden könnte. Auf seinem Stuhl inmitten des leeren Zimmers sitzend, das Gesicht von der Flamme der Kerze erhellt, gebieterisch, einer unerschütterlichen Gottheit gleich, schien Gohar gegen jede Überraschung gefeit. Aber Yéghen konnte die Vergänglichkeit dieser Situation nicht entgehen. Er würde diesen Menschen vielleicht verlieren. Beim Gedanken an diesen Verlust spürte er sein Herz vor Zuneigung dahinschmelzen. Die Freundschaft, die er für Gohar empfand, war sein einziger Daseinsgrund. Er mußte alles in Bewegung setzen, um ihn zu retten, ihn und das, wofür er stand.

Von der anderen Seite der Wand war plötzlich ein lang anhaltendes Klagen zu vernehmen. Der Stumpf-Mann flehte wieder um sein Essen. Er schien am Ende seiner Kräfte; sein Wimmern ähnelte dem eines Säuglings.

»Was ist das?« fragte Yéghen.

»Das sind meine neuen Nachbarn«, antwortete Gohar. »Er hat weder Arme noch Beine; sie ist ein unbarmherziges Weib. Jeden Tag trägt sie ihn auf ihren Schultern und setzt ihn an irgendeiner Ecke im Europäischen Viertel ab, wo er bettelt. Abends holt sie ihn dann wieder ab. Er ist ihr auf Gedeih und Verderb ausgeliefert. Ohne sie kann er nichts machen.«

»Ist er es, der so jammert?«

»Ja, er verlangt sein Essen.«

»Warum gibt sie ihm nichts zu essen?«

»Mein lieber Yéghen, wenn ich dir das erzähle, wirst du es mir nicht glauben. Sie hat ihm eine Eifersuchtsszene gemacht. Im Augenblick schmollt sie.«

»Das ist nicht möglich! Einem Stumpf-Mann eine Eifersuchtsszene machen! Wieso, hat er sie betrogen?«

»Es ist nichts auszuschließen, mein Sohn. Wie er sie allerdings betrogen haben soll, weiß ich nicht«, gestand Gohar. »Aber bei Frauen muß man auf alles gefaßt sein. Selbst ein Stumpf-Mann erregt sie, Hauptsache er ist nicht impotent.«

»Ich kann es trotzdem nicht glauben. Jedenfalls rächt sie sich auf eine schändliche Art und Weise. Einen Kranken auszuhungern! Sag, könnte man nicht etwas für ihn tun? Man kann ihn doch nicht in dieser Lage lassen, Meister! Ich habe nicht übel Lust, diesem Weib eins aufs Maul zu hauen.«

»Möge Allah dich davor bewahren, mein Sohn! Du weißt ja nicht, was das für eine Frau ist. Sie ist ein regelrechter Dragoner. Sie ist zehnmal stärker als du. Kurzen Prozeß würde sie mit dir machen.«

Diese Beschreibung der Lebensgefährtin des Stumpf-Mannes versetzte Yéghens Anwandlung von Heldentum einen kleinen Dämpfer.

Sie verharrten einen Moment lang schweigend, um dem Stumpf-Mann zu lauschen, der nicht aufhörte zu jammern und zu flehen. Auf die Dauer hatte dieses pathetische Klagen eine eigenartige Wirkung auf Yéghen: er verspürte seinerseits Hunger.

»Meister, glaubst du wirklich, daß wir nichts für ihn tun können?«

»Nein, das würde die Sache nur noch schlimmer machen. Abgesehen davon, wird sie ihm zu guter Letzt zu essen geben. Du kannst dir doch wohl denken, daß ein solcher Mann für sie eine Goldgrube ist; niemals würde sie ihn verhungern lassen.«

»Aber er leidet.«

»Das stimmt; allerdings denke ich, daß ihm diese Szene im Grunde genommen überhaupt nicht unangenehm ist. In seiner Lage erfüllt sie ihn zweifellos mit großem Stolz. Mein lieber Yéghen, was würdest du empfinden, wenn eine Frau dir eine Eifersuchtsszene macht?«

»Ich muß gestehen, daß noch keine Frau wegen mir eifersüchtig war, Meister. Und das, obwohl ich noch über alle Gliedmaßen verfüge. Das ist vielleicht ein Nachteil.«

»Siehst du, es fehlt nicht viel und du wärst neidisch auf diesen armen Teufel!«

Die ruhige Versicherung Gohars, der ungekünstelte zynische Unterton seiner Äußerungen riefen bei Yéghen bewunderndes Erstaunen hervor. So sehr interessierte sich Gohar also für die Ehestreitigkeiten seiner merkwürdigen Nachbarn, gleichgültig gegenüber seinem eigenen Schicksal und der Gefahr, die ihn bedrohte. Vergnügt akzeptierte er die Folgen seines blutigen Abenteuers. Seit er das Zimmer betreten hatte, wartete Yéghen darauf, daß Gohar ihm sein Verbrechen gestand. Aber nichts dergleichen war geschehen. Warum? Betrachtete er ihn nicht als jemanden, dem man alles sagen konnte? Dieses Mißtrauen Gohars ihm gegenüber blieb ihm unverständlich. Plötzlich überkamen ihn Zweifel. Und wenn er sich geirrt hätte? Wenn Gohar nicht der Mörder wäre? Der Verdacht war ihm erst heute nachmittag während des Spaziergangs durch die bevölkerten Straßen in Begleitung des Polizeioffiziers gekommen. Er hörte die Drohungen des Offiziers nur mit halbem Ohr, ganz damit beschäftigt, sich umzuschauen und Bekannte zu grüßen, als ihm plötzlich ein Vorkommnis von entscheidender Bedeutung einfiel: Gohar hatte ihm sein Beileid zum Tod seiner Mutter ausgesprochen. Nun aber erinnerte sich Yéghen, nur gegenüber Arnaba, der jungen Prostituierten, den angeblichen Tod seiner Mutter erwähnt zu haben. Und kurze Zeit darauf war sie ermordet worden. Folglich hatte Gohar sie als letzter lebend gesehen.

Dennoch war der Gedanke, daß Gohar ein Mörder sein könnte, gewagt. Noch zögerte Yéghen. Und trotzdem, er durfte nicht viel Zeit verlieren. Mit den Methoden der Polizei war er schon seit langem vertraut. Gohar würde sich niemals verteidigen können, wenn sie ihm in einem Verhör etwas härter zusetzten. Und dann stellte sich auch die Frage, ob er sich überhaupt verteidigen wollte.

»Meister, in Wahrheit bin ich gekommen, um dir zu sagen, daß du dich in acht nehmen sollst.«

»Wovor in acht nehmen, mein Sohn?«

»Wenn du hierbleibst, gehst du ein großes Risiko ein«, sagte Yéghen.

»Es nützt nichts, den Kopf zu verlieren«, sagte Gohar. »Die Gefahr ist vielleicht gar nicht so groß, wie du denkst.«

Es kam ihm nicht eine Sekunde in den Sinn zu leugnen. Er stellte sich noch nicht einmal die Frage, wie Yéghen herausgefunden hatte, daß er der Mörder war.

»Du weißt also Bescheid«, sagte er nach einem kurzen Augenblick.

»Meister, ich verstehe das nicht. Wie konnte das passieren?«

»Ich weiß es selbst nicht«, sagte Gohar. »Ich könnte es dir nicht erklären. Ich habe immer noch den Eindruck, als hätte jemand anderes an meiner Stelle gehandelt. Glaub aber ja nicht, daß ich mich reinwaschen möchte. Gewalt ist durch nichts zu entschuldigen. Alles, woran ich mich erinnere, ist, daß ich auf Entzug war und dort hinging, um dich zu suchen. Arnaba war allein. Sie bat mich, einen Brief für sie zu schreiben, und lud mich in ihr Zimmer ein. Für einige Zeit dachte ich nur an die Droge und daran, wie ich an sie herankommen könnte. Dann bemerkte ich plötzlich die Armreifen des Mädchens, und da kam mir der Gedanke, sie umzubringen. Ich mußte die Armreifen in meinen Besitz bringen.«

»Aber diese Armreifen waren doch nichts wert«, sagte Yéghen.

»Das wußte ich, mein Sohn. Aber in diesem Moment besaßen sie in meinen Augen einen großen Wert. Und dieser Moment war es, der zählen sollte.«

»Ich bin der wahre Schuldige«, sagte Yéghen. »Vergib mir, Meister. Ich hätte zur Stelle sein müssen, als du mich brauchtest. Jetzt geht es jedenfalls nicht mehr um die Erklärung für eine Tat. Es geht um deine Flucht. Du mußt so schnell wie möglich fliehen.«

»Warum sollte ich fliehen?«

»Sie dürfen dich nicht fassen. Dieser Offizier, der bei mir war, ist ein Teufel. Ich kenne ihn, er wird so lange keine Ruhe geben, bis er deiner habhaft geworden ist. Ich möchte dir helfen, Meister! Ich beschwöre dich, folge meinem Rat. Noch ist es nicht zu spät.«

»Mein lieber Yéghen, ich weiß deine Besorgnis zu schätzen, aber ich möchte auf gar keinen Fall, daß du in diese Geschichte verwickelt wirst. Ich werde schon allein zurechtkommen.«

»Gegen diese Leute wirst du nicht ankommen. Geh nach Syrien! Nutz die sich bietende Gelegenheit.«

»Wie soll ich fortgehen?«

»Ich werde das notwendige Geld für die Reise auftreiben. Verlaß dich auf mich.«

»Am Ende wirst du noch jemanden umbringen. Dann wird die ganze Sache nie ein Ende finden.«

Yéghen stand auf, blieb einen Augenblick lang stehen, während er Gohar anschaute, trat dann auf ihn zu, verbeugte sich, ergriff seine Hand und führte sie an die Lippen.

»Du bist der einzige Mensch auf der Welt, den ich liebe und respektiere«, sagte er. »Ich lege mein Leben in deine Hände.«

Gohar war gerührt; er lächelte traurig.

»Wir wollen nicht ernsthaft werden, mein Sohn. Das wäre der Gipfel des Unglücks. Im übrigen gibt es ja, wie du selbst gesagt hast, die Bombe. Sie wird alles in Ordnung bringen.«

In der Nebenwohnung jammerte jetzt die Frau; sie stieß Schreie aus wie ein Tier, dem man die Kehle durchschneidet. Aber Gohar täuschte sich nicht.

»Hörst du«, sagte er, »alles endet gut. Jetzt schlafen sie miteinander.«

»Bist du sicher, Meister? Ach, das würde ich gern sehen! Das muß ein unerhörtes Schauspiel sein!«

»Ich wußte nicht, daß du ein Voyeur bist«, sagte Gohar.

»In so einem Fall, Meister, wird die ganze Welt zum Voyeur.«

Sie schwiegen und verharrten regungslos, um wie versteinert den Lustschreien zu lauschen, die aus dem Nebenzimmer herüberdrangen.

Nach einiger Zeit klirrte ein metallener Gegenstand, es war die Schüssel, in der sich die Frau des Stumpf-Mannes nach dem Liebesakt wusch.

IX

Die Strassenbahn der Linie 13 in Richtung Europäisches Viertel kam nur stockend voran. Dem Fahrer versagte langsam die Stimme, weil er die allzu trägen Passanten, die die Schienen für einen ruhigen Landpfad zu halten schienen, fortwährend beschimpfte. Der bedauernswerte Schaffner, der sich im Gedränge der Fahrgäste verloren hatte, war nirgends zu sehen. Man hörte nur sein lautes Rufen, ihn durchzulassen. Mehr konnte er nicht erhoffen, denn sonst lief er Gefahr, bei jedem Halt – laut Bestimmung hatte er die Pflicht, auszusteigen, um die Wagen zu kontrollieren – steckenzubleiben. Daß er nicht abkassieren konnte, verstand sich von selbst.

El Kordi bereute bitterlich, daß er sich dazu hatte verleiten lassen, dieses barbarische Fortbewegungsmittel zu benutzen. Nur zu gerne wäre er dieser ungemütlichen Straßenbahn entkommen, die zudem lächerlich langsam vorankam. Aber dazu war es jetzt zu spät, weil alle Ausgänge von Menschentrauben blockiert wurden, die sich am Geländer festklammerten. El Kordi zwang sich zur Geduld; er konnte nichts tun, als abzuwarten. Sein Tarbusch, der im Gedränge beim Einsteigen schwer gelitten hatte, saß auf eine groteske Art und Weise auf seinem Schädel, ohne daß er auch nur zu der kleinsten Bewegung fähig gewesen wäre, um ihn zurechtzurücken. Er saß eingeklemmt zwischen einem dösenden kleinen Beamten mit Brille und einem dicken Weib mit ausgewaschener Melaya, die nach Zwiebeln roch und deren Bein fortwährend gegen das seine rieb. Diese Berührung begann trotz ihrer Fragwürdigkeit El Kordi zu erregen und ein wenig von seiner unbequemen Lage abzulenken. Mit großer Anstrengung drehte er den Kopf zur Seite, um das Alter der Frau abzuschätzen, bevor er noch weiter erregt wurde, aber was er zu sehen bekam, ließ ihn erschauern, und vollkommen ernüchtert kauerte er sich in seiner Ecke zusammen. Das dicke Weib war über sechzig, und sie lächelte ihn mit ihrem zahnlosen Mund unzüchtig an. Sie machte noch eine Zeitlang mit ihrem infamen Gehabe weiter, aber El Kordi blieb vollkommen unbeeindruckt.

Es war schon nach sechs Uhr abends, und der Andrang der Fahrgäste nahm unablässig zu. Das alte Weib hatte zu guter Letzt doch ihr Bein zurückgezogen, aber sie verströmte immer noch den Geruch ranziger Zwiebeln. El Kordi hätte sich am liebsten übergeben. Er schloß die Augen und ließ sich vom schrillen Bimmeln der Glocke einlullen, die der erregte Fahrer ohne Unterbrechung betätigte. Er saß nicht in dieser überfüllten Straßenbahn Richtung Europäisches Viertel, um eine Spazierfahrt zu unternehmen. El Kordi hatte anderes im Sinn. Seitdem er sich bei seiner Geliebten als Mörder der jungen Arnaba aufgespielt hatte, glaubte er sich dazu verpflichtet, eine aufsehenerregende Tat zu vollbringen, um seine Lüge wieder wettzumachen. Ihm schien, er könne statt eines Mordes problemlos einen Diebstahl begehen. Heute abend wollte er ein kühnes Vorhaben in die Tat umsetzen, über das er seit mehreren Tagen nachgedacht hatte. El Kordi kannte – er war oft daran vorbeigegangen – ein Juweliergeschäft in der Avenue Fouad, das luxuriöseste der ganzen Stadt, und er hielt sich für gerissen genug, um dort ein kostbares Schmuckstück zu stehlen, ohne sich dabei erwischen zu lassen. Allerdings wußte er noch nicht, welche Methode er anwenden sollte. Trotz seiner Übelkeit versuchte er sich alle Einzelheiten der Schmuckdiebstähle in Erinnerung zu rufen, über die er etwas in einschlägigen Zeitschriften oder Kriminalromanen gelesen hatte, ohne daß es ihm gelang, sich für eine der Vorgehensweisen zu entscheiden. Welches war die beste? El Kordi wollte zu einem Neuerer auf diesem Gebiet werden. Ein Revolutionär wie er würde logischerweise nicht auf dieselbe

Weise vorgehen wie ein gewöhnlicher Einbrecher. Das verlangte sein Selbstwertgefühl. Allerdings fiel ihm keine neue Methode ein.

Plötzlich hatte er das Gefühl, als würde ihn jemand beobachten. Er öffnete die Augen und stellte fest, daß er sich nicht getäuscht hatte. Jemand sah ihn beharrlich an, jemand, dessen Gesicht allein schon Unglück verhieß. Der einäugige Mann saß in der Nähe der Tür, ihm fast gegenüber, und belauerte ihn auf hinterhältige Art und Weise. Vor allem verunsicherte El Kordi, daß er den Eindruck hatte, als fixiere ihn der Kerl mit seinem blinden Auge. So als würde das intakte Auge neutral bleiben und ihm gegenüber sogar eine gewisse Nachsicht walten lassen.

Unerbittlich und grausam richtete der einäugige Mann weiterhin den furchterregenden Blick seines einzigen Auges auf ihn. El Kordi aber sah nur das blinde Auge, so daß sich ihre Blicke niemals kreuzten. Diese heikle Situation dauerte eine ganze Weile. El Kordi fragte sich, was dieser Kerl wohl von ihm wollte und ob er ihn nicht schon einmal gesehen hatte. Er wurde sehr nervös, während er versuchte, die Person einzuordnen, und sich alle Mühe gab, den Grund für ihr provokatives Verhalten herauszufinden. Die Unmöglichkeit, sich dieser Inquisition dadurch zu entziehen, daß er wegging, versetzte ihn schließlich in einen Zustand empörter Wut. Das würde er sich nicht gefallen lassen. »Ich werde ihm ins Gesicht spucken. Man wird sehen, ob er mich dann weiter so anstiert.« Aber die Furcht davor, in genau dem Augenblick einen Skandal heraufzubeschwören, wo er sich auf die Durchführung eines kühnen Diebstahls vorbereitete und unbedingt kühlen Kopf bewahren mußte, hielt ihn davon ab, sich dazu hinreißen zu lassen. Er schluckte seinen Speichel wieder hinunter.

Die Straßenbahn hielt an einer Station, fuhr wieder an, und plötzlich sah man den Kopf des Schaffners in der Tür auftauchen. Es war unmöglich zu sagen, durch welches geschickte Manöver ihm dieser Gewaltakt gelungen war.

»Noch jemand ohne Fahrschein?« rief er.

Niemand ließ sich zu einer Antwort auf diese Frage herab. Der Schaffner, eine dünne Person mit blassem Gesicht und einer abgetragenen Uniform, wurde anmaßend und drohte, die Straßenbahn anhalten zu lassen. Auf diese Weise in die Enge getrieben, holten die Fahrgäste widerwillig ihr Geld heraus und lösten ihren Fahrschein, als würden sie dem Schaffner ein Almosen entrichten. Nur der einäugige Mann hatte sich nicht gerührt; immer noch fixierte er El Kordi mit seinem einen, unbarmherzigen Auge.

Ungeduldig sprach ihn der Schaffner direkt an:

»He, Sie da!«

»Geheimpolizei«, antwortete der Einäugige trocken und ohne den Kopf zu wenden.

El Kordi dachte, die Straßenbahn würde umkippen und alle Fahrgäste hätten sich in einer einhelligen Abwehrhaltung von ihren Sitzen erhoben. In Wahrheit war er der einzige, der stand. Eine Sekunde lang ergriff ihn Panik, dann stürzte er zur Tür, sprang aus der fahrenden Straßenbahn und lief zum nächsten Gehsteig. Als er dann schließlich stehenblieb, um wieder zu Atem zu kommen, war die Straßenbahn schon lange in der Ferne verschwunden wie ein sich verflüchtigender Alptraum. El Kordi verspürte noch immer die Folgen des gewaltigen Schocks, den er erlitten hatte, als er hörte, wie der einäugige Mann seine Identität preisgab. Was für einer fürchterlichen Falle er da gerade entkommen war! Er war heilfroh über sein Glück, das ihn mit einem dermaßen dummen Polizisten bedacht hatte. Sich so zu offenbaren, nur um für seinen Platz nicht zu bezahlen! Was für ein Idiot! Aber warum beschattete ihn die Polizei eigentlich? Mit Sicherheit nicht wegen dieses geplanten Schmuckdiebstahls. Niemand wußte von seinem Vorhaben. Die Polizei konnte nicht von sich behaupten, die Gedanken der Menschen zu lesen. Wenn sie ihn beschattete, dann gab es dafür einen anderen Grund. El Kordi brauchte nicht lange, um ihn zu erraten: die Polizei mußte wissen, daß er ein Revolutionär war; er selbst hatte es diesem schwulen Polizeioffizier im Verlauf seines Verhörs im Bordell deutlich gemacht. Unter diesem Gesichtspunkt betrachtet, erhielt die Beschattung durch den Einäugigen eine ganz andere Dimension, sie wurde von den Unterdrückern des Volkes in der Absicht inszeniert, ihn kaltzustellen. Voller Stolz atmete El Kordi tief durch und lächelte; eine Art wunderbare Trunkenheit stieg ihm zu Kopf. Am Ende war er ein echter Revolutionär, der von der Polizei verfolgt wurde und über den man sich an höchster Stelle den Kopf zerbrach. Gohar würde sich nicht mehr – wie gewöhnlich – über ihn lustig machen, sobald er von der furchterregenden Überwachung erführe, deren Opfer er war.

Mehrfach blickte er hinter sich, um zu sehen, ob man ihn nicht verfolgte. Aber er sah weit und breit keine Spur von dem Einäugigen.

Die Avenue Fouad durchzog das Zentrum des Europäischen Viertels wie ein Lichterstrom. El Kordi flanierte die Avenue hinauf, wobei er das beunruhigende Gefühl nicht loswurde, in einer fremden Stadt zu sein. Er konnte sich solange er wollte einreden, daß er sich immer noch in seinem Heimatland befand, es gelang ihm einfach nicht, wirklich daran zu glauben. All diese geschäftigen Menschen, die aussahen, als wären sie gerade einer Katastrophe entgangen und von deren mürrischen Gesichtern durchschnittliche Sorgen abzulesen waren, kamen ihm ausgesprochen feindselig vor. Das Verhalten dieser Menschenmenge, deren beklagenswerte Einförmigkeit durch nichts unterbrochen wurde, fand er übertrieben und krankhaft. Dieser lärmenden Masse fehlte etwas, und zwar die Prise Humor, durch den die menschliche Natur ihre Bestätigung erfährt. Diese Menge war unmenschlich. Die Angst, die sie verbreitete, übertrug sich unmerklich auf El Kordi und weckte die Sehnsucht nach den armen Vierteln in ihm. Schon vermißte er die schmutzigen Gassen und die armseligen Behausungen, in denen sich ein ganzes Volk von Verbannten über seine

Unterdrücker lustig machte. In den auf Ödland errichteten Blechhütten gab es mehr Hoffnung als in diesem reichen Viertel. In diesem großartigen Stadtteil also lebten, zurückgezogen in ihre sicheren Schlupfwinkel, die fanatischen Feinde des Volkes? Sie wirkte nicht gerade freundlich, diese Zitadelle der Unterdrückung. Die in den Schaufenstern der Geschäfte ausgebreiteten Reichtümer, die düstere Erhabenheit der Gebäude, die geradlinige Strenge der Gehwege, alles schien das Aufkeimen auch nur des kleinsten frivolen Gedankens zu verhindern. El Kordi verstand, warum Gohar dieses Viertel und seinen traurigen Wohlstand verlassen hatte.

Der Anblick eines kleinen Zeitungsverkäufers riß ihn aus seiner Melancholie; er fand sich wieder in seiner Welt.

»He, Kleiner! Hast du die griechische Zeitung?«

»Du kannst Griechisch, mein Bey?«

»Ja. Warum sollte ich kein Griechisch können?«

»Bei Allah, in diesem Land gibt es nichts, was es nicht gibt!«

El Kordi kaufte ein Exemplar der einzigen griechischen Zeitung, die in der Stadt erhältlich war, faltete sie zusammen und steckte sie in seine Jackentasche. Er hatte ein lebhaftes Bedürfnis verspürt, sich diesen kindischen Spaß zu erlauben. Die ganze ernsthafte Betriebsamkeit um ihn her verdroß ihn so wie eine Beleidigung ein Volk, das einen natürlichen Hang zur Jovialität besitzt. Auch hatte er dieser beinahe greifbaren Angst entkommen wollen, die mit jedem Schritt spürbarer wurde, mit dem er sich weiter auf dieser wie für einen grandiosen Trauerzug beleuchteten Verkehrsader bewegte. Die Freude darüber, einen kleinen Zeitungsverkäufer verblüfft zu haben, ließ ihn jedoch sein Vorhaben nicht aus den Augen verlieren. »Schluß mit den Scherzen! Jetzt ist der Augenblick des Handelns gekommen.« Er war am Ende der Avenue angelangt; nur noch wenige Meter trennten ihn von dem Juweliergeschäft.

Wie lautete doch gleich das Wort, das er irgendwo gelesen

hatte und das ihm eine so verführerische Macht zu besitzen schien? Enteignung. Das vom Nimbus wunderbarer Gewißheiten umgebene Wort kam ihm wieder ins Gedächtnis. Es war kein Diebstahl, den er im Sinne hatte, sondern eine Enteignung. Dieser Gedanke dämpfte seine Furcht, die er als blutiger Anfänger in diesem Geschäft hatte, obwohl er an den Schwierigkeiten seines Unterfangens nichts änderte. Gewiß, die Schwierigkeiten waren dieselben geblieben, aber dieser neue Gesichtspunkt seiner Tat schuf einen grundlegenden Unterschied. Er war kein einfacher Gauner mehr, der seinen ersten kleinen Diebstahl beging. Vielmehr blieb er seinem revolutionären Ideal treu. Sein Unternehmen erschien ihm jetzt wie der Beginn einer Ära der Umwälzungen, langer und blutiger Kämpfe; wie das schwache Schimmern eines Lichts, das erst mit der Befreiung des Volkes voll erstrahlen würde.

Die Größe seiner Aufgabe trieb ihm vor Rührung die Tränen in die Augen. Er näherte sich so entschlossen dem Schaufenster des Juweliergeschäfts, als würde ihn das Geschrei einer Menge ausgehungerter Unterdrückter antreiben. Er war nur noch das Werkzeug eines zur Rache entschlossenen Volkes. Er blieb wie versteinert stehen. Wie im Wasser eines Aquariums funkelten die wertvollen Schmuckstücke im grellen Licht, und ihr merkwürdiger Glanz hypnotisierte das Auge. El Kordi fühlte sich ins Zentrum eines unvergleichlichen märchenhaften Schauspiels versetzt. Das wilde Geschrei der entfesselten Massen verstummte; er war allein, überwältigt von all der unerschwinglichen Pracht. Mit einem Mal schmetterte ihn die Mutlosigkeit nieder wie ein schwerer Stein. Stehlen, das war leicht gesagt! Aber wie? Mittels welches Zaubertricks würde er eines dieser Schmuckstücke, die genauso unerreichbar waren wie die entlegensten Gestirne des Himmels, an sich bringen? Die Verbitterung, die er ob seiner eigenen Naivität empfand, trieb ihm einmal mehr die Tränen in die Augen. Er erinnerte sich an seine kranke Geliebte, die eine entwürdigende Existenz in einem schäbigen Bordell fristete und auf ihn als ihren Retter wartete. Mit feuchten Augen betrachtete er die funkelnden Schätze im Schaufenster, während er daran dachte, daß er mit dem Geld, das ein einziges dieser Schmuckstücke kostete, Naïla ihrem unwürdigen Schicksal entreißen könnte. Seine Entschlossenheit, die junge Frau aus der Prostitution herauszuholen und ihr ein anständiges Leben zu ermöglichen, war im Augenblick so stark und real, daß er verzweifelt nach einem Weg suchte, diesen Diebstahl in die Tat umzusetzen. Diese Schmuckstücke jedoch blieben ganz und gar unerreichbar, schienen einem anderen Universum anzugehören. Schmerzlich empfand er seine ganze Ohnmacht, er ballte die Faust und hob langsam den Arm, um wie in einem Anflug von Wahnsinn die Scheibe zu zertrümmern.

Der Duft eines Veilchenparfums drang in seine Nase und verriet ihm die Anwesenheit einer Frau unmittelbar neben ihm; er ließ den Arm wieder sinken, war mit einem Mal vollkommen entspannt, erfüllt von einer wunderbaren Freude. Allein der Duft des Parfums ließ seine Wut sich verflüchtigen. Ohne sich umzudrehen, warf er aus den Augenwinkeln heraus einen Blick auf die Frau, die regungslos und würdevoll dicht neben ihm stand und fasziniert schien vom Ausmaß der in dem Schaufenster ausgebreiteten Reichtümer. Sie war eine junge Einheimische, gekleidet mit einer selten anzutreffenden Sorgfalt und Eleganz. Die Falten ihrer tadellos geschnittenen Melaya brachten ihren schlanken Körper zur Geltung, indem sie die festen Rundungen ihrer Hüften hervorhoben. Obwohl der untere Teil ihres Gesichts unter einem Schleier aus schwarzer Seide verborgen blieb, verriet der Glanz ihrer mandelförmigen und mit Kajal nachgezogenen Augen eine rassige Schönheit. Ihr ganzes Wesen strahlte einen Hauch geheimnisvoller Sinnlichkeit aus, der El Kordi bis tief ins Mark erzittern ließ. Sie schien sich insbesondere für ein Diamantenkollier zu interessieren, das fast die gesamte Vitrine ausfüllte.

Diese wunderbare Kreatur entzückte El Kordi so sehr, daß

er einen Augenblick lang regungslos verharrte. Angetrieben von der Angst, daß sie fortgehen könnte, sprach er sie schließlich mit flüsternder Stimme an:

»Ich bin sicher, du wunderbare Schönheit, daß dir diese Halskette ganz ausgezeichnet stehen würde.«

Die junge Frau musterte ihn, als wäre er eine eklige Schlange.

»Ja, ich weiß«, sagte sie. »Aber wo ist der Mann, der genug Geld hat, um sie mir zu schenken?«

El Kordi wußte auf diese boshafte Aufforderung nichts zu entgegnen. Die Frau war eine Hure, allerdings eine Edelhure. Er würde ihr ganz bestimmt kein Diamantenkollier schenken, nicht einmal einen gegrillten Maiskolben. Wofür hielt sie sich eigentlich? Die übertriebenen Vorstellungen, die sie sich von ihrem Marktwert machte, amüsierten El Kordi eher, als daß sie ihn ängstigten. Was ihn betraf, so brauchte er nichts zu befürchten: er hatte nichts zu verlieren bei diesem Abenteuer. Dieses dumme Weibsstück ahnte nicht, mit wem sie es zu tun hatte. Er würde sie umsonst bekommen. Huren waren die Art Frau, die El Kordi am allerleichtesten um den Finger wickelte; er kannte ihre Mentalität und wußte, was er ihnen erzählen mußte.

In diesem Augenblick war er davon überzeugt, daß das Schicksal ihn nur deshalb hierhergeführt hatte, um dieser Nutte mit ihren aristokratischen Allüren zu begegnen. Er suchte fieberhaft nach einer lustigen Bemerkung, um das Gespräch wiederaufzunehmen und sie vor allem zum Lachen zu bringen.

Die junge Frau ließ ihm allerdings nicht die Zeit dazu; unversehens wandte sie sich vom Schaufenster ab und ging eilig davon wie jemand, der beleidigt worden war. Sie hatte das Schweigen El Kordis zweifellos als Zurückweisung verstanden. Glaubte sie denn wirklich, daß er ihr ein Diamantenkollier kaufen würde? Was für eine Närrin! Instinktiv folgte ihr El Kordi. Erst jetzt bemerkte er, daß sie nicht allein war: ein kleines Mädchen mit Zöpfen, einem roten Haarband und Holzschuhen begleitete sie. Zunächst ärgerte El Kordi sich darüber, doch dann begriff er, daß es sich um einen glücklichen Umstand handelte; das Mädchen war ein guter Vorwand, um die Kontaktaufnahme zu erleichtern. Schnellen Schrittes holte er sie ein und ging beinahe auf gleicher Höhe mit ihr, während er einen günstigen Augenblick abwartete, um sie anzusprechen.

Jetzt bot sich ihm reichlich Gelegenheit, die elegante Erscheinung der jungen Frau zu begutachten, die beim Gehen die Hüften schwang und die hohen Absätze ihrer Schuhe auf dem Asphalt klappern ließ. Sie schritt einher wie eine Traumwandlerin, den Blick geradeaus gerichtet und gleichgültig gegenüber den Begierden, die sie im Vorübergehen weckte. In einem Maße verwirrt, das er bei seinen bisherigen Liebesabenteuern nie gekannt hatte, durchlebte El Kordi Minuten der Ergriffenheit. Die gewaltigen Konflikte, die seine großherzige Seele beherrschten, waren wie durch einen Zauber verschwunden. Das Elend der entrechteten Massen, die gerade in Gang gekommene Revolution, der Sturz der verfluchten Machthaber, das alles konnte warten. Er dachte an nichts anderes mehr, als daran, wie er dieser so verführerischen Beute habhaft werden konnte, deren lüsterner Hüftschwung ihm regelrecht ins Fleisch schnitt. Allein der Gedanke daran, sie zu besitzen, ließ ihn erzittern.

Ohne sich um die eifersüchtigen Passanten zu kümmern, die seine aufkeimende Leidenschaft mit kritischem Auge verfolgten, bereitete El Kordi sich darauf vor, zur Tat zu schreiten. Aus seiner Tasche hatte er eine Handvoll gerösteter Körner herausgeholt, und indem er auf das Mädchen zutrat, streckte er ihm mit unschuldiger Miene seine geöffnete Hand entgegen. Das Mädchen betrachtete den Inhalt von El Kordis Hand, wagte aber nicht, von den Körnern zu nehmen.

»Tante!«

»Was ist denn?« fragte die junge Frau gereizt.

Sie tat so, als hätte sie die Gegenwart El Kordis nicht bemerkte.

»Darf ich davon nehmen?«

»Was denn?«

»Von den Körnern.«

»Nimm dir welche, wenn du magst.«

Das Mädchen wandte sich El Kordi zu.

»Gib her«, sagte sie.

El Kordi schüttete ihr die Körner in die hohle Hand. Das kleine Mädchen begann sofort, mit Kennermiene daran zu knabbern. El Kordi strich ihr über das Haar und nahm ein väterliches Gebaren an. Sie gaben jetzt das perfekte Bild einer Familie ab: ein jung verheiratetes Paar beim Spaziergang mit seinem Kind. Um die Wahrheit zu sagen, die Leichtigkeit, mit der er diesen Erfolg erzielt hatte, berauschte El Kordi so sehr, daß nicht viel gefehlt hätte, und er wäre bereit gewesen, die Frau auf der Stelle zu heiraten, wenn sie es gewollt hätte. Nichts anderes besaß mehr Bedeutung für ihn: er war zu allen Zugeständnissen bereit, vorausgesetzt, er würde mit ihr schlafen können. Noch nie zuvor war er mit einer so schönen und rassigen Hure in Berührung gekommen. Hier bot sich ihm die Chance seines Lebens. Er hatte den Eindruck, nicht weiterleben zu können, wenn er sie nicht bekäme.

Trotz der deutlich bekundeten Geringschätzung von seiten der jungen Frau war El Kordi voller Hoffnung. Er machte dem kleinen Mädchen weiterhin den Hof.

»Wie heißt du?«

»Ich heiße Nagafa.«

»Was für ein hübscher Name!« entzückte sich El Kordi. »Magst du geröstete Körner?«

»Ja, ich esse sie oft.«

»Gut, dann kaufe ich dir das nächste Mal eine große Packung davon.«

In diesen Augenblick blieb die junge Frau stehen, wandte sich zu El Kordi und sagte ruhig:

»Ich glaube, es ist an der Zeit, daß wir zur Sache kommen.«

El Kordi, den diese Attacke völlig unvorbereitet traf, stammelte:

»Aber selbstverständlich. Darauf habe ich die ganze Zeit gewartet.«

Sie würde jetzt auf die entscheidende Frage zu sprechen kommen: den Preis für ihre Reize. El Kordi wußte genau, daß er äußerst vorsichtig vorgehen mußte; er war nicht in der Lage, ihr auch nur das Geld für den Preis eines Radieschens zu bezahlen.

»Welche Absichten hegst du?« fuhr die junge Frau fort.

»Nur die allerbesten«, versicherte ihr El Kordi. »Ich stehe zu deinen Diensten. Du brauchst nur zu befehlen.«

»Wohin willst du mit mir gehen?«

»Zu mir nach Hause natürlich! Ich habe eine sehr komfortable Wohnung. Sie wird dir sicher gefallen. Ich hoffe, du magst moderne Möbel.«

Er nahm ein mondänes Gehabe an, weil er der eigentlichen Frage ausweichen wollte.

»In welchem Viertel liegt sie denn, diese Wohnung?«

Sie schien nicht gerade davon überzeugt zu sein, daß es sie wirklich gab.

»In Menchieh. Nur ein paar Schritte von hier.«

»Das sind für dich nur ein paar Schritte? Das ist sehr weit entfernt. Es tut mir leid, aber ich kann nicht mitkommen.«

»Bei meiner Ehre, ich versichere dir, daß es nicht weit ist. Und im übrigen besteht für dich kein Grund zur Beunruhigung. Du kannst die Nacht über bleiben. Ich habe eine große Wohnung; die Kleine wird im Wohnzimmer schlafen.«

»Die Nacht über bleiben!«

Sie sah ihn an, wie um ihn zu taxieren.

»Du bist also reich genug, um dir eine ganze Nacht zu leisten?«

»Bei Allah! Was muß ich da hören? In meinem ganzen Leben bin ich noch nicht so beleidigt worden. Sehe ich etwa wie ein Landstreicher aus? Ich bin ein hoher Regierungsbeamter. Für wen hältst du mich eigentlich?«

Die junge Frau schien mißtrauisch zu sein; sie dachte nach.

»Ich will dir ja gern glauben. Dann nehmen wir einfach eine Droschke.«

El Kordi überschlug im Kopf die Geldsumme, die sich in seiner Tasche befand; sie würde nicht ausreichen, um eine Droschke zu bezahlen. Er tat so, als würde er eine herbeirufen, allerdings ohne großen Nachdruck und mit brüchiger, schüchterner Stimme, so daß kein Kutscher auf seinen Ruf reagierte. Sie hielten ihn alle für einen Witzbold.

»Auf dem Weg zu mir werden wir schon eine finden«, sagte er. »Wir sollten schon mal losgehen. Findest du nicht, daß wir heute herrliches Wetter haben?«

Die junge Frau ließ sich jedoch nicht für dumm verkaufen; sie hatte verstanden.

»Geh allein spazieren, du Beamter einer verdorbenen Regierung!« Und damit ging sie, das Mädchen an der seidenen Melaya festgeklammert, in noch hochmütigerer Haltung als zuvor davon.

El Kordi blickte ihr ungläubig hinterher; er konnte einfach noch nicht glauben, daß sein schöner Traum geplatzt war. Um ihn herum hörte er schallendes Gelächter. Es handelte sich um Passanten, die die ganze Szene verfolgte hatten und sich darüber freuten, daß er nun mit leeren Händen dastand. El Kordi wandte diesen hämischen Neidern den Rücken zu; er verachtete ihre höhnischen Spötteleien. Er hatte zu seiner Würde zurückgefunden.

Obwohl das Bordell von Set Amina bereits seit einer Woche wieder geöffnet hatte, wagten viele Stammkunden es noch nicht, sich dort blicken zu lassen. Die wenigen Kunden, die im Warteraum saßen, verhielten sich wie Teilnehmer einer Trauerfeier. Es schien ihnen, als sei die Wiedereröffnung nur eine Falle. Und damit lagen sie nicht ganz falsch.

Als Nour El Dine Set Amina die Erlaubnis zur Wiederaufnahme ihrer Geschäfte erteilte, hatte er sich – dem allgemeinen Grundsatz folgend, nach dem der Mörder immer an den Ort des Verbrechens zurückkehrt – von der Hoffnung leiten lassen, dabei auf die Person zu stoßen, nach der er suchte. Zu diesem Zweck hatte er einen seiner besten Spürhunde mit den Ermittlungen in dem Bordell betraut, die er durchführen sollte, indem er sich als ein reicher Händler aus der Provinz ausgab. Seit der Wiedereröffnung tauchte dieser Spürhund allabendlich im Bordell auf, wobei er immer wie angetrunken wirkte und sich aufführte wie ein echter Bauer, der die Vergnügungen der Hauptstadt auskostete. Trotzdem verzichtete er im allerletzten Augenblick immer darauf, eines der Mädchen auf ihr Zimmer zu begleiten, und dieses merkwürdige Verhalten rief in seiner Umgebung Mißtrauen hervor. Darüber hinaus waren die Fragen, die er stellte, nicht gerade dazu geeignet, ihn als harmlos erscheinen zu lassen. Alle wußten jetzt, daß er ein Polizist in Zivil war. Set Amina hatte ihn von der ersten Minute an durchschaut, aber sie stellte sich blind. Was hätte sie auch anderes tun können? Im Augenblick saß sie in ihrer gewohnten Haltung auf dem Sofa und sah dem Polizisten zu, wie er mit der jungen Akila herumschäkerte und ihr unter ihrem Kleid über die Schenkel streichelte, ohne allerdings wirklich zur Sache zu kommen. Verbittert über dieses Gehabe, durch das dem gefragtesten ihrer Mädchen die Zeit gestohlen wurde, beschwerte sie sich schließlich bei einem alten Bewunderer, der neben ihr auf dem Sofa saß und ihr wehmütig von der Vergangenheit erzählte, als sie noch eine begehrenswerte Hure war.

»Siehst du! Sie wollen meinen Ruin, sage ich dir! Will dieser Mann denn ewig hierbleiben?«

»Beruhige dich, Weib! Ob Polizist oder nicht, er ist und bleibt ein Kunde.«

»Das soll ein Kunde sein? Die Pest möge mich von solchen Kunden befreien!«

»Sei still! Er könnte dich hören.«

»Soll er mich doch hören! Schließlich bin immer noch ich die Herrin in meinem eigenen Haus.«

Zu guter Letzt hörte sie auf zu klagen, stützte die Hand gegen die Wange – die klassische Haltung derjenigen, die von Schmerz überwältigt werden – und beschäftigte sich nicht weiter mit dem Polizisten.

Das Gespenst der jungen Arnaba suchte Gohars Geist nicht heim. Während er es sich in einem der Korbsessel gemütlich gemacht hatte, reihte er auf der karierten Seite eines Schulheftes mit einem gelben Umschlag Zahlen aneinander. Mit Freude hatte er seine Arbeit als Buchhalter und gebildeter Mann im Dienste einer schamlosen Puffmutter wiederaufgenommen. Die Buchführung des Bordells war von der allereinfachsten Art und erforderte keinerlei intellektuelle Anstrengung. Von Zeit zu Zeit hob Gohar den Kopf und ließ seinen Geist diese Mischung aus Wollust und nutzlosem Palaver in sich aufnehmen. Anstatt ihn zu beunruhigen, vermittelte die dauernde Anwesenheit des Polizisten in Zivil ihm vielmehr ein absurdes Gefühl von Sicherheit. Dieser Mann amüsierte ihn: mit seinen verfänglichen Fragen machte er sich lächerlich. Hatte er denn nicht bemerkt, daß alle schon seit langem seine wirkliche Identität erraten hatten? Gohar genoß es, Zeuge polizeilicher Nachforschungen zu sein, deren verschlungene Pfade schließlich zu ihm als Täter führen sollten. Seine Empfindungen hatten nichts mit Sadismus zu tun, es war ihm lediglich vollkommen gleichgültig, wie die Untersuchung ausgehen würde. All diese Anstrengungen, die zum Zwecke seiner Überführung unternommen wurden, erschienen ihm unverhältnismäßig groß angesichts der Bedeutungslosigkeit des Verbrechens.

Weniger seine Verhaftung beunruhigte Gohar, als vielmehr die Gefahren, denen sich Yéghen aussetzte, um ihm zu helfen. Dessen Aufopferung, sein großzügiges Hilfsangebot hatten ihn wegen ihrer vollkommenen Aufrichtigkeit tief bewegt. Yéghen war dazu fähig, die anrüchigsten Unternehmungen auszuhecken, um ihm das für seine Reise notwendige Geld zu beschaffen. Würde er sich nicht vielleicht auch noch völlig unnötig durch eine illegale Aktion selbst in Gefahr bringen? Gohar wollte das vermeiden; jetzt plagten ihn Gewissensbisse. Hätte er Yéghen nicht von seinem Vorhaben abbringen, ihm die Nutzlosigkeit jedes Versuchs, ihn zu retten, aufzeigen sollen? Angesichts dieser tätigen Zuneigung war er schwach geworden. Und hatte Yéghen dann nicht noch sein Leben in seine Hände gelegt? Konnte man denn das Hilfsangebot von jemandem zurückweisen, der einen bittet, über sein Leben zu verfügen? Das wäre eine Taktlosigkeit gewesen, eine Mißachtung der Freundschaft.

Und wenn eine Flucht tatsächlich möglich wäre, wenn er tatsächlich nach Syrien gelangen könnte? Er stellte sich weite Cannabisfelder vor, auf denen er selbst, mit denselben Händen, mit denen er eine junge Prostituierte erwürgt hatte, das magische Gewächs anbauen würde. Ein teuflischer Traum. Er dauerte nur einen Augenblick lang.

»Gohar Effendi!«

Es war der Polizist in Zivil, der ihn ansprach. Ohne das Begrapschen der jungen Akila zu unterbrechen, hatte er sich Gohar zugewandt, als würde er einen Rat von allergrößter Wichtigkeit bei ihm einholen wollen.

»Ja bitte«, sagte Gohar.

Die wenigen Kunden, die verstreut im Warteraum saßen, spitzten die Ohren. Alles, was der Polizist in Zivil sagte, betraf sie unmittelbar.

»Dieser Mord an der jungen Arnaba«, sagte der Polizist, »erinnert mich an eine alte Geschichte, die sich ebenfalls in einem Bordell zugetragen hat. Ich weiß nicht, ob du dich daran erinnerst. Es gab da ein merkwürdiges Detail, das mir plötzlich wieder in den Sinn gekommen ist.«

Dieser Dummkopf würde schon wieder mit ihm über das Verbrechen sprechen. Gohar hüstelte, griff nach seinem Gehstock und sagte dann mit der ihm eigenen Höflichkeit:

»Es tut mir leid, aber ich kann mich überhaupt nicht daran erinnern.«

»Die ganze Angelegenheit ereignete sich vor dem Krieg. In den Zeitungen berichtete man seinerzeit sehr ausführlich darüber. Es ging um eine Dirne, die erstochen worden war. Bei der Autopsie stellte der Gerichtsmediziner fest, daß sie Jungfrau war. Und das Lustigste daran ist, daß sie ihrem Gewerbe seit mehr als zwanzig Jahren nachging. Was hältst du davon?«

»Unglaublich!« staunte Gohar.

»Nicht wahr? Es geht mir einfach nicht aus dem Kopf. Eine jungfräuliche Hure! Du mußt zugeben, daß man niemandem trauen kann.«

»Sogar der Hintern einer Hure birgt Überraschungen«, sagte Gohar. »Er kann die Welt in Erstaunen versetzen.«

»Ich bin beeindruckt von deiner Lebensweisheit. Ich glaube, du bist ein Mann, der das Leben kennt.«

Der Polizist stieß ein lautes und vulgäres Lachen aus, umarmte seine Begleiterin und küßte sie wie ein wildes Tier auf den Mund. Akila, die ziemlich durchtrieben war, brachte ihn so sehr in Wallung, daß ihm offensichtlich der Atem ausging. Bald schon konnte er sich kaum mehr zurückhalten und willigte ein, sie auf ihr Zimmer zu begleiten.

»Bis gleich, Gohar Effendi!«

»Dein ergebener Diener.«

»Hat er sich endlich doch durchgerungen, dieser Mistkerl!« triumphierte Set Amina. »Jetzt amüsiert er sich wenigstens nicht bei mir, ohne dafür zu bezahlen.«

Gohar widmete sich wieder seinen Berechnungen, aber er war von Dankbarkeit erfüllt. Einmal mehr offenbarte das Drama seine lächerliche Seite. Warf die unerwartete Jungfräulichkeit des Leichnams einer ermordeten Dirne nicht ein bezeichnendes Licht auf das Drama? Gohar hatte des Rätsels Lösung gefunden. Sollte man diese irrwitzige Welt etwa ernst nehmen? Genau darin hatte sein Wahnsinn bestanden. Lange Jahre des Wahnsinns.

»Ich wußte, daß ich dich hier finden würde, Meister! Ich muß dir etwas sehr Ernstes mitteilen.«

Die Aufmachung El Kordis bei seinem Erscheinen in dem Warteraum war außerordentlich bemerkenswert: den Tarbusch hatte er bis zu den Ohren heruntergezogen und die untere Gesichtshälfte mit einem Taschentuch bedeckt, das er fest andrückte, so als würde er eine blutende Wunde stillen.

»Was hast du, mein Sohn? Bist du verletzt?«

Als sei er nun in Sicherheit vor den gemeinen Blicken seiner Henker, nahm El Kordi das Taschentuch vom Gesicht, steckte es in seine Tasche und setzte sich neben Gohar.

»Nein, ich habe nichts«, sagte er, indem er sich zu ihm hinüberbeugte. »Ich versuche nur, unerkannt zu bleiben.«

»Wozu diese Geheimnistuerei?«

»Ich werde observiert, Meister! Sie wissen, daß ich ein Revolutionär bin.«

»Wer?«

»Die Polizei natürlich! Man läßt mich beschatten. Dessen bin ich mir vollkommen sicher. Hör zu, was ich dir zu erzählen habe, Meister! Heute abend habe ich die Straßenbahn genommen, um ins Europäische Viertel zu fahren. Es herrschte ein unbeschreibliches Gedränge. Ich saß vollkommen eingezwängt; noch nicht einmal den kleinen Finger konnte ich rühren. Ich begann schon langsam in meiner Ecke die Geduld zu verlieren, als ich plötzlich bemerkte, daß ein Mann, der mir gegenübersaß, mich beharrlich ansah. Es war furchtbar. Der Mann war einäugig, und mit seinem blinden Auge beobachtete er mich. Kannst du dir meinen Schrecken vorstellen?«

»Wie kommst du darauf zu glauben, daß es sich um einen Polizisten handelte? Vielleicht war er einfach nur ein einäugiger Mann und weiter nichts.«

»Laß mich erzählen, wie es weiterging. Eine völlig verrückte Geschichte. Als der Schaffner die Fahrkarten sehen wollte, antwortete der Mann – zweifellos aus einem dummen Reflex heraus –: Geheimpolizei. Einfach so.«

»Sehr lustig!« sagte Gohar. »Ich hoffe, du bist in Gelächter ausgebrochen.«

»Wie hätte ich lachen sollen, Meister? Ich bin sofort aus der fahrenden Straßenbahn gesprungen.«

»Was hast du eigentlich im Europäischen Viertel zu suchen gehabt?« fragte Gohar.

»Ich habe es dir letztens bereits gesagt. Ich bin fest entschlossen, alles zu tun, um Geld aufzutreiben. Ich bin mit der Absicht ins Europäische Viertel gefahren, ein Juweliergeschäft in der Avenue Foaud auszurauben.«

»Und, ist es dir gelungen?«

»Es war nicht so einfach, wie ich dachte«, sagte El Kordi bitter. »Ich glaube, daß es niemand schaffen kann.«

Im Grunde genommen dachte er gar nicht mehr an das Schaufenster voller unerreichbarer Schmuckstücke, sondern an sein verpaßtes Abenteuer mit der jungen Frau. Eine Droschke hatte sie nehmen wollen. Unverschämte Kreatur! Einen Augenblick lang dachte er daran, Gohar von dieser Begegnung zu erzählen, hielt sich aber zurück: dieser sollte in ihm keinen untauglichen Revolutionär sehen.

»Warum brauchst du so viel Geld?«

»Es ist nicht für mich, Meister! Ich komme mit wenig Geld aus. Aber da ist Naïla, die krank ist und die ich aus diesem verdammten Bordell herausholen will. Und schließlich sind da noch all die anderen.«

»Welche anderen? Hast du eine Familie zu ernähren?«

»Nein, ich habe keine Familie. Ich denke aber an dieses unterdrückte und im Elend lebende Volk. Meister, ich verstehe dich nicht. Wie kannst du den Machenschaften dieser Schweinehunde, die dieses Volk ausnutzen, so gleichgültig gegenüberstehen? Wie kannst du nur die Unterdrückung leugnen?«

Gohar erhob seine Stimme, um zu antworten.

»Die Existenz von Schweinehunden habe ich nie geleugnet, mein Sohn!«

»Du nimmst sie aber hin. Du unternimmst nichts, um sie zu bekämpfen.«

»Mein Schweigen ist kein Akzeptieren. Ich bekämpfe sie wirkungsvoller als du.«

»Wie denn?«

»Durch Nicht-Kooperation«, sagte Gohar. »Ich verweigere ganz einfach die Mitarbeit an diesem ungeheuren Schwindel.«

»Ein ganzes Volk kann sich diese negative Einstellung allerdings nicht erlauben. Sie müssen arbeiten, um zu leben. Wie sollten sie die Mitarbeit verweigern?«

»Indem sie alle zu Bettlern werden. Bin ich selbst nicht auch ein Bettler? Sobald wir in einem Land leben, in dem das Volk ausschließlich aus Bettlern besteht, wirst du sehen, was aus diesem wunderbaren Herrschaftssystem wird. Es zerfällt zu Staub und Asche. Glaub mir.«

Zum ersten Mal in seinem Leben hörte El Kordi Gohar in diesem scharfen und heftigen Ton reden. Gohar hatte also seine eigenen Vorstellungen darüber, wie diese hassenswerte Macht zu stürzen sei. Warum hatte er ihm niemals etwas davon erzählt?

»Aber wir sind doch bereits ein Volk von Bettlern«, sagte er. »Ich habe den Eindruck, daß in dieser Richtung nicht mehr viel zu tun bleibt.«

»Doch, es bleibt noch viel zu tun. Es gibt immer noch einen Haufen Leute wie dich, die ihre Mitarbeit nicht aufkündigen.«

»Da täuschst du dich, Meister! Ich tue praktisch nichts. Meine Anwesenheit im Ministerium ist beinahe Sabotage.«

Gohar sagte nichts; er war mit sich selbst unzufrieden. Die Nachdrücklichkeit, mit der er sich zu erklären versucht hatte, erinnerte ihn zu sehr an die universitäre Schulmeisterei. Wieso hatte er eigentlich das Bedürfnis, sich zu rechtfertigen? Er und die Existenz dieser Halunken leugnen! Er, der alles, Wohlstand und Ehre, hinter sich gelassen hatte, um nicht mehr mit diesem Abschaum der Menschheit in Berührung zu kommen. Was bildete El Kordi sich eigentlich ein? Daß er der einzige war, der wußte, daß das arme Volk von einer Bande skrupelloser Diebe beherrscht wurde? Das wußte doch jedes Kind.

Trotzdem lächelte er, während er den jungen Mann ansah.

»Weißt du, daß ein Polizist hier ist?« sagte er, um ihn zu necken. »Im Augenblick ist er gerade dabei, mit der kleinen Akila herumzuhuren.«

»Bei Allah! Du hast recht«, sagte El Kordi. »Von jetzt an muß ich wirklich sehr aufpassen.«

Mit einem Mal stand er auf, als sei dieser Ort äußerst gefährlich für ihn geworden.

»Verzeih bitte, daß ich dir die Zeitungen nicht mitgebracht habe, Meister! Ich bringe sie dir morgen ganz sicher vorbei.«

»Danke, mein Sohn! Das hat Zeit.«

»Nimm schon mal die hier. Ich habe sie ausgelesen.« Und er gab Gohar die griechische Zeitung.

Set Amina, die die ganze Zeit über ein Auge auf El Kordi geworfen hatte und ihn verdächtigte, ein Komplott auszuhecken, seufzte auf, als sie ihn auf sich zukommen sah.

»Ist Naïla in ihrem Zimmer?«

»Ja, sie hat einen Kunden bei sich. Laß sie arbeiten. Wollt ihr denn alle meinen Ruin?«

»So schnell wirst du schon nicht ruiniert sein, Weib! Im übrigen ist sie ja schon da.«

Naïla kam ins Wartezimmer zurück, gefolgt von einem Kunden, der nach einem kurzen Gruß wegging. Ohne El Kordi zu beachten, beugte sie sich zu Set Amina hinunter und übergab ihr einen Geldbetrag, den sich die Puffmutter in ihre Korsage steckte.

»Komm mit auf dein Zimmer, mein Liebling«, sagte El Kordi. »Ich muß mit dir sprechen.«

»Laß mich in Ruhe«, antwortete Naïla, ohne ihn anzusehen. »Ich bin hier, um zu arbeiten, und nicht, um mir irgendwelche Geschichten anzuhören.«

»Geh mit ihm, mein Kind«, sagte Set Amina. »Dieser Bursche ist verrückt. Ich möchte hier keinen Skandal haben.«

»Nein, Tante! Ich werde nicht mitgehen. Ich kenne diesen Mann nicht mehr.«

Sie setzte sich auf das Sofa und drückte sich eng an Set Amina, wie um Schutz bei ihr zu finden.

El Kordi begriff diese plötzliche Kälte nicht. Wieso schmollte sie? Er zog einen Sessel heran und setzte sich seiner Geliebten gegenüber.

»Du solltest nicht arbeiten«, sagte er. »Ich habe dir gesagt, daß du dich ausruhen mußt.«

»Würdest du mich dann ernähren?«

Diesen Vorwurf empfand er als trivial und ungerecht. Ging es denn hierbei um Nahrung?

»Die Polizei verfolgt mich, und du erzählst mir etwas von Nahrung«, sagte er niedergedrückt.

»Pst!« machte Set Amina. »Du sollst nicht vom Teufel sprechen! Er ist nicht weit.«

Der Polizist kam, den Arm um Akilas Taille gelegt, zurück, wobei er sich aufplusterte, als sei er der einzige echte Mann im ganzen Viertel. Er flüsterte dem Mädchen Liebesworte ins Ohr und lächelte in die Runde, wie um sich für den Spaß, den er gehabt hatte, zu entschuldigen.

El Kordi wandte sich ihm ganz ruhig zu und schlug einen weltmännischen Ton an:

»Wenn sich in diesem Haus ein Polizist befindet, dann würde ich gern seine Bekanntschaft machen.«

Der angebliche Händler aus der Provinz zeigte sich sichtlich betroffen, allerdings ohne seine Heiterkeit zu verlieren. Er spielte jetzt die Rolle des ehrenwerten Mannes, den die Anwesenheit der Polizei beängstigt.

»Ein Polizist befindet sich hier? Bei meiner Ehre, dies ist ein schwarzer Tag.«

»Es hat den Anschein, als seist du es«, sagte El Kordi, indem er mit dem Finger auf ihn zeigte.

Der Mann wurde blaß.

»Du irrst dich, Effendi! Ich bin ein ehrenwerter Händler.«

»Beleidige nicht meine Kundschaft«, fuhr Set Amina dazwischen. »Dieser Mann ist ein Ehrenmann. Ich kenne ihn.«

»Aber du selbst hast mir doch gesagt, daß er ein Polizist ist«, warf El Kordi mit gleichsam unbewußter Wut ein.

»Ich?« schrie Set Amina. »Du undankbarer Kerl! Und ich

habe dich in meinem Haus aufgenommen wie meinen eigenen Sohn!«

»Beruhigt euch, ihr guten Leute!« sagte der Polizist. »Es handelt sich bestimmt um ein einfaches Mißverständnis. Wir sollten darüber reden.«

»Das ist nicht notwendig«, sagte El Kordi. »Ich bin bereit zu gestehen.«

»Was gestehen, Effendi?«

»Ich gestehe, daß ich der Mörder von Arnaba bin.«

Der Polizist riß die Augen auf, und sein Gesicht nahm einen strengen Ausdruck an. Das Geständnis ihres Liebhabers ließ Naïla einen Augenblick lang erstarren, dann brach sie in Schluchzen aus. Gleichmütig lächelnd beobachtete Gohar von seinem Platz aus die Szene. El Kordi würde sich mit Sicherheit nie ändern. Er hatte sich allein deshalb in eine mißliche Lage gebracht, weil er eine Versammlung von armen Schluckern beeindrucken wollte.

X

Der grosse breitschultrige Mann stand aufrecht und in seiner kleinen Verkaufsbude wie eine Mumie in ihrem Sarkophag. Es handelte sich um ein enges Geschäft, nur einen halben Meter breit und gerade einmal dreißig Zentimeter tief; es war vollgestellt mit kleinen Flaschen für Essenzen, Salbentöpfchen sowie Phiolen, die Elixiere gegen Impotenz und Unfruchtbarkeit enthielten. Es strömte den Geruch schweren, alles durchdringenden Parfums aus, der die Luft bis ans Ende der Gasse – und sogar darüber hinaus – erfüllte und einem den Atem nahm.

Mit geschickten Handgriffen entkorkte der Mann eine winzige Phiole und ließ eine Kundin, die auf der Schwelle seines Ladens stand, daran riechen.

»Ein einziger Tropfen dieses Parfums, und die Männer werden für dich sterben«, sagte er.

»Ich möchte niemanden töten«, antwortete die Frau lachend. »Ich möchte meinem Mann gefallen.«

»Dann verkaufe ich es dir nicht«, sagte der Mann. »Er tut mir leid. Er wird zumindest dem Wahnsinn verfallen.«

»Welch ein schwarzer Tag! Was erzählst du für einen Unsinn? Ich kaufe es dir ab.«

»Gut! Für dich macht es nur zehn Piaster.«

»Zehn Piaster! Bei Allah! Du ruinierst mich! Ich bin es, die wahnsinnig wird. Hier hast du dein Geld.«

Sie kramte in den Falten ihrer Melaya herum, holte ein Tuch heraus, löste den Knoten und zählte die Summe ab. Der Händler überreichte ihr die Phiole.

»Du wirst sehen«, sagte er. »Du wirst mir ewig zu Dank verpflichtet sein. Dein Mann wird dich nie verstoßen. Er wird ohne dieses Parfum in seiner Nähe nicht mehr leben können.«

»Er braucht doch nur zu dir zu kommen, um es sich zu beschaffen.«

»Beim Propheten! Ich werde es ihm nicht verkaufen.«

Die Frau ging mit ihrem Parfumfläschchen davon, und der Mann wandte sich Yéghen zu.

»In Ordnung«, sagte er. »Mit dem Preis bin ich einverstanden. Ich nehme dir die Ware ab.«

»Ich bringe sie dir so schnell wie möglich. Ich weiß aber noch nicht genau, wann. Sie muß bald bei mir eintreffen.«

»Es ist hoffentlich eine gute Qualität.«

»Die beste«, versicherte Yéghen. »Du weißt, daß ich mich damit auskenne. Gehab dich wohl.«

Nachdem er die Bude des Parfumeurs verlassen hatte, schlug Yéghen die Richtung zum Café des Miroirs ein. Er fühlte sich etwas beklommen, weil der Mann Mißtrauen gehegt hatte. Es war nicht leicht gewesen, ihn zu überzeugen. Die Drogenhändler kannten diesen Trick nur zu gut; Yéghen hatte ihn schon mehrmals erfolgreich angewandt. Allerdings muß gesagt werden, daß es sich um eine ganz simple Gaunerei handelte. Es ging darum, einen Handel über eine bestimmte Menge Heroin abzuschließen und dem Käufer dann im entscheidenden Augenblick ein Päckchen auszuhändigen, in dem sich Natriumsulfat befand, das man in der Apotheke gekauft hatte. Die Übergabe mußte – angesichts der Umstände – in aller Eile vonstatten gehen, das hinderte den Käufer daran, die Ware zu prüfen. Wenn er den Schwindel entdeckte, war es bereits zu spät. Er konnte den Betrüger nur noch verfluchen, es jedoch nicht wagen, sich irgendwo über ihn zu beschweren.

Yéghen hatte diese unredliche Strategie schon lange nicht mehr angewandt. Nicht aus Gewissensgründen, sondern weil sein schlechter Ruf ihn bei allen Drogenhändlern der Stadt verdächtig machte. Es fiel ihm schwer, neue Opfer zu finden. Der Mann, an den er sich schließlich gewandt hatte, war einer der wenigen Händler, die er noch nie geprellt hatte und zu dem er die besten Beziehungen unterhielt. Trotzdem war das Risiko erheblich; der Mann betätigte sich nämlich auch als Polizeispitzel. Er könnte ihm eine Falle stellen. Dennoch war Yéghen fest entschlossen, das Risiko einzugehen; er sah keine andere Möglichkeit, sich das Geld zu beschaffen, mit dessen Hilfe Gohar nach Syrien gehen und sich den Konsequenzen seines Verbrechens entziehen konnte.

Als er ins Café des Miroirs trat, sah er Gohar in Begleitung El Kordis an einem Tisch sitzen. Die beiden Männer sprachen nicht miteinander. El Kordi, der finsterer denn je dreinblickte, schien fürchterliche Rachegedanken zu hegen. Gohar hingegen lutschte ruhig und zufrieden sein Haschischkügelchen, wobei sich sein Blick in der Schar der Gäste verlor, die die Terrasse des Cafés bevölkerte; von Zeit zu Zeit griff er nach dem Glas, das vor ihm stand, und trank einen Schluck lauwarmen Tee. Wortlos setzte Yéghen sich zu ihnen; auch er hatte keine Lust zu sprechen. Er dachte über den Coup nach, den er gerade vorbereitet hatte; wenn alles wie geplant verlief, dann würde er bald das Geld besitzen, das er Gohar für seine Reise versprochen hatte. Gohar vor dem Schlimmsten zu bewahren, ihn vor dem Zuchthaus, vielleicht sogar dem Galgen zu retten, war ihm gleichsam zu einer heiligen Pflicht geworden. Die ganzen letzten Tage hatte er nur noch darüber nachgedacht, wie er ihm helfen könnte. Sein Erstaunen über Gohars Verbrechen war immer noch sehr groß; dieses Rätsel ließ ihm einfach keine Ruhe. Was mochte Gohar nur dazu veranlaßt haben? Welche absurde Verkettung von Umständen hatte dazu geführt, daß er die einzige Tat beging, für die er ganz und gar nicht geschaffen war? Gohar hatte keinerlei Hang zur Gewalt. Wie sollte man sich also vorstellen können, daß er über eine kleine wehrlose Prostituierte, eine ganz und gar erbarmenswerte Kreatur, herfiel? Yéghen hätte von Gohar gern nähere Einzelheiten über die grauenerregende Szene erfahren, die sich zwischen ihm und seinem Opfer abgespielt hatte, aber eine Art Schamgefühl, ein feines Gespür für Diskretion, hielt ihn ab, danach zu fragen. Warum mußte er es überhaupt wissen? Mußte wahre Freundschaft sich nicht gerade auch beweisen, ohne nach Erklärungen zu verlangen?

Plötzlich heulte das Radio los wie ein Sturm, und eine Welle ohrenbetäubender Musik fegte über die Terrasse. Der Lärm rüttelte Gohar auf; erst jetzt schien er die Anwesenheit Yéghens zu bemerken. Ein schwaches Lächeln erhellte sein Gesicht.

»Du wirkst erschöpft«, sagte er. »Ist etwas nicht in Ordnung mit dir? Bist du krank?«

»Ach, es ist nichts!« antwortete Yéghen. »Ich bin ganz einfach müde. Ich habe seit ich weiß nicht wieviel Tagen nicht mehr in einem Bett geschlafen.«

»Bist du aus deinem Hotel ausgezogen?«

»Ja, Meister! Es war zu gefährlich; die Polizei kannte meine Adresse. Und ich hatte kein Geld, um anderswohin zu gehen. Kein einziges Hotel will mir Kredit geben.«

»Kann ich etwas für dich tun? Mein Zimmer steht dir zur Verfügung.«

»Danke, Meister! Aber heute abend habe ich Geld. Und ich hege die Absicht, mir ein königliches Bett zu leisten.«

»Glaubst du, daß sie dich nicht wieder ausfindig machen?«

»Ich brauche einige Tage Ruhe vor ihnen; so lange, bis ich die Sache zu Ende gebracht habe, die uns beschäftigt. Wenn wir sie erst einmal hinter uns gebracht haben, ist mir alles andere egal. Sie haben nichts gegen mich in der Hand.«

»Wieso lassen wir das Schicksal nicht seinen Lauf nehmen?« fragte Gohar. »Wovor fürchtest du dich?«

»Wovor ich mich fürchte, Meister? Ich fürchte, dich zu verlieren! Für meinen Egoismus bitte ich um Vergebung. Ich weiß, daß es dir vollkommen gleichgültig ist, was passieren kann. Aber denk bitte auch an mich. Den Gedanken, dich zu verlieren, ertrage ich nicht.«

»Aber wenn ich nach Syrien gehe, dann verlierst du mich doch auch, mein Sohn.«

»Nein, Meister! Auch wenn du weit weg bist, so weiß ich

doch, daß ich dich nicht verloren habe, solange du nur am Leben bist.«

Wie sollte er ihm klar und deutlich sagen, daß er die Höchststrafe für ihn befürchtete: die Verurteilung zum Tod. Zwar würde der Geist Gohars gewiß auch über seinen Tod hinaus weiterleben; seine Zukunft würde genauso dauerhaft sein wie tausendjährige Steine. Aber wo bliebe die Freude? Welche Erinnerung könnte die Anmut eines Wortes wiedergeben, die unerschöpfliche Menschlichkeit, die in einer brüderlichen Geste enthalten ist? Nein, Yéghen brauchte einen lebendigen Gohar – auch wenn er weitab von ihm lebte –, einen Gohar, von dem er nur sicher sein mußte, daß er irgendwo auf der Welt existierte, um ewig glücklich zu sein.

El Kordi schüttelte den Kopf, wie um seine eingebildeten Qualen von sich abzuwerfen. Er sah seine beiden Begleiter an, als hätte er sie erst jetzt bemerkt. Ein fiebriger Glanz funkelte in seinen Augen.

»Worüber redet ihr?« erkundigte er sich ängstlich. »Gehst du wirklich nach Syrien, Meister? Dann läßt du uns also allein. Ich flehe dich an, nimm mich mit! Ja, ich will auch weg von hier. Laß uns sofort aufbrechen. Ich habe meinen Wagen; die Pferde scharren vor Ungeduld mit den Hufen. Worauf wartest du, Meister?«

»Was hat er denn?« fragte Yéghen. »Meine Güte! Er ist ja ganz außer sich!«

»Ich glaube, er hat sich mit seiner Geliebten gestritten«, sagte Gohar. »Es wird gleich vorüber sein. Mach dir keine Sorgen.«

»Ich werde ihn beruhigen«, sagte Yéghen. »Mein lieber El Kordi, hör zu: Auf meinem Weg hierher habe ich eine kleine Kippensammlerin bemerkt, die wirklich wunderbar ist. Sie kann nicht weit sein.«

Yéghen lehnte sich zu El Kordi hinüber und begann, sich leise mit ihm zu unterhalten. Plötzlich aber hielt er bestürzt inne; in der Menge hatte er jemanden wiedererkannt.

»Vorsicht!« sagte er. »Der Offizier, der mit der Aufklärung

des Mordes betraut ist, ist hier. Er kommt auf uns zu. Haltet euch auf jeden Fall zurück; sagt nichts.«

»Ich sage, was ich will«, sagte El Kordi. »Ich fürchte mich vor niemandem.«

Gohar schien nicht recht zu verstehen; er griff ruhig nach seinem Glas und trank einen Schluck Tee. El Kordi richtete sich auf seinem Stuhl auf und nahm eine würdevolle Haltung ein. Man konnte den Eindruck gewinnen, daß er sich auf eine Entscheidungsschlacht vorbereitete.

Nour El Dine stand jetzt in der Nähe ihres Tisches; er schien sie noch nicht gesehen zu haben.

»Sei gegrüßt, Herr Offizier!« sagte Yéghen sarkastisch lächelnd. »Erweise uns doch die Ehre deiner Gesellschaft.«

Nour El Dine runzelte die Stirn; seine Gesichtszüge verhärteten sich. Mit dieser Begegnung hatte er augenscheinlich überhaupt nicht gerechnet. Er war nicht allein: Samir begleitete ihn. Einige Sekunden lang schien er zu zögern, dann lächelte er liebenswürdig.

»Welch angenehme Überraschung!« sagte er. »Es wäre mir eine Freude, die Bekanntschaft deiner Freunde zu machen. Allerdings scheint mir, als hätte ich bereits das Vergnügen gehabt, diesen jungen Mann kennenzulernen. Wir sind uns doch schon einmal begegnet?« fügte er hinzu, indem er sich an El Kordi wandte.

»In der Tat«, antwortete El Kordi steif und hochmütig. »Ich fühle mich wirklich geschmeichelt, daß du dich daran erinnerst, Exzellenz!«

»Wie hätte ich dich vergessen können? Einen intelligenten Menschen vergesse ich niemals. Seit unserem Gespräch kürzlich habe ich eine hohe Meinung von dir. In letzter Zeit habe ich oft daran gedacht. Wir werden uns später noch einmal darüber unterhalten. Zunächst aber möchte ich euch meinen Neffen vorstellen. Er studiert Jura, und ihm steht eine große Zukunft bevor.«

Samir nickte leicht mit dem Kopf, reichte aber niemandem zur Begrüßung die Hand. Es schien ihn eine ungeheure Anstrengung zu kosten, seine Nerven im Zaum zu halten. Er schämte sich, denn er zweifelte nicht daran, daß alle diese Leute von den sexuellen Neigungen Nour El Dines wußten. Er schwankte zwischen dem Bedürfnis, auf der Stelle wegzugehen, und dem zu bleiben, um ihnen seine Verachtung zu zeigen.

»Und das ist Gohar Effendi«, stellte Yéghen vor. »Exzellenz, wie ist es nur möglich, daß du Gohar Effendi noch nicht kennst? Das ist ein großes Versäumnis.«

»Ich bin entzückt, dieses Versäumnis jetzt wettmachen zu können«, sagte Nour El Dine, indem er Gohar begrüßte.

»Nun, setzt euch doch«, sagte Yéghen.

Diese Begegnung schien ihn auf merkwürdige Art und Weise zu beglücken. Er legte eine große Geschäftigkeit an den Tag, bot Stühle an.

Nour El Dine setzte sich; Samir zögerte einen Augenblick, dann nahm auch er Platz, schlug die Beine übereinander und warf dem Offizier einen haßerfüllten Blick zu. Wie gern hätte er ihn umgebracht!

»Was darf ich euch anbieten?« fragte Nour El Dine.

Und ohne auf eine Antwort zu warten, rief er den Kellner und bestellte Tee für alle. Er hatte die Absicht, sich von seiner besten Seite zu zeigen.

»Das ist zuviel der Ehre«, sagte Yéghen. »Wirklich, Exzellenz, du verwöhnst uns.«

»Nicht der Rede wert«, antwortete Nour El Dine. »Ich erfülle doch nur meine Pflicht.«

Dann fügte er völlig unerwartet und in einem anderen Tonfall hinzu:

»Ich habe erfahren, daß du das Hotel gewechselt hast. Stimmt das?«

»Es stimmt«, antwortete Yéghen. »Ich habe etwas Besseres gefunden. Weißt du, Exzellenz, das Hotel, in dem ich wohnte, hatte kein Bad. Ich konnte unmöglich länger dort bleiben. Ich hoffe, das wirst du verstehen.«

»Könnte ich deinen jetzigen Wohnsitz erfahren?«

»Aber selbstverständlich. Ich habe nichts zu verbergen. Momentan wohne ich im Sémiramis. Ein erstklassiges Hotel! Ich denke, es wird mir dort gefallen. Hattest du schon einmal ein Zimmer im Sémiramis? Ich kann es dir wärmstens empfehlen. Ein wirklich außergewöhnlicher Ort. Man könnte meinen, daß das Leben einen Sinn bekommt, sobald man dort seinen Fuß über die Schwelle setzt. Ich bitte um Vergebung, Exzellenz, aber ich bin wie für den Luxus geschaffen.«

»Ich sehe, daß du nichts von deinem Zynismus eingebüßt hast«, sagte Nour El Dine mit einem gezwungenen Lächeln. »Gleichviel, ich finde ein ständig wachsendes Interesse an dir.«

»Die Freude ist ganz auf meiner Seite, Exzellenz!«

Yéghen war der einzige der ganzen Versammlung, der spürte, wie komisch die Situation in Wirklichkeit war. Dieser Polizeioffizier, der mit dem Mörder, den er suchte, an einem Tisch saß, ihn zu einem Tee einlud und sich ihm gegenüber so höflich verhielt, das war für ihn eine so erstaunliche Sache, daß er darüber sogar die Gefahr vergaß, in der sich Gohar befand. Die ganze Zeit über lächelte er und machte sich einen Spaß aus dieser unglaublichen Situation.

Er konnte dem Bedürfnis, Nour El Dine zu provozieren, nicht widerstehen.

»Nun, Herr Offizier, macht diese Ermittlung Fortschritte?«

»Ich kann mich nicht beklagen«, antwortete Nour El Dine. »Vielleicht steht die Aufklärung kurz bevor. Vergiß nicht, daß Geduld die wichtigste Tugend in meinem Metier ist. Aber da wir gerade dabei sind, hast du darüber nachgedacht, worum ich dich letztens bat? Ich habe viel Nachsicht mit dir, und es täte mir leid, wenn du Scherereien bekämest.«

»Ich habe darüber nachgedacht«, sagte Yéghen. »Ich würde dir gern helfen, das kannst du mir glauben. Aber diese Angelegenheit übersteigt meine Fähigkeiten bei weitem.«

»Nun, sei's drum! Lassen wir das. Abgesehen davon ist

hier nicht der richtige Ort, um derartige Dinge zu besprechen. Ich denke, ich werde mich mit dir in nächster Zeit an einem geeigneteren Ort unterhalten. Es gibt noch viele Dinge, über die wir miteinander sprechen müssen. Heute abend bin ich ausgegangen, um mit meinem jungen Neffen spazierenzugehen; von Zeit zu Zeit muß man sich ja schließlich auch entspannen, nicht wahr? Hier sind wir unter Freunden; seien wir vergnügt. Die ernsten Dinge kommen später.«

»Paß gut auf, Herr Offizier!« sagte El Kordi, der sein Schweigen schließlich brach. »Du hast doch gesagt, daß wir unter Freunden sind? Können wir also offen zueinander sein?«

»Selbstverständlich«, sagte Nour El Dine. »Allerdings frage ich mich, was du noch zu sagen hast. Hast du nicht bereits alles gesagt? Mir ist eine verwirrende Geschichte zu Ohren gekommen: es scheint, als hättest du in Anwesenheit von Zeugen damit geprahlt, der Mörder der jungen Arnaba zu sein. Ist das wahr?«

»Das ist wahr, du bist nicht falsch informiert worden«, sagte El Kordi. »Ich leugne nichts. Warum zögerst du noch mit meiner Festnahme?«

»Von dieser Geschichte wußte ich nichts«, sagte Yéghen. »Meinen herzlichen Glückwunsch, mein lieber El Kordi.«

»Ich verhafte dich nicht«, fuhr Nour El Dine fort, »weil ich weiß, daß du nicht der Mörder bist. Du wolltest einfach angeben. Warum, weiß ich nicht. Es wundert mich nur, daß ein Bursche wie du, der eine gute Ausbildung genossen hat und mehrere Sprachen spricht, sich mit solchen Absonderlichkeiten abgibt. Ich begreife deine Einstellung einfach nicht. Kannst du mir sein Verhalten erklären, Gohar Effendi? Ich glaube, du hast dieser lächerlichen Szene beigewohnt.«

Für einen Augenblick herrschte Schweigen. Alle Blicke richteten sich auf Gohar. Sogar Samir starrte ihn mit angespanntem Gesicht und einem Ausdruck fiebriger Erwartung aufmerksam an.

Gohar schwieg. Bereits seit geraumer Zeit spürte er das

Haschischkügelchen in seinem Mund nicht mehr; es mußte sich vollkommen aufgelöst haben. Zwei- oder dreimal schluckte er seinen Speichel hinunter und genoß so ein letztes Mal den bitteren Geschmack der Droge. Die Menschen und die Dinge, die ihn umgaben, nahmen kräftigere, schillerndere Farben an, wurden in ihren kleinsten Einzelheiten erkennbar. Das Gelächter und das Stimmengewirr verwandelten sich in ein einheitliches, heimtückisches und geheimnisvolles Gemurmel, das dem Stöhnen einer sinnlichen Frau im Augenblick der Ekstase ähnelte. Sein Blick verharrte auf Nour El Dine, und er war erstaunt, daß er gegenüber seinem Henker ein eigenartiges Wohlwollen empfand. Dank seiner geschärften Wahrnehmung erkannte er in diesem so aggressiv auftretenden Henker eine gequälte und beunruhigte Kreatur, die eher schwach denn gefährlich war. Was für ein schmerzerfüllter Blick! Welche seelische Qual sich hinter dieser Fassade der Autorität verbarg! Sein Instinkt verriet Gohar, daß er von diesem Mann nichts zu befürchten hatte. Und, was noch seltsamer war, daß dieser Mann seiner Hilfe und seines Mitleids bedurfte.

»Der Herr Offizier wartet«, sagte Yéghen. »Mach schon, Meister, sag uns, was du denkst!«

»Nun«, begann Gohar, »ich glaube das Verhalten meines jungen Freundes erklären zu können. El Kordi ist ein Mann mit einer großen und edlen Seele. Er verabscheut die Ungerechtigkeit und würde alles tun, um sie zu bekämpfen. Er würde gern die Welt verändern, weiß aber nicht, wie er es anstellen soll. Ich glaube, daß dieses Verbrechen ihn sehr empört hat. Er wollte die Verantwortung dafür übernehmen und zum Märtyrer der Sache werden, der er dient. Ich bin glücklich, Herr Offizier, daß du sein Geständnis nicht ernst genommen hast. Man muß ihm diese Torheit nachsehen. Er hat unter dem Einfluß eines sehr ehrenwerten Beweggrundes gehandelt.«

»Meister! Das ist unerträglich!« rief El Kordi aus. »Laß es mich erklären. Ich gebe zu, daß ich nicht der Mörder bin.

Aber was spielt es für eine Rolle, ob ich es war oder ein anderer? Für dich, Herr Offizier, ist es doch nur wichtig, daß irgend jemand festgenommen wird, nicht wahr? Nun, und ich habe mich angeboten. Du müßtest mir dankbar sein.«

»Absurd!« sagte Nour El Dine. »Vollkommen absurd. Darum geht es überhaupt nicht. Ich will den Schuldigen festnehmen, und sonst niemanden.«

»Wieso?« fragte Yéghen. »Wieso nur den Schuldigen festnehmen? Exzellenz, du enttäuschst mich. Du läßt dich von müßigen Erwägungen leiten.«

»Wieso?« wiederholte Nour El Dine. »Aber das versteht sich doch von selbst, oder? Warum sollte ich einen Unschuldigen verhaften?«

»Es muß schwer sein, sich zwischen dem Unschuldigen und dem Schuldigen zu entscheiden«, sagte Gohar.

»Ich entscheide mich nicht«, sagte Nour El Dine. »Aufgrund unanfechtbarer und präziser Beweise gelange ich zu einer festen Überzeugung. Ich nehme erst dann jemanden fest, wenn ich von seiner Schuld überzeugt bin. Ihr seid allesamt gebildete Leute und scheint dennoch keine Vorstellung von Recht und Gesetz zu haben.«

»Recht und Gesetz interessieren uns nicht«, sagte Yéghen, »sondern der Mensch. Was uns interessiert, ist, herauszufinden, warum ein Mann wie du, anstatt sein kurzes Leben zu genießen, seine Zeit damit verbringt, seinesgleichen festzunehmen. Ich finde diese Beschäftigung ziemlich schändlich.«

»Aber ich schütze doch nur die Gesellschaft vor den Kriminellen«, sagte Nour El Dine. »Was seid ihr nur für Leute? Ihr lebt außerhalb der Realität!«

»Die Realität, von der du redest«, sagte Gohar, »ist eine Realität aus Vorurteilen. Ein von Menschen erdachter Alptraum.«

»Es gibt keine zwei Realitäten«, sagte Nour El Dine.

»Doch«, sagte Gohar. »Zunächst einmal ist da die trügerische Realität, in der du zappelst wie ein im Netz gefangener Fisch.«

»Und welche ist die andere?«

»Die andere ist eine heitere Realität, die die Einfachheit des Lebens widerspiegelt. Denn das Leben ist einfach, Herr Offizier. Was braucht ein Mensch zum Leben? Etwas Brot reicht aus.«

»Etwas Haschisch auch, Meister!« warf Yéghen ein.

»Meinetwegen, mein Sohn! Etwas Haschisch auch.«

»Aber das ist die Negation jeden Fortschritts!« ereiferte sich Nour El Dine.

»Man muß sich entscheiden«, sagte Gohar. »Fortschritt oder Frieden. Wir haben uns für den Frieden entschieden.«

»Den Fortschritt überlassen wir dir, Exzellenz«, sagte Yéghen. »Amüsier dich gut damit. Wir wünschen dir viel Vergnügen.«

Nour El Dine öffnete den Mund, um zu antworten, aber sein Hals war wie zugeschnürt, so daß er kein Wort herausbrachte. Die Persönlichkeit Gohars faszinierte ihn. Dieser Mann hatte vom Frieden gesprochen wie von einer einfachen Sache, für die man sich entscheiden konnte. Frieden! Nour El Dine wußte nichts von Gohars früherem Leben, aber er hatte den Eindruck, daß dieser Mann mehr war, als er zu sein schien, das heißt als ein gescheiterter und verarmter Intellektueller. Sein asketisches Äußeres, seine geschliffene Sprache, die Erhabenheit seiner Haltung, alles an ihm zeugte von einer scharfen und durchdringenden Intelligenz. Wie konnte ein solcher Mann in der sozialen Hierarchie nur so tief fallen? Und vor allem, wieso vermittelte er den Eindruck, als würde er daran Gefallen finden und sich dessen rühmen? Sollte er den Frieden etwa in dieser extremen Armut gefunden haben?

Dank der Polizeiberichte wußte Nour El Dine, daß Gohar irgendeine Tätigkeit im Bordell Set Aminas ausübte. Er hatte dem keine große Bedeutung beigemessen, weil er glaubte, es handle sich um einen alten Hausangestellten, an dem Set Amina ein gutes Werk tat, indem sie ihn kleine Arbeiten verrichten ließ. So hatte er ihn sich nicht vorgestellt. Jetzt, wo er ihn vor sich sah, hatte er eine vollkommen andere Meinung von ihm, und er fragte sich sogar, ob er nicht vielleicht der Mörder war.

»Was ist Frieden?« fragte er Gohar, während er ihn mit einem merkwürdig starren Blick ansah.

»Frieden ist das, was du suchst«, antwortete Gohar.

»Bei Allah! Woher willst du wissen, was ich suche? Was ich suche, ist ein Mörder!«

»Erlaubst du, daß ich meinem Erstaunen Ausdruck verleihe, Exzellenz?« sagte Yéghen. »Ich frage mich immer noch, warum du dem Geständnis El Kordis keinen Glauben geschenkt hast. Nur zu gern würde ich deine Gründe kennen.«

»Das ist ganz einfach«, sagte Nour El Dine. »Ich hatte bereits ein Gespräch mit diesem jungen Mann. El Kordi Effendi konnte nicht der Mörder sein. Er spricht zuviel; er läßt sich zu sehr dazu hinreißen, seine Gedanken preiszugeben. Es mangelt ihm an Scheinheiligkeit. Er ist ein Idealist. Der Mann, der dieses Verbrechen begangen hat, scheint mir ein subtilerer, rätselhafterer Charakter zu sein.«

»Wahrhaftig! Du glaubst tatsächlich an die Psychologie«, rief Yéghen aus. »Das hätte ich niemals von dir gedacht, Herr Offizier. Also wirklich, du verblüffst mich ein ums andere Mal.«

»Ich muß gestehen, daß ich zum ersten Mal in einem solchen Fall ermittele. Das Ausscheiden materieller Beweggründe sowie das Fehlen von Hinweisen, die für eine Vergewaltigung sprechen, lassen meiner Meinung nach auf ein Verbrechen ohne Motiv schließen.«

»Ein Verbrechen ohne Motiv!« wiederholte Yéghen. »Du bist tatsächlich ein äußerst scharfsinniger Mensch, Exzellenz. Ich muß um Vergebung dafür bitten, dich bisher für brutal und beschränkt gehalten zu haben.«

»Du hattest unrecht, mein lieber Yéghen«, sagte Gohar, »wenn du den Herrn Offizier für beschränkt hieltest. Seine Analyse der Situation ist sehr treffend. Dennoch würde ich gern etwas anmerken.«

»Was denn?« fragte Nour El Dine.

»Fällt ein Verbrechen ohne Motiv unter die Zuständigkeit des Gesetzes? Ist sein Wesen nicht mit dem eines Erdbebens beispielsweise identisch?«

»Ein Erdbeben hat keine vernunftmäßig nachvollziehbaren Ursachen«, antwortete Nour El Dine. »Es ist ein Verhängnis.«

»Der Mensch ist aber doch zu einem Verhängnis für seine Mitmenschen geworden«, wandte Gohar ein. »Der Mensch ist zu etwas Schlimmerem als einem Erdbeben geworden. Jedenfalls bewirkt er größere Verheerungen. Glaubst du nicht, Herr Offizier, daß der Mensch mit seinem Tun seit einiger Zeit die Schrecken der Naturkatastrophen übertrifft?«

»Ein Erdbeben kann ich nicht festnehmen«, erwiderte Nour El Dine mit komischer Trotzigkeit.

»Und die Bombe!« sagte Yéghen. »Kannst du die Bombe festnehmen, Exzellenz?«

»Schon wieder dieser Wahnsinn!« sagte Nour El Dine resigniert. »Nein, Yéghen Effendi, ich kann die Bombe nicht festnehmen.«

»Dann bezahlt man dich also für nichts und wieder nichts«, sagte Yéghen. »Mir persönlich kann es doch egal sein, ob du einen armen Mörder festnimmst. Wenn du hingegen die Bombe festnehmen könntest!«

Samir beteiligte sich nicht an dem Gespräch; die ganze Zeit über war er in seiner Haltung kalter Mißachtung verharrt. Diese ganze Versammlung schien ihn offenbar anzuwidern. Dennoch war seine Neugierde geweckt. Auch wenn er sie verachtete, so waren diese Menschen doch eine neuartige Erfahrung für ihn; etwas Ähnliches war ihm noch niemals zuvor begegnet. Er hatte zwar den Eindruck, als redeten diese Leute Blödsinn; aber auch, als täten sie es mit Absicht, um Nour El Dine zu reizen. Sie schienen sich sehr zu amüsieren. Samir sah El Kordi an, und ohne zu wissen warum, verstand er, daß zumindest dieser Bescheid wußte. Er schien Nour El Dine beinahe ebensosehr zu hassen wie er selbst. Hatte der Polizeioffizier bei ihm vielleicht schon Annäherungsversuche unternommen? Samir wandte den Kopf ab; die Scham, die er empfand, verwandelte sich in Wut.

Er stand auf.

»Was ist? Gehst du?« fragte ihn Nour El Dine.

»Entschuldige, mein Bey, aber ich muß nach Hause zurück. Mein ehrenwerter Vater erlaubt es mir nicht, lange auszubleiben.«

»Grüße die ganze Familie von mir«, sagte Nour El Dine.

»Das werde ich ganz bestimmt tun«, sagte Samir in höflichem, aber scharfem Ton.

Er drehte ihnen den Rücken zu und überquerte mit hocherhobenem Kopf die Caféterrasse.

»Ich bitte euch, meinen jungen Neffen zu entschuldigen«, sagte Nour El Dine. »Er ist äußerst schüchtern.«

»Er ist nett«, sagte Yéghen. »Wirklich nett. Aber es ist nun auch für mich Zeit zu gehen. Ich bedauere, Exzellenz, eine so gewinnbringende Unterhaltung nicht weiterführen zu können. Aber ich kann mich zugegebenermaßen vor Müdigkeit kaum noch auf den Beinen halten.«

»Es hat mich sehr gefreut, Exzellenz, deine Bekanntschaft zu machen«, sagte Gohar im Aufstehen. »Bis bald, hoffentlich.«

»Könnte ich dich noch einen Augenblick begleiten?« bat Nour El Dine.

»Mit Vergnügen«, antwortete Gohar. »Ich stehe ganz zu deiner Verfügung.«

Yéghen war bereits verschwunden. El Kordi blieb allein zurück; er schien den Aufbruch der anderen nicht bemerkt zu haben.

Yéghen unterdrückte einen Schrei und blieb stehen. Ein furchtbarer Zweifel überkam ihn und riß ihn aus seiner Erstarrung. Er fühlte plötzlich ein Brennen im ganzen Körper; es war allerdings nicht wegen der Kälte. Die Kälte vermochte nicht bis in die Regionen seines Körpers vorzudringen, wo seine Angst saß. Er hielt einen Moment lang inne, dann steckte er hastig die Hand in die Tasche und holte das kleine Geldstück heraus. Mit steifen Fingern betastete er es und rieb ausgiebig daran, um seine Beschaffenheit und Härte festzustellen; aber das schien ihm nicht zu genügen. Die düstere Vorahnung, die ihn ergriffen hatte, hinderte ihn immer noch am Atmen. Er mußte sich so schnell wie möglich Sicherheit darüber verschaffen, ob das Geldstück echt war, aber wie sollte er das in dieser Dunkelheit bewerkstelligen? Er mußte es bei vollem Licht sehen.

Am Ende der Gasse stand eine Straßenlaterne; von einer unsagbaren Angst gepackt, ging Yéghen auf das Licht zu. Die Grausamkeit des Schicksals offenbarte sich nun in ihrem ganzen Ausmaß. Sollte das Geldstück gefälscht sein, wäre es vorbei mit seiner Nachtruhe. Sein Traum von einer erholsamen Nacht in einem Hotelzimmer, ganz ohne Kälte und ohne die durch sinnloses Herumlaufen verursachte Müdigkeit, hing jetzt einzig und allein von diesem einen Geldstück ab.

Yéghen war müde; er träumte von einem wunderbaren Schlaf, dem der unergründliche Geschmack des Nichts eignete. Die Straßenlaterne war noch etwa zehn Meter entfernt; Yéghen konnte sich nicht mehr länger zurückhalten und blieb stehen, um das Geldstück zu betrachten. Zitternd öffnete er die Hand, brachte sie auf Augenhöhe und stieß im selben Augenblick einen Schrei des Entsetzens aus. Die Münze war auf den Boden gefallen; seine Hand zitterte so sehr, daß er nicht bemerkt hatte, wie sie ihm entglitten war. Yéghen warf sich beinahe auf den Boden und suchte ihn intensivst mit den Augen und mit den Händen ab; weder sah noch fühlte er etwas. Schwindel ergriff ihn, und sein Gehirn begann zu delirieren. Die Straßenlaterne stand zu weit weg; der Lichtschein, den sie warf, reichte gerade bis an den Rand des Bereiches, den er absuchte. Yéghen wurde wahnsinnig vor ohnmächtiger Wut. Er verfluchte sich dafür, das Geldstück aus der Tasche genommen zu haben. Dann schimpfte er auf die Regierung. Diese Zwei-Piaster-Stücke waren einfach viel zu klein; hätte die Regierung keine größeren herstellen können?! »Zuhälterregierung!« Was dachte sie sich eigentlich bei der Herstellung dieser Münzen? Geld zu sparen. Eine Schande und eine Absurdität war das!

In seinem Wahn dachte Yéghen daran, die Straßenlaterne an den Ort der Katastrophe zu befördern. Um sein verlorenes Geldstück wiederzufinden, glaubte er sich zu allem fähig. Plötzlich fielen ihm die Streichhölzer ein, und er fuhr hoch. All sein Schmerz war wie unter der Wirkung eines Schocks verschwunden. Die Streichholzschachtel befand sich in seiner Hosentasche; er holte sie heraus, zündete ein Streichholz an, beugte sich nach vorn und ließ die Flamme kreisen. Dieser erste Versuch führte zu nichts; das Geldstück blieb unauffindbar. Yéghen entzündete ein weiteres Streichholz, machte einige Schritte seitwärts, wobei seine Nase beinahe den Boden berührte. Wenige Augenblicke später hüpfte ihm das Herz vor Freude in der Brust; die Münze lag vor ihm, funkelnd und rein wie ein Diamant. Er ergriff sie, steckte sie hastig in die Tasche, verharrte dann einen Moment lang wie verdutzt, völlig erschöpft von der Anstrengung. Das Streichholz, das er vergessen hatte auszumachen, verbrannte ihm die Finger.

»Zuhälterregierung!« schrie er.

Das Geräusch eines schweren Schrittes war zu hören, dann blieb jemand hinter ihm stehen. Yéghen hielt den Atem an, drehte sich um und befand sich von Angesicht zu Angesicht mit einem Polizisten. Eine düstere Erscheinung; Yéghen verharrte wie versteinert. Diesmal jedoch weder vor Müdigkeit noch vor Kälte oder Hunger: der offizielle Repräsentant allen Unheils stand vor ihm. Er lächelte einfältig.

»Du beschimpfst also die Regierung!« sagte der Polizist.

»Ich?« stotterte Yéghen. »Ich beschimpfe niemanden, Exzellenz.«

»Ich habe gehört, wie du gerade geschrien hast: ›Zuhälterregierung.‹ Ich bin schließlich nicht taub. Los, gib es zu.«

»Oh, das heißt gar nichts, Exzellenz«, sagte Yéghen. »Es ist nur wegen dieses Streichholzes, an dem ich mir die Finger verbrannt habe.«

»Um das Streichholz kümmern wir uns später«, sagte der Polizist. »Im Augenblick möchte ich von dir wissen, ob unsere Regierung eine Zuhälterregierung ist, ja oder nein?«

»Nein, Exzellenz! Mein Ehrenwort, unsere Regierung habe ich gar nicht gemeint.«

»Und welche Regierung war dann gemeint?«

»Ich dachte an eine ausländische Regierung«, antwortete Yéghen.

»Eine ausländische Regierung«, sagte der Polizist mit träumerischem Gesichtsausdruck. »Du bist ein Lügner. Du dachtest an unsere Regierung, da bin ich ganz sicher.«

»Bei meiner Ehre, Exzellenz, es handelt sich um ein Mißverständnis. Ich schwöre dir, daß ich eine ausländische Regierung meinte. Ich kann dir sogar sagen, von welchem Land.«

Der Polizist schwieg; er schien nachzudenken. Das Nachdenken kostete ihn viel Mühe, sehr viel Mühe sogar, deshalb ließ er es schnell wieder sein. Er begann, sich unwohl zu fühlen.

»Nenn mir den Namen des Landes! Mach schon, schnell!«

Yéghen brauchte nicht lange nach dem Namen des Landes zu suchen; die Welt war zwar groß, und auf ihrer Oberfläche wimmelte es nur so von Ländern, aber Yéghen kostete es keine Mühe, sich für eines zu entscheiden. Der Name kam ganz von selbst über seine Lippen.

»Syrien«, sagte er.

»Syrien?« wiederholte der Polizist. »Das ist weit entfernt. Bist du dir dessen sicher, was du sagst?«

»Absolut sicher. Ich schwöre es dir bei meiner Ehre.«

»Das ist gut«, sagte der Polizist. »Aber ich lasse dich noch nicht laufen. Warum hast du hier Streichhölzer angezündet?

Ich beobachte dich nämlich schon eine ganze Zeit lang, weißt du.«

»Ich werde es dir erklären«, sagte Yéghen. »Ich habe vorhin ein Geldstück verloren, und um es zu suchen, habe ich Streichhölzer angezündet. Wie du siehst, ist es ganz einfach.«

»Ein Geldstück! Was ist denn das für eine Geschichte?«

Die Angelegenheit begann kompliziert zu werden. Yéghen fühlte sich erschöpft; er zitterte vor Kälte. Durch welche Art von Hexerei zog sich die Welt um ihn herum so zusammen? Sein ganzes Leben hatte man ihn verfolgt. Und jetzt, an der Schwelle zu einer geruhsamen Nacht, sah er sich von dieser teuflischen Macht umzingelt, die immer auf der Lauer lag. Er haßte die Polizei und vor allem diese Polizisten, perfekte Verkörperungen der Niedertracht. Trotzdem wäre er in dieser Minute lieber auf der anderen Seite gestanden, hätte er dieser beschränkte und stumpfsinnige Polizist sein wollen. Er hatte es satt, immer auf der Seite der Geschlagenen zu stehen. In seinem Inneren hegte er den verrückten Wunsch, auf der Seite der Schläger zu sein, nur für eine Nacht, nur für diese eine Nacht. Schlafen, nicht mehr frieren, sich von dieser schweren Müdigkeit freimachen, die er wie eine Last mit sich herumschleppte. Ja, ein gemeiner Polizist sein, aber schlafen können.

Seine Stimme nahm einen unterwürfigen Ton an, und mit übertriebener Liebenswürdigkeit sagte er:

»Glaube mir, Exzellenz! Ich sage die Wahrheit. Hier ist das Geldstück.«

Yéghen holte es aus seiner Tasche hervor und zeigte es dem Polizisten.

»Ich hatte es gerade wiedergefunden, als du kamst.«

Der Polizist betrachtete das Geldstück und gähnte. Er verspürte keine Lust, bis zur Polizeistation zu gehen, und abgesehen davon schien ihm diese Person von keinerlei Interesse zu sein.

»Ist in Ordnung!« sagte er. »Du kannst gehen. Aber hör

auf, dich so verdächtig zu verhalten. Ich habe ein Auge auf dich.«

»Danke, Exzellenz«, sagte Yéghen. »Du bist ein kluger Kopf. Du bist die Verkörperung der Intelligenz. Eines Tages wirst du Minister werden.«

Yéghen atmete tief durch, dann begann er zu laufen. Als er unter der Straßenlaterne ankam, blieb er stehen, öffnete die Hand und begutachtete das Geldstück bei Licht. Es sah normal aus; es war echtes Geld. Niemand würde wagen, es nicht anzunehmen. Yéghen setzte seinen Weg fort. Er spürte immer noch die Gegenwart des Polizisten, der ihn aus dem Dunkel heraus belauerte.

Das erste Hotel, vor dem er stehenblieb, trug den Namen *Hôtel du Soleil.* Yéghen ging hinein. Der Hotelier, der auf einem schmutzigen Sofa döste, hob den Kopf und sah Yéghen an, als würde er ihn für einen Dieb halten.

»Was willst du?«

»Ich hätte gern ein Zimmer«, sagte Yéghen.

»Ein Zimmer«, sagte der Mann. »Ja, ich kann dir ein Zimmer geben. Es kostet zwei Piaster. Hast du das Geld?«

Yéghen war auf diese Frage vorbereitet; er hielt das Geldstück in seiner Hand. Dann reichte er es dem Mann. Dieser nahm es, untersuchte es im Licht einer rauchenden Lampe, die den Flur beleuchtete, und sagte dann ehrerbietig:

»Folge mir, mein Bey!«

Sie stiegen eine Treppe ohne Geländer hinauf, deren Stufen ausgetreten und gefährlich wie Fallen waren. Im zweiten Stock blieb der Mann vor einer Tür stehen, die er öffnete.

»Tritt ein!« sagte er. »Es ist das schönste Zimmer im ganzen Hotel. Ich gebe es nur ehrbaren Kunden.«

»Ich danke dir herzlich«, sagte Yéghen.

Das Zimmer war möbliert mit einem Bett aus Eisengestell, auf dem ein blaßrosanes Deckbett lag, einem Stuhl und einem kleinen Tisch aus schwarzem Holz. Yéghen jedoch hatte nur Augen für das Deckbett.

»Sag mal, es gibt hier doch wenigstens keine Wanzen?«

»Wanzen?« fragte der Hotelier empört. »Niemals. Dies ist ein erstklassiges Hotel.«

»Dann ist ja alles in Ordnung, ich danke dir.«

»Ich laß dich jetzt allein«, sagte der Hotelier. »Schlaf gut.«

Yéghen zog sich im Dunkeln aus und legte sich ins Bett. Er schlief sehr schnell ein und begann zu träumen. Er träumte, ein allmächtiger Polizist zu sein, der das Kommando über eine ganze Schar von Rohlingen führte, die mit Schlagstöcken ausgerüstet waren. Er fürchtete niemanden mehr. Er war der unbestrittene Herrscher der Straße. Er war es, der jetzt auf die Armen einschlug. Auf seinem Weg säte er Angst und Schrecken, und all die Elenden flüchteten, wenn er in ihre Nähe kam. Er sah sich, wie er eine kleine und häßliche Figur verfolgte, die niemand anderes war, als er selbst. Schließlich bekam er sie zu fassen, und genau in dem Moment, da er sie mit dem Knüppel niederschlug, spürte er einen fürchterlichen Schmerz, der seinen Körper durchfuhr.

Yéghen wachte auf, wobei er einen gellenden Schrei ausstieß. Im Zimmer herrschte eine schneidende Kälte. Er machte eine Bewegung, um das Deckbett wieder zu sich heranzuziehen, aber zu seiner großen Überraschung stellte er fest, daß es verschwunden war. Die Verblüffung nahm ihm den Atem: er verstand einfach nicht, was mit dem Deckbett passiert war. Mit aller Kraft rief er nach dem Hotelier.

Eine Ewigkeit verging, aber niemand antwortete. Yéghen rang nach Luft; er saß auf dem Bett und verschränkte die Arme über der Brust, um sich vor der Kälte zu schützen. Er wollte gerade noch einmal rufen, als die Tür sich öffnete und der Hotelier mit einer Petroleumlampe in der Hand im Türrahmen erschien. Vorsichtigen Schrittes, einen Finger auf den Mund gelegt, trat er näher.

»Wo ist das Deckbett?« schrie Yéghen. »Was ist denn das für eine Geschichte?«

»Es ist nichts«, flüsterte der Hotelier. »Ich lasse gerade einen anderen Gast damit einschlafen. Sobald er eingeschlafen ist, bringe ich es dir zurück, bei meiner Ehre! Aber bitte, ich flehe dich an, mach keinen Skandal.«

Jetzt verstand Yéghen, was passiert war, während er schlief. Der Hotelier mußte in sein Zimmer gekommen sein und ihm das Deckbett weggenommen haben, um es einem neu angekommenen Gast zu geben. Dieses unglaubliche Vorgehen verblüffte ihn völlig.

»Sie haben nur ein Deckbett für das ganze Hotel?« fragte er.

»Aber nein!« sagte der Hotelier immer noch flüsternd. »Das hier ist ein erstklassiges Hotel; wir haben drei Deckbetten. Allerdings haben wir auch viele Gäste.«

»Ich verstehe«, sagte Yéghen. »Was machen wir jetzt? Mir ist nämlich kalt. Und ich möchte schlafen. Ich will das Deckbett.«

»Es dauert nur einen Augenblick«, sagte der Hotelier. »Bei meiner Ehre, ich bringe es dir gleich zurück. Der Gast, dem ich es gegeben habe, war sehr müde; er schlief bereits im Stehen ein. Er muß jetzt schon ganz tief schlafen. Rühr dich nicht von der Stelle! Ich werde nachsehen. Und schrei um Himmels willen nicht so.«

Der Hotelier schlich auf Zehenspitzen hinaus und nahm die Lampe mit. Vor Kälte zitternd blieb Yéghen im Dunkeln zurück. Er hörte, wie der Hotelier nebenan eine Tür öffnete; zweifellos handelte es sich um das Zimmer des neuen Gastes. Yéghen begann zu murmeln: »Hoffentlich ist er eingeschlafen. Mein Gott, mach, daß er eingeschlafen ist!« Dann brach er in ein schrilles Gelächter aus, das wie ein Anflug von Wahnsinn durch das ganze Hotel schallte.

XI

Der Polizist, der die ganze Bande aufs Revier gebracht hatte, gab konfuse Erklärungen ab, aber Nour El Dine hörte ihm überhaupt nicht zu. Er konnte sich einfach nicht an seine Stelle versetzen; das alles lag seinem eigenen Denken so fern. Diese Geschichte mit der Schlägerei in einem Café wurde immer verworrener. Wer hatte mit der Schlägerei angefangen? Niemand wußte es. Nour El Dine verfolgte von seinem Schreibtisch aus die ganze Szene mit unsagbar verächtlichem Blick. Manchmal seufzte er laut, wie jemand, der völlig entnervt ist und kurz davor steht, eine Verzweiflungstat zu begehen. Da standen sie nun in einer Reihe vor ihm: drei breitschultrige Männer mit groben Händen – wahrscheinlich Fuhrleute – und eine abgemagerte Gestalt mit blutigem Gesicht, deren Kleidung aus Lumpen bestand. Nach Angaben des Polizisten handelte es sich um einen Bettler. Er stand erhobenen Hauptes da und fixierte den Polizeioffizier durch seine verschwollenen Augen mit einer Art herausfordernder Überheblichkeit.

Nour El Dine entschloß sich schließlich, ihn zu befragen:

»Sind das die Männer, die dich geschlagen haben? Erkennst du sie wieder?«

Der Mann mit dem blutigen Gesicht zuckte zusammen und trat einen Schritt auf den Polizeioffizier zu. Man hätte meinen können, daß dieser gerade seine Mutter beleidigt hatte.

»Mich schlagen?« empörte er sich. »Wer würde es wagen, mich zu schlagen?«

»Worüber beklagst du dich dann, du Hundesohn?«

»Ich beklage mich nicht, Exzellenz! Wer hat gesagt, daß ich mich beklage?«

Die drei Männer mit der Statur von Fuhrleuten blieben

regungslos und stumm stehen. Sie verfolgten das Verhalten ihres Opfers mit boshaftem Vergnügen. Nour El Dine machte Anstalten aufzustehen; er hatte Lust, sie alle zu verprügeln. Aber plötzlich spürte er die Sinnlosigkeit seines Vorhabens und hielt sich zurück. Äußerlich war er immer noch ein in seine Uniform gezwängter Polizeioffizier, hart und unnachgiebig, aber in seinem tiefsten Inneren befand sich alles in einem Zustand der Auflösung. Er wußte nicht zu sagen, welche tödliche Krankheit von ihm Besitz ergriffen hatte und es ihm unmöglich machte, seiner Autorität Geltung zu verschaffen. Ihm schien, als gebe es die Macht, aus der er seine Kraft bezog, nicht mehr, als habe sie niemals existiert. Zum Erstaunen der Anwesenden faßte er sich mit der Hand an die Stirn und stützte sich mit einer Gebärde tiefer Niedergeschlagenheit auf seinen Schreibtisch.

Der Polizist beugte sich zu ihm herüber und fragte mit leiser Stimme:

»Bist du krank, mein Bey?«

»Sperr die ganze Bande in eine Zelle«, antwortete Nour El Dine. »Ich will sie nicht mehr sehen.«

Nachdem der Polizist und die vier Männer den Raum verlassen hatten, sah Nour El Dine den Polizisten in Zivil an, der auf einem Stuhl saß und bereits eine Zeitlang wartete. Es war derjenige, den er mit der Überwachung des Bordells beauftragt hatte.

»Was hast du mir zu sagen?«

»In Wahrheit, Exzellenz, gibt es nichts Neues zu berichten. Ich glaube, daß mein Auftrag sinnlos geworden ist. Alle dort scheinen zu wissen, wer ich bin.«

»Das wundert mich nicht bei dir. Du hast bestimmt alles getan, um dich zu verraten.«

»Trotzdem habe ich einige Dinge herausgefunden, Exzellenz! Das Geständnis dieses jungen Mannes …«

»Ich weiß«, unterbrach ihn Nour El Dine. »Er hat dich zum Narren gehalten.«

»Das verstehe ich nicht.«

»Versuch um Himmels willen nicht, es zu verstehen; du würdest ein Unglück heraufbeschwören! Sag mal, ist dir an diesem Gohar Effendi nichts Besonderes aufgefallen?«

»Nein. Er ist ein kluger Mann mit guten Manieren. Er kam mir nie verdächtig vor.«

»Nun gut. Ein Grund mehr, daß er es für mich wird. Du kannst jetzt gehen.«

Nachdem er allein war, nahm Nour El Dine den Kopf zwischen seine Hände und seufzte erleichtert. Er war mit den Nerven am Ende. Diese Lumpenbande ließ ihn nicht zur Ruhe kommen. Nour El Dine hätte sie am liebsten alle umgebracht, um nichts mehr von ihnen zu hören. Seit einiger Zeit erfüllte er die Pflichten seines Amtes auf eine groteske Art und Weise. Das Eindringen eines dunklen Elements in sein Leben versetzte ihn in einen Zustand grausamer Hilflosigkeit. Was war das nur für eine merkwürdige Schwäche und Niedergeschlagenheit, die ihn mitten in einem Verhör lähmte und jeden Willen erstickte? Er wurde noch verrückt darüber.

Das Unglaubliche war dieser Stolz, auf den er überall in seiner Umgebung stieß, und selbst bei den Allerärmsten, bei denen man ihn am wenigsten erwarten konnte. Die Erinnerung an diesen ausgehungerten Bettler, an sein aufgequollenes und blutiges Gesicht, ließ ihn nicht los. Ein seltsamer Kerl. Er wollte einfach nicht zugeben, daß er geschlagen worden war. Woher kam nur dieser Stolz? Nour El Dine sah sich vor einem Rätsel, das er nicht lösen konnte; ein Rätsel, das sich allen polizeilichen Ermittlungen entzog. Was veranlaßte ihn eigentlich dazu, weiterhin diese Arbeit zu tun, bei der man immer nur der Dumme war? Glaubte er noch an sie? Sein ganzes Leben lang diese verdammte Brut an sich vorbeidefilieren zu sehen und den unglaublichen Hochmut dieser Bettler ertragen zu müssen, welch ein erbärmliches Vergnügen! Und das, während er selbst jeden Stolz aufgegeben hatte. Hatte er sich nicht beinahe vor Samir auf dem Boden gewälzt, nur um ihn zu erweichen? Und das Bitterste dabei war, daß diese schändliche Selbsterniedrigung nichts genutzt hatte; der junge Mann ließ sich nicht erweichen, legte eine frostige Feindseligkeit an den Tag. Und als er versucht hatte, ihn zu berühren – die unglücklichste aller Gesten –, hatte Samir ein kleines Messer aus der Tasche gezogen und ihn damit bedroht. Niemals würde Nour El Dine den Haß vergessen, den er in diesem Moment in seinen Augen lesen konnte. Dieses mörderische Funkeln! Noch beim bloßen Gedanken daran erschauderte er.

Vergessen, seinen Schmerz überwinden, das war gar nicht so einfach. Bei der Ausübung seiner Pflichten stieß er in jedem Augenblick auf den einfältigen Hochmut dieses elenden Gesindels. Dadurch wurde ihm seine Kränkung nur immer wieder von neuem zu Bewußtsein gebracht. Und warum das alles, mein Gott? Welches Vergnügen bezog er daraus? Er spürte mehr und mehr, daß er sich von diesen unzähligen sinnlosen Kämpfen, die ihm nichts als Verbitterung und Enttäuschung einbrachten, freimachen mußte. Sollten die Mörder es sich doch gutgehen lassen und in ihrem Bett sterben. Ihm konnte es nach alledem doch eigentlich egal sein.

Es war bereits dunkel, als er aufstand und auf die Straße hinaustrat. Die gelben Lichter der Straßenlaternen schimmerten am Rande des riesigen Platzes, der von Geschäften und lärmenden Cafés umgeben war. Nour El Dine hatte es eilig und überquerte die Fahrbahn, ohne auf den wogenden Verkehr zu achten. Der Lärm der Straßenbahnen und der schnell fahrenden Autos drang nur gedämpft und wie aus großer Ferne an seine Ohren. Seit einiger Zeit hatte er den Eindruck, als würden die Dinge von ihm abrücken und als würde er sie nur noch wie durch einen Schleier wahrnehmen. Mit verstörtem Blick, den Kragen seines Waffenrocks aufgeknöpft, durch die Kraft einer unheilvollen Macht in sein Schicksal getrieben, schritt er voran. Er konnte sich nicht selbst belügen: was ihn im Augenblick an Gohar anzog, stand in keinem Zusammenhang mit den Ermittlungen im Mordfall an der jungen Prostituierten. Seit seiner Begegnung mit Gohar und vor allem seit dem Gespräch, das er mit ihm geführt hatte, als er ihn bis zu seiner Tür begleitete, hatte sich Nour El Dines Berufsauffassung geändert. Nour El Dine begann zögerlich zu werden. Er, der nie Zweifel an der heiligen Macht gehegt hatte, über die er verfügte, begann sich zu fragen, was die Wahrheit denn eigentlich war. Nichts schien ihm mehr gewiß. Trotz seiner Überzeugung, daß Gohar der Mörder war, den er suchte – ohne allerdings tatsächlich einen stichhaltigen Beweis dafür zu haben –, interessierte er sich weiterhin mehr für Gohars Persönlichkeit als für die Festnahme eines Täters. Er war sich bewußt, daß Gohar ein Problem darstellte, dessen Lösung von fundamentaler Bedeutung für sein zukünftiges Leben sein würde. Während der ganzen Zeit, die er damit verbracht hatte, die Fakten zusammenzutragen, die zu einer Anklage Gohars führen sollten, hatte er das Gefühl, mit explosivem Material umzugehen, das, wenn es erst einmal hochgegangen wäre, nichts als Trümmer zurücklassen würde. Aber er spürte auch, daß aus diesen Trümmern der Frieden hervorgehen würde; dieser Frieden, den er im Umgang mit Gohar empfunden hatte und den er im Moment ganz furchtbar vermißte.

Nour El Dine verlor sich im Labyrinth der von den kümmerlichen Lichtern einiger weniger Straßenlaternen nur spärlich beleuchteten Gassen. Er erinnerte sich nicht genau daran, wo das Haus stand; alle diese baufälligen Häuser ähnelten einander in ihrem Zustand des allgemeinen Verfalls, in dem sie sich befanden. Er durchquerte das Viertel mehrmals, wobei er seinen Blick über die rissigen Fassaden streifen ließ und sich zu erinnern versuchte, bis vor welche Tür er Gohar an besagtem Abend begleitet hatte. Aber es war vergeblich; er wurde ganz wirr im Kopf; es gelang ihm nicht, den Ort mit Sicherheit wiederzuerkennen. Bitter enttäuscht wollte er schon wieder umkehren, als der Zufall ihm zu Hilfe kam: Als er an einer Tür vorüberging, stieß er mit jemandem zusammen.

»Was für eine freudige Überraschung!« sagte Gohar. »Wolltest du mir einen Besuch abstatten? Sei willkommen.«

»Ich war gerade im Viertel, und da kam mir der Gedanke, daß ich dich doch einmal besuchen könnte«, sagte Nour El Dine. »Ich hoffe, ich störe dich nicht.«

»Ganz und gar nicht. Es ist mir eine Ehre. Ein wirklich glücklicher Zufall! Normalerweise komme ich nicht so früh nach Hause, aber ich wollte dieses Paket in meinem Zimmer deponieren.«

Unter dem Arm trug Gohar einen großen Stapel alter Zeitungen, den er gegen die Hüfte preßte und nur mit Mühe festhalten konnte. Wegen des Gewichts seiner Last stand er mit vorgebeugtem Oberkörper da und schien außer Atem. Trotzdem betrachtete er den Polizeioffizier mit vergnügtem Blick, als würde diese Begegnung ihm eine eigenartige Befriedigung verschaffen. Er ahnte natürlich, daß sie nicht zufällig stattfand und Nour El Dine in der Absicht zu ihm kam, ihm Fragen über das Verbrechen zu stellen. Verdächtigte er ihn bereits? Jedenfalls hatte er diesen Besuch erwartet. Er hatte ihn sogar herbeigewünscht.

»Bitte verzeih, wenn ich vor dir hergehe«, sagte er, »aber ich muß dir den Weg zeigen. Ansonsten riskierst du dein Leben. Diese Treppe ist ein wahrer Abgrund; jede ihrer Stufen gleicht einer Falle.«

Einer nach dem anderen stiegen sie langsam die dunkle Treppe hinauf. Nour El Dine sah Gohar nicht in dieser undurchdringlichen Dunkelheit; er hörte lediglich seinen keuchenden und rauhen Atem. Er hatte den Eindruck, plötzlich blind geworden zu sein.

Endlich ein Lichtschimmer. Gohar blieb im Treppenflur stehen; die Tür zu seiner Nachbarwohnung, die vom Licht einer Petroleumlampe schwach erleuchtet wurde und leer zu sein schien, stand offen. Gohar blieb einige Sekunden lang unschlüssig stehen. Diese offene Tür machte ihm angst; er wollte nicht auf dieses furchtbare Klatschweib, seine Nachbarin, stoßen. Aber plötzlich setzte eine Stimme, die dem Jammern eines Kindes ähnelte, seinem Zögern ein Ende.

»Gute Leute! Helft mir!«

Gohar ging auf die Türschwelle zu und betrat dann die Wohnung seiner Nachbarn, um herauszufinden, woher dieser herzzerreißende Hilferuf kam. In einer Ecke des Zimmers entdeckte er auf dem Boden den Stumpf von einem Mann, der einer schwerbeschädigten Statue ähnelte. Mit tränenerfüllten Augen starrte der Stumpf-Mann wie ein Wahnsinniger auf einen Teller, der vor ihm stand und auf dem dicke Bohnen sowie ein Stück Brot lagen: sein Abendessen. Als Gohar sich ihm näherte, hob er den Kopf, und auf seinem Gesicht war der Ausdruck größter Erleichterung zu erkennen.

»Was kann ich für dich tun?« fragte Gohar.

»Ich habe Hunger«, antwortete der Stumpf-Mann. »Die Frau ist weggegangen und hat mich ganz allein zurückgelassen. Könntest du mir beim Essen helfen?«

»Aber sicher«, sagte Gohar.

Er beugte sich nieder, um seinen Zeitungsstapel auf den Boden zu legen, wodurch Nour El Dine im Türrahmen zu sehen war.

»Polizei!« rief der Stumpf-Mann, als er ihn sah. »Was hat die Polizei denn hier zu suchen?«

»Er ist ein Freund«, sagte Gohar. »Bleib ganz ruhig; er will dir nichts tun.«

»Ich will die Polizei hier nicht sehen. Er soll gehen!«

Der Stumpf-Mann vergaß seinen Hunger und dachte mit vor Angst verdrehten Augen nur noch an den unglaublichen Skandal, den die Anwesenheit eines Polizeioffiziers in seinem Elendsquartier darstellte. Auf seinem Sockel aus übereinandergestapelten Lumpen wand er sich hin und her, stieß Laute aus wie ein in die Falle gegangenes Tier und unternahm auf diese Weise den absurden Versuch, dem zu entgehen, was er für eine Verhaftung hielt. Seine verzweifelten Anstrengungen waren so ergreifend, daß Nour El Dine ihm schon zu Hilfe eilen wollte. Zu guter Letzt jedoch beruhigte er sich, und langsam wich seine Angst, er verharrte regungslos, mit offenem Mund, und wartete auf sein Essen. Mit seiner breiten, platten Nase, seinen dicken Lippen und seinen bärtigen, aufgedunsenen Wangen ähnelte er einer riesigen Kröte.

Gohar hockte sich neben ihn und fütterte ihn mit beinahe mütterlichem Feingefühl und mit Sanftmut. Er verhielt sich gegenüber dem Stumpf-Mann genauso, wie er es bei einem Kind getan hätte.

»Warum ist sie weggegangen?« fragte er. »Habt ihr euch gestritten?«

»Ja«, antwortete der Stumpf-Mann. »Diese Hündin ist eifersüchtig. Unentwegt macht sie mir Scherereien.«

»Sie ist eifersüchtig, weil sie dich liebt«, sagte Gohar. »Erzähl, was ist passiert?«

»Nun denn, als sie mich heute abend in der Stadt abholte, unterhielt ich mich gerade mit einer jungen Kippensammlerin. Das hat sie wütend gemacht. Jedesmal wenn sie eine Frau in meiner Nähe sieht, wird sie wahnsinnig vor Eifersucht. Und dabei bin ich ihr treu. Ich kann doch nichts dafür, wenn die Frauen sich ständig an mich heranmachen. Bei Gott, ich weiß nicht, was sie an mir so anziehend finden!«

Nour El Dine lehnte mit dem Rücken gegen den Türrahmen wie ein Verurteilter gegen seinen Marterpfahl. Die Worte des Stumpf-Mannes drangen kaum bis in sein Bewußtsein vor. Konnte das alles denn wahr sein? Eine derartige Selbstgefälligkeit und Überheblichkeit bei einem so abstoßenden menschlichen Wrack war für ihn einfach unvorstellbar. Ihm schien, als plusterte sich der Stumpf-Mann schamlos auf, wenn er von der Anziehungskraft sprach, die er auf die Frauen ausübte. Was ihn besonders an ihm faszinierte, war das Fehlen jeglicher Gestik; dieser Umstand verlieh den Äußerungen des Stumpf-Mannes einen ernsten und feierlichen Ton, die kalte Würde eines sprechenden Automaten. Nour El Dine hätte gern zu lachen angefangen, aber ein Reflex, der mit seinem Beruf zusammenhing, hielt ihn zurück. Was auch immer passierte, er mußte seine Seriosität wahren. Er war hierhergekommen, um einem Rätsel auf die Spur zu kommen; vielleicht würde er am Ende ja alles verstehen.

Der Stumpf-Mann aß mit schier unstillbarem Appetit. Von Zeit zu Zeit warf er Nour El Dine einen verstohlenen Blick zu; er konnte einfach noch nicht glauben, daß dieser Offizier ihm lediglich einen Höflichkeitsbesuch abstattete. Aus Furcht vor einer Festnahme schlang er das Essen zu hastig in sich hinein; er schien Gohar anzuflehen, sich zu beeilen und ihn vor allem nicht allein zu lassen.

»Mach dir keine Sorgen, sie wird bestimmt zurückkommen«, sagte Gohar.

»O nein, ich habe die Nase voll von ihr«, sagte der Stumpf-Mann. »Soll sie sich doch woanders vögeln lassen. Ich habe genug von ihr. Abgesehen davon wird sie mir zu alt. Ich werde sie verstoßen. Ich habe die Absicht, eine unberührte junge Frau zu heiraten.«

Er lächelte obszön, sah Gohar an und fügte hinzu:

»Was hältst du davon?«

Gohar rief sich das furchtbare Weib in Erinnerung und war glücklich darüber, bald eine junge Nachbarin zu haben.

»Ich denke, du hast recht«, antwortete er. »Es ist immer von Vorteil, eine junge Frau zu haben. Das ist zweifelsohne angenehmer.«

»Nicht wahr? Ich habe große Lust auf eine kleine Jungfrau. Ich hoffe, du wirst mir die Ehre erweisen und zu meiner Hochzeit kommen. Ich werde ein Hochzeitsessen geben.«

»Ich werde bestimmt dabeisein«, sagte Gohar. »Möchtest du etwas trinken?«

»Ja, bitte. Der Wasserkrug steht da.«

Der Wasserkrug stand hinter Gohar an der Wand. Er nahm ihn, führte ihn an den Mund des Stumpf-Mannes und gab ihm zu trinken.

»Ich danke dir«, sagte der Stumpf-Mann, nachdem er getrunken hatte. »Glaub mir, ich bin untröstlich, deine Liebenswürdigkeit derartig auszunutzen.«

»Es war mir eine Ehre und ein Vergnügen«, sagte Gohar.

»Ich stehe in deiner Schuld. Es wäre mir eine große Freude, auch dir einmal einen Gefallen zu tun.«

»Ich bin dein ergebener Diener«, sagte Gohar. »Ein Nachbar wie du ist ein Segen des Himmels.«

Dieser Austausch ausgesuchter Höflichkeiten war ganz und gar nicht nach dem Geschmack Nour El Dines. Er begann sich zu fragen, ob Gohar und der Stumpf-Mann sich nicht über ihn lustig machten. Einen Augenblick lang trug er sich mit dem Gedanken zu gehen, dieser Höllenvision zu entfliehen. Aber irgend etwas hielt ihn gegen seinen Willen zurück: er hätte das alles so gern verstanden. Wenn sie ihm doch nur erklären wollten, wie dieser Stumpf-Mann, dieser menschliche Abschaum, die Eifersucht einer Frau wecken konnte. Aber nein, Gohar unterhielt sich weiterhin mit dem Stumpf-Mann, wobei er Höflichkeitsbezeigungen an den Tag legte, als würde es sich um eine Unterhaltung zwischen Männern von Welt handeln. Nour El Dine gewann fast den Eindruck, lästig zu sein, wie angesichts eines Liebespaar, das sich gerade liebkost. Sein Wunsch, sich von diesem Ort zu entfernen, wurde immer stärker. Langsam tat er ein paar Schritte zurück und fand sich mit einem Mal allein im dunklen Hausflur wieder. Es war aber bereits zu spät, um der Falle zu entkommen, die ihm das Schicksal stellte. Er hörte schon die Stimme Gohars, der sich gerade von dem Stumpf-Mann verabschiedete.

»Gehab dich wohl! Ich werde dich bald einmal wieder besuchen.«

Gohar kam auf Zehenspitzen heraus. Er vermied es sorgsam, den Gehstock auf den Boden zu setzen und verhielt sich überhaupt äußerst vorsichtig, so als fürchtete er, den Schlaf eines Kranken zu stören. Mit dem heiteren Gesichtsausdruck eines Menschen, der gerade einem lustigen Schauspiel beigewohnt hat, ging er über den Flur und öffnete die Tür seines Zimmers.

»Nach dir, Exzellenz.«

Nour El Dine zögerte, bevor er über die Schwelle trat, doch dann wagte er sich mutig in die Dunkelheit vor, wie jemand, der entschlossen ist, sich in einen Abgrund zu stürzen. Er blieb stehen, ihm stockte der Atem: er war gegen einen Gegenstand aus Holz gestoßen. Er ging um das Hindernis herum und verharrte regungslos, darauf gefaßt, einen Dolchstoß mitten ins Herz zu bekommen. Ihm schien, als hielte sich Samir mit dem Messer in der Hand in der Finsternis versteckt, bereit, ihn zu töten. Einen Augenblick lang packte ihn eine grenzenlose Verwirrung; dann hörte er, daß Gohar irgendwo im Dunkeln herumhantierte, und kurze Zeit später erhellte die Flamme einer Kerze das Zimmer.

»Nimm doch bitte diesen Stuhl«, sagte Gohar. »Verzeih mir, daß ich dir nichts Besseres anbieten kann, Exzellenz. Das hier ist eine ärmliche Unterkunft. Fühle dich trotzdem wie zu Hause.«

Nour El Dine ließ sich auf den Stuhl fallen, antwortete aber nicht. Was bedeutete dieses Gerede? Hielt er ihn für einen Dummkopf? Sich wie zu Hause fühlen! Das war der Gipfel des Irrsinns. Nour El Dine stand kurz davor zu glauben, daß boshafte Geister alles versuchten, um ihn lächerlich zu machen. Er hatte damit gerechnet, eine heruntergekommene Wohnung mit erbärmlichen und verdreckten Möbeln vorzufinden, aber nicht das; diese absolute Ärmlichkeit, diese wunderbare Leere, die so verlockend war wie eine Fata Morgana, diese Nacktheit erschienen ihm verdächtig, und er sah sich unruhig und mißtrauisch um.

Den Rücken gegen die Wand gelehnt, saß Gohar auf dem Zeitungsstapel. Er hatte den Tarbusch nicht abgenommen und hielt immer noch seinen Gehstock in der Hand. Im Zimmer war es kalt und feucht. Nour El Dine knöpfte den Kragen seines Rocks zu, schüttelte den Kopf und sagte nach einem Moment des Schweigens:

»Das alles übersteigt meinen Verstand, Gohar Effendi!«

»Was willst du damit sagen?«

»Ich denke an diesen Bettler. Welche Überheblichkeit!

Wenn man ihn so hört, dann laufen ihm alle Frauen hinterher!«

»Vergiß nicht, Herr Offizier, daß dieser Bettler gerade wegen seiner Verstümmelung eine Goldmine ist. Das interessiert die Frauen.«

»Trotzdem, eine so abscheuliche Kreatur!«

»Er hat nichts Abscheuliches an sich«, sagte Gohar. »Vor allem nicht für eine Frau. Dieser Stumpf-Mann ist ein ebenso guter Liebhaber wie jeder andere auch. Und sogar noch besser als andere, wenn ich danach gehe, was ich mitangehört habe. Glaub mir, die Lustschreie der Frau waren kein Theater. Und eigentlich ist das doch recht tröstlich.«

»Was ist tröstlich?«

»Es ist tröstlich zu wissen«, sagte Gohar, »daß selbst ein Stumpf-Mann eine Frau befriedigen kann.«

»Ein solches Monster?«

»Dieses Monster besitzt uns gegenüber einen Vorteil, Herr Offizier. Er weiß, was Frieden ist. Er hat nichts mehr zu verlieren. Denk doch mal daran, daß man ihm nichts mehr wegnehmen kann.«

»Glaubst du, daß es so weit kommen muß, damit man seinen Frieden findet?«

»Ich weiß es nicht«, sagte Gohar. »Vielleicht muß man erst zu einem Stumpf-Mann werden, um zu erfahren, was Frieden ist. Mach dir doch nur einmal die Machtlosigkeit der Regierung einem Stumpf-Mann gegenüber bewußt! Was kann sie gegen ihn unternehmen?«

»Sie kann ihn aufhängen lassen«, antwortete Nour El Dine.

»Einen Stumpf-Mann aufhängen! Aber nicht doch, Exzellenz! Es gibt keine Regierung, die genügend Humor hätte, so etwas zu tun. Das wäre wirklich zu schön.«

»Du bist ein eigenartiger Mensch. Liest du all diese Zeitungen?«

»Gott behüte!« sagte Gohar. »Nein, sie dienen mir als Matratze.«

Als Nour El Dine begriff, welche Funktion die auf dem Boden ausgebreiteten Zeitungen hatten, ergriff ihn angesichts dieses so maßlosen Elends die Panik. Selbst der allerärmste Mensch, dachte er, schlief auf einer Matratze. Wie konnte man auf einem Haufen Zeitungen schlafen? Seiner Auffassung nach war dies ein Zeichen von Wahnsinn.

»Hast du kein Bett? Schläfst du auf diesem Zeitungshaufen?«

»Ich schlafe schon seit Jahren so, Exzellenz! Warum beunruhigt dich das?«

»Wie bist du in ein solches Elend geraten? Deiner Sprache nach bist du ein gebildeter Mann, ich würde sogar sagen, hochgebildet. Unter normalen Umständen hättest du eine gehobene Stellung in der sozialen Hierarchie bekleiden müssen. Und trotzdem lebst du wie ein Bettler. Hinter dieses Rätsel möchte ich gern kommen.«

»Da gibt es kein Rätsel. Ich lebe wie ein Bettler, weil ich es so will.«

»Bei Allah! Du bist ein erstaunlicher Mann. Deine Lebenseinstellung entzieht sich mehr und mehr meinem Verständnis.«

»Das liegt daran, Herr Offizier, daß du dich allzuleicht verblüffen läßt. Das Leben, das wirkliche Leben, ist von kindlicher Einfachheit. Es gibt kein Rätsel, nur Schweinehunde.«

»Wen bezeichnest du als Schweinehunde?«

»Wenn du nicht weißt, wer die Schweinehunde sind, dann bist du ein hoffnungsloser Fall. Das ist das einzige, was einem niemand beibringen kann, Herr Offizier.«

Die Hände zwischen die Knie geklemmt, ließ Nour El Dine den Kopf sinken; er schien über ein schwerwiegendes und quälendes Problem nachzudenken.

»Das Ganze ist etwas komplizierter«, sagte er schließlich. »Es gibt nicht nur die Guten und die Schweinehunde.«

»Nein«, erwiderte Gohar. »Diese feinen Unterschiede lasse ich nicht gelten. Erzähl mir nicht, das Ganze sei etwas komplizierter. Warum begreifst du nicht, daß lediglich die Schweinehunde von dieser angeblichen Kompliziertheit profitieren?«

Nour El Dine schwieg resigniert. Einmal mehr hatte sich der Überdruß seiner bemächtigt. Dieses leere Zimmer vermittelte ihm ein beruhigendes Gefühl, schien ihn vom Rest des Universums abzusondern. Er stellte sich vor, wie er, glücklich und untätig, frei von Angst, auf einem Haufen Zeitungen schliefe. Wozu anderswo nach einem unmöglichen Glück suchen? Es stimmte, daß einem in diesen vier Wänden, in diesem geistreich eingerichteten Nichts, nichts zustoßen konnte. Gohar hatte zweifellos recht. Wie ein Bettler zu leben, das hieß, dem Weg der Weisheit zu folgen. Ein Leben im ursprünglichen Zustand, ohne Zwang. Nour El Dine träumte von der Annehmlichkeit des freien und stolzen Bettlerdaseins, bei dem man nichts zu verlieren hatte. Er könnte sich schließlich seinem Laster hingeben, ohne Furcht und Scham. Er wäre sogar stolz auf dieses Laster, das ihm viele Jahre lang die schlimmsten Qualen bereitet hatte. Samir kam ihm wieder in den Sinn. Sein Haß würde wie von allein verschwinden, sobald er ihm ohne die Embleme der Macht entgegentrat, bar seiner Vorurteile und seiner schleimigen Moral. Weder seine Verachtung noch seinen Sarkasmus hätte er noch zu fürchten.

Aber es war nicht leicht, der Verführung nachzugeben. Er erhob sich von seinem Stuhl und machte ein paar Schritte im Zimmer auf und ab; als er dann zu seinem Platz zurückkehrte, blieb er vor Gohar stehen. Einen Moment lang bewunderte er das ruhige Gesicht seines Gastgebers, das vom flackernden Widerschein der Kerze beleuchtet wurde. Dieser Mann hatte zweifellos ein Verbrechen begangen, und trotzdem strahlte sein Gesicht absolute Gelassenheit aus. Er erschien ihm wie ein vollkommener Fremdkörper in der ihn umgebenden wirklichen Welt, unzugänglich für Angst und Leid. Ein klagender Seufzer drang aus der Brust Nour El Dines. Er fühlte, daß er noch nicht reif war für diese Ruhe, diese vollkommene Gleichgültigkeit, die das Leben als Bettler ihm abverlangen würde. Er war immer noch zu sehr den Zwängen seines Berufes unterworfen; sein Pflichtgefühl drängte ihn, seinen Auftrag zu erfüllen. Er konnte die Tatsache nicht völlig vergessen, daß er ein Polizeioffizier war, dessen Aufgabe darin bestand, dem Gesetz Geltung zu verschaffen, und der sich deshalb hier befand, um den Mord an einer jungen Prostituierten aufzuklären.

»In Wahrheit bin ich gekommen«, sagte er, »um dir ein paar Fragen zu stellen.«

»Ich höre«, sagte Gohar. »Du kannst mir alle Fragen stellen, die du willst.«

»Es geht immer noch um diesen Mord im Bordell«, fuhr Nour El Dine fort, indem er sich wieder auf den Stuhl setzte.

»Ich weiß«, sagte Gohar. »Ich habe deinen Besuch erwartet. Sprich, und ich werde dir antworten. In der Zwischenzeit werde ich dir einen Kaffee zubereiten. Entschuldige bitte, daß ich dir noch nichts zu trinken angeboten habe.«

»Ich möchte nichts«, sagte Nour El Dine. »Mach dir wegen mir keine Umstände.«

Gohar zündete jedoch den kleinen Spirituskocher an und begann Kaffee zu kochen. Während er Wasser in die Kaffeekanne goß, beobachtete er schweigend Nour El Dine. Er war gespannt, wie die Auflösung des Falls vonstatten gehen würde. Aber der Polizeioffizier stellte keine Fragen. Er schien in einem fernen Traum verloren.

Es war Gohar, der fragte:

»Verdächtigst du jemanden?«

»Wenn ich ehrlich bin, muß ich zugeben, daß ich dich verdächtige«, antwortete Nour El Dine mit einem verstörten Gesichtsausdruck.

»Dann beglückwünsche ich dich, Exzellenz«, sagte Gohar. »Das siehst du ganz richtig. Ich bin der Mörder.«

Dieses unerwartete Geständnis hatte auf Nour El Dine die Wirkung einer Katastrophe. Er schüttelte heftig den Kopf und fuchtelte zugleich in einer Geste energischer Abwehr mit den Händen vor seinen Augen herum.

»Was für ein Unsinn!« ereiferte er sich. »O nein, das ist einfach zu kindisch, Gohar Effendi! Dein junger Freund El Kordi kam mir auch schon so. Warum seid ihr alle so versessen darauf, ein Geständnis abzulegen? Willst du zufälligerweise etwa auch die Welt verändern?«

»Gott behüte!« sagte Gohar. »Du tust mir unrecht, Exzellenz, wenn du mich mit diesem jungen Mann gleichsetzt. El Kordi denkt vielmehr genauso wie du; auch er glaubt, daß alles nicht so einfach ist.«

Der Kaffee war fertig; Gohar goß den Inhalt der Kaffeekanne in zwei angeschlagene Tassen, dann reichte er eine davon Nour El Dine.

»Ich stehe zu deiner Verfügung«, sagte er. »Was gedenkst du zu tun?«

»Im Augenblick gedenke ich gar nichts zu tun. Ich kann dich nicht auf ein einfaches Geständnis hin festnehmen. Ich brauche Beweise. Morgen werde ich eine Entscheidung treffen. Vorher muß ich noch jemandem einige Fragen stellen; alles hängt von diesem Verhör ab.«

Plötzlich ertönte Gesang; er kam aus der Nachbarwohnung. Der Stumpf-Mann sang mit krächzender Stimme ein fröhliches, etwas verrücktes Lied. Nour El Dine hörte:

»Kutscher, bring mich nur geschwind!
zur Wohnung von Zouzou!«

»Meine Güte, er singt!«

»Warum sollte er nicht singen?« fragte Gohar. »Er hat allen Grund, fröhlich zu sein.«

»Ja, zweifellos. Ich hätte trotzdem ganz gern alles verstanden.«

Nour El Dine führte die Tasse an seine Lippen und trank einen Schluck Kaffee. Der Kaffee war bitter; so bitter wie sein eigenes Leben.

Die strahlende Sonne stand hoch über den Spitzen der Minarette, als Yéghen am Rande des Platzes zögernd stehenblieb. Er wußte genau, daß er schon bald, im Innern der Polizeistation, nur noch von Ungerechtigkeit und Finsternis umgeben sein würde. Trotzdem fürchtete er sich nicht. Die Angst vor der Folter war nicht der Grund für sein Zögern. Er wurde ganz einfach von einem kindischen Wunsch beherrscht: seinen Spaziergang in der Menschenmenge noch ein wenig fortzusetzen. Er mochte es, in Erwartung des Unvorhersehbaren zu flanieren. Da er zuvor Haschisch geraucht hatte, fühlte er sich ruhig und ganz klar bei Verstand. Der Gedanke daran, den Repräsentanten der Staatsgewalt gegenüberzutreten, erfüllte ihn sogar mit einem einzigartigen Wohlbehagen.

Yéghen war auf diese Vorladung gefaßt gewesen. Seit langem schon ahnte er, daß Nour El Dine, der Polizeioffizier, Übles gegen ihn im Schilde führte. Was aber wußte dieser genau? Hielt er ihn für den Mörder, oder vermutete er nur, daß ihm die Identität des Mörders bekannt war? In jedem Fall erwartete er irgendein Geständnis von ihm. Yéghen machte sich keinerlei Illusionen über die Art und Weise, wie ihn der Offizier zu verhören gedachte. Die Folter war zur Normalität in der zivilisierten Gesellschaft geworden. Gegen einen Magenkrebs konnte man schon nichts unternehmen, und noch viel weniger gegen den von Menschen zum Zwecke der Unterdrückung anderer Menschen eingeführten Terror. Yéghen nahm die Brutalitäten der Polizei ebenso hin wie unheilbare Krankheiten und Naturkatastrophen.

Die Polizeistation befand sich auf der gegenüberliegenden Seite des Platzes. Ein einstöckiges Gebäude aus hellem Stein, dessen Fenster mit Eisenstäben vergittert waren. Anstatt den Platz zu überqueren, folgte Yéghen linker Hand dem Gehsteig; er hatte sich entschlossen, noch ein wenig zu flanieren. Es war elf Uhr morgens, und auf dem Platz wimmelte es von Menschen, deren geschäftiges Gebaren niemanden täuschen konnte. Yéghen bewunderte diese fortwährende Stagnation inmitten der Unordnung und trügerischen Betriebsamkeit. Ein geübtes Auge erkannte leicht, daß in Wahrheit weder etwas Dringliches noch etwas Aufsehenerregendes passierte. Trotz des Lärms der Straßenbahnen, der hupenden Autos, den kreischenden Stimmen der fliegenden Händler, hatte Yéghen den Eindruck, in einer Welt zu sein, in der die Bewegungen und die Worte für ein ewiges Leben bemessen waren. Diese Menge, die sich in der Ewigkeit bewegte, hatte die Wut aus ihrem Leben verbannt; sie schien von einer weisen Freude erfüllt, die keine Folter und keine Unterdrückung auszulöschen vermochte.

Yéghen dachte mit hellsichtiger Gelassenheit an das Leiden, das ihn erwartete. Nicht zum ersten Mal würde er ein Verhör durchzustehen haben; die Bestialität der Polizisten barg für ihn kein Geheimnis mehr. Bisher hatte es sich aber immer um geringfügige Delikte gehandelt, die mit dem Drogenhandel zu tun hatten. Diesmal war es etwas anderes: es ging um einen Mord. Es stellte sich die Frage, ob die Polizisten härter zuschlagen würden als sonst. Nein, sagte sich Yéghen. Unabhängig davon, ob es um eine kleine Drogensache oder um ein Schwerverbrechen ging, die Härte der Schläge wäre bestimmt die gleiche. Folglich bräuchte er keine Angst davor zu haben, schwach zu werden. Er wußte, daß der Name Gohars nie über seine Lippen kommen würde. Dabei handelte es sich keineswegs um eine Geste des Mutes oder der Opferbereitschaft für die Freundschaft. Angesichts der unzähligen Verbrechen, die ständig in der ganzen Welt begangen wurden, kam ihm der Verrat von Freunden, und selbst der seiner eigenen Mutter, unbedeutend vor. Nein, in diesem Fall ging es nicht nur um die Rettung Gohars, sondern auch darum, Nour El Dine zu zeigen, wie lächerlich die Rolle der Polizei war. Nour El Dine war die Verkörperung eines absurden Rechtssystems. Yéghen mußte ihm das Groteske seiner Situation vor Augen führen. Die Aussicht darauf rief ein Gefühl der Freude in ihm hervor, und er begann zu lachen.

Yéghen betrat die Polizeistation. Er fand sich in einem großen Raum mit weißgekalkten Wänden wieder, in dem lediglich ein großer Schreibtisch stand, hinter dem ein Gendarmeriebrigadier saß. Mit einem emsigen und ziemlich komischen Gesichtsausdruck las dieser seine Zeitung. Yéghen trat auf ihn zu, holte seine Vorladung hervor und wartete. Der Gendarmeriebrigadier unterbrach seine Zeitungslektüre und hob den Kopf.

»Worum geht's?«

Er sah Yéghen an, als verdächtigte er ihn der schlimmsten Verbrechen. Yéghen kannte diesen Blick. Seine Häßlichkeit erregte immer die besondere Aufmerksamkeit der Polizei; für diese begriffsstutzigen Dummköpfe war er die ideale Verkörperung eines mutmaßlichen Mörders. Er lächelte und reichte dem Gendarmeriebrigadier seine Vorladung. Der nahm das Papier an sich, warf einen Blick darauf und sagte dann:

»Warte hier und rühre dich nicht von der Stelle!«

»Ich werde schon nicht davonlaufen«, sagte Yéghen.

Der Gendarmeriebrigadier drückte auf einen Knopf, während er Yéghen drohende Blicke zuwarf. Kurze Zeit später erschien ein Polizist von bulliger Statur und grüßte vorschriftsmäßig.

»Zu Befehl, Brigadier!«

»Bring diesen Mann zum Herrn Offizier!«

Der Polizist grüßte nochmals und machte Yéghen dann ein Zeichen, ihm zu folgen.

»Komm!«

Yéghen folgte dem Polizisten durch einen langen schmalen Gang. Beim Anblick der breiten Schultern seines Führers fühlte er seinen Willen dahinschwinden. Einem solchen Henker in die Hände zu fallen bedeutete den sicheren Tod. Vor einer Tür blieb der Polizist stehen und klopfte an. Drinnen antwortete eine Stimme. Der Polizist öffnete die Tür und stieß Yéghen vor sich her.

»Mein Bey, der Brigadier hat mich damit beauftragt, dir diesen Mann zu bringen.«

»Gut«, sagte Nour El Dine. »Du kannst jetzt gehen.«

Mit düsterem und verzerrtem Gesicht saß der Polizeioffizier, den Kragen seines Waffenrocks geöffnet, hinter seinem Schreibtisch. Er war unrasiert und sah aus, als hätte er die ganze Nacht nicht geschlafen. Seine Augen glänzten fiebrig, und der Blick, den er auf Yéghen heftete, glich dem eines Mannes, der eine Tragödie durchlitten hatte.

»Tritt näher! Ich bin erfreut, dich zu sehen.«

»Sei gegrüßt, Herr Offizier«, sagte Yéghen.

»Du bist zu spät«, fuhr Nour El Dine fort. »Allein dafür verdientest du acht Tage Gefängnis.«

»Ich bitte um Vergebung, Exzellenz! Ich besitze keinen Wecker.«

»Hör auf mit deinen Späßen! Ich bin nicht zu Scherzen aufgelegt. Ich warne dich, dieses Mal ist es ernst. Du kommst hier nicht mehr lebend heraus.«

Ohne daß er dazu aufgefordert worden wäre, griff Yéghen nach einem Stuhl und setzte sich.

»Ich habe mein Testament bereits gemacht«, sagte er.

Nour El Dine schwieg. Er versuchte, die Wut in den Griff zu bekommen, die ihn zu ersticken drohte. Yéghen hatte ihm also bereits mit seinen ersten Worten die Unsinnigkeit dieses Verhörs vor Augen geführt. Diese Leute nahmen nie etwas ernst. Bei den Habenichtsen, dem Gesindel, das zu niederträchtigen Verbrechen prädestiniert war, fühlte sich Nour El Dine sehr viel wohler. Denen konnte er zumindest noch Angst einflößen. Diese verdorbenen Intellektuellen aber hatten die Angewohnheit, jedes Gefühl von Autorität in ihm zu zerstören. Nour El Dine hielt sich für einen vernünftigen Menschen; das heißt, er glaubte an die Regierung und an das, was die Minister in ihren Reden sagten. Er setzte blindes Vertrauen in die Institutionen der zivilisierten Welt. Die Einstellung von Yéghen und seinesgleichen verunsicherte ihn immer wieder aufs neue; sie schienen nicht zur Kenntnis zu nehmen, daß es eine Regierung gab. Sie waren nicht gegen die Regierung; sie nahmen sie einfach nicht zur Kenntnis.

»Ich werde deine dummen Scherze nicht länger hinnehmen. Du bist hier, um verhört zu werden. Es geht um Mord!«

Yéghen lächelte selig.

»Ich stehe ganz zu deinen Diensten, Exzellenz!«

Er saß zusammengekauert auf seinem Stuhl, auf alles gefaßt. Er wußte, daß das alles mit Schlägen enden würde. Er würde nichts sagen. Durch die Gitterstäbe der geschlossenen Fenster hindurch sah er das Treiben auf dem Platz und hörte den ohrenbetäubenden Lärm der Autos. Draußen ging das Leben also weiter.

»Gut«, sagte der Offizier, »fangen wir von vorne an. Ich warne dich aber noch einmal, es ist mir Ernst und ich erwarte präzise Antworten von dir. Ich bin mir sicher, daß du über viele Dinge Bescheid weißt.«

»Ich?« sagte Yéghen. »Das ist wirklich zuviel der Ehre, Herr Offizier!«

»Sag mir, warst du am Tag der Mordtat bei Set Amina?«

Yéghen tat so, als würde er nachdenken.

»Um dir die Wahrheit zu sagen, Exzellenz, ich habe geschlafen.«

»Als die junge Arnaba ermordet wurde, wo warst du da?«

»Ich sagte es dir doch schon, Exzellenz, ich habe geschlafen.«

Nour El Dine behielt die Ruhe; einen Augenblick lang schwieg er, ernst dreinblickend. Für ihn bestand kein Zweifel; Yéghen stellte sich dumm.

»Ich weiß mit absoluter Sicherheit, daß du an diesem Tag im Bordell warst. Wem bist du dort begegnet?«

»Ich habe geschlafen, Exzellenz!«

»Und während du schliefst, ist da niemand gekommen?«

»Wie soll ich das denn wissen, Exzellenz, ich habe ja geschlafen.«

»Bei Allah! Schläfst du denn immer, du Hundesohn!?«

»Entschuldige bitte, Herr Offizier, aber ich wußte nicht, daß Schlafen etwas Illegales ist.«

»Nun gut, ich werde dich schon wecken.«

Nour El Dine war am Ende; die Dummheit einer solchen Verteidigung überstieg seinen Verstand. Er schlief, dieser Teufel! Er mußte Haschisch geraucht haben, bevor er hierherkam. Er wußte, daß Yéghen imstande sein würde, bis zum Schluß an dieser unerschütterlichen Position festzuhalten.

»Ich gebe dir fünf Minuten Bedenkzeit. Danach werde ich dich schon zum Sprechen bringen.«

Yéghen wollte schon antworten, daß er geschlafen habe, aber als er merkte, daß der Offizier ihm gar keine Frage stellte, schwieg er. In fünf Minuten würde die Folter anfangen. Er begann an nichtssagende Dinge zu denken.

Nour El Dine blickte auf seine Uhr, dann lehnte er sich in seinem Sessel zurück und wartete. Dieses Verhör geriet zur Posse. Es diente lediglich dazu, sein Vertrauen in die Justiz und die Staatsmacht noch stärker zu erschüttern. Er war jetzt davon überzeugt, daß Yéghen nichts sagen würde; selbst unter der Folter würde er nichts preisgeben. Diese Haltung paßte nicht zu ihm, sie war sogar ziemlich beunruhigend. Nour El Dine war sich absolut sicher, daß Yéghen den Mörder kannte. Warum schwieg er also? Der Mörder konnte ihm nichts für sein Schweigen bezahlt haben; das Verbrechen hatte dem Täter ja nichts eingebracht. Um eine Frage der Ehre handelte es sich auch nicht. Nour El Dine kannte die Vergangenheit Yéghens gut genug, um zu wissen, daß er auf solche Werte noch nie etwas gegeben hatte.

Er fragte:

»Fürchtest du dich nicht vor Schlägen?«

»Nein«, antwortete Yéghen.

»Das ist unmöglich.«

»Im Leben eines Mannes wie ich einer bin sind Schläge nichts Ungewöhnliches, Herr Offizier! Sie sind etwas Alltägliches.«

»Du besitzt keine Würde.«

Yéghen lachte hämisch.

»Du erinnerst mich an meine Mutter«, sagte er. »Meine Mutter sagt mir immer, daß mein Vater ein ehrenwerter Mann war und ich das schwarze Schaf der Familie sei.«

»Hast du denn überhaupt kein Gefühl? Empfindest du nichts?«

»Doch, Exzellenz! Im Moment empfinde ich großes Erstaunen.«

»Welche Art von Erstaunen?«

»Ich bin erstaunt, daß ein Mann wie du seine Zeit mit so unangenehmen Spielereien vergeudet.«

»Womit sollte ich denn deiner Meinung nach meine Zeit verbringen?«

»Geh spazieren!« antwortete Yéghen.

Nour El Dine wurde leichenblaß.

»Ich sehe, daß bei dir nichts zu machen ist. Du wolltest es ja nicht anders.«

Die Tür ging auf, und herein kamen zwei Polizisten; sie musterten Yéghen, dann traten sie langsam auf ihn zu.

»Wirst du jetzt endlich reden?«

Yéghen blieb stumm. Nour El Dine gab den Polizisten ein Zeichen.

Der eine von ihnen blieb hinter Yéghen stehen, während der andere sich vor ihn stellte, bereit, jeden Augenblick auf ihn einzuschlagen.

Yéghen nahm die ganze Szene wie ein unbeteiligter Zuschauer wahr. Er sagte sich lediglich, daß es ein Fehler war zu behaupten, der Offizier würde sich unangenehmen Spielereien widmen. Für diese Art von Menschen mußte das Ganze sehr angenehm sein. Alles in allem amüsierten sich diese Leute auf ihre eigene Art und Weise. Er empfand weder Haß noch Verachtung für sie. Er fühlte sich sehr ruhig und schloß die Augen.

Der erste Schlag hätte ihm beinahe den Kopf abgerissen; er spürte einen furchtbaren Schmerz, der sofort von dem eines zweiten Schlages und dann all den anderen, die folgten, abgelöst wurde. Danach vergrößerte sich der Schmerz, bildete ein kompaktes, maßloses Ganzes. Yéghen war von der tiefen Dunkelheit eines schwarzen Abgrunds umhüllt, in der gleißende Blitze aufleuchteten. Manchmal drang die Stimme Nour El Dines an sein Ohr, der immer wieder fragte:

»Wirst du endlich reden, du Hundesohn?!«

Plötzlich hörte er trotz des Getöses in seinem Kopf ein fernes Geräusch. Dieses Geräusch erinnerte ihn an etwas, und er versuchte sich zu erinnern, woran. Es dauerte lange, bis es ihm einfiel. Der Kanonenschuß zu Mittag. Es war Mittag, und der Kanonenschuß war abgefeuert worden. Er öffnete die Augen und schrie:

»Gute Leute, es ist Mittag!«

Der Polizist, der gerade den Arm erhoben hatte, um auf ihn einzuschlagen, hielt völlig verblüfft inne.

»Ja und?« fragte er.

»Nun, ich denke, es ist Essenszeit«, sagte Yéghen mit schwacher Stimme. »Ich habe Hunger.«

Nour El Dine vergrub sein Gesicht in den Händen; er hatte das Bedürfnis loszuheulen.

»Schmeißt ihn raus«, sagte er. »Ich will ihn nicht mehr sehen.«

Die Polizisten packten Yéghen und schleppten ihn hinaus. Nour El Dine blieb völlig fassungslos allein zurück. Dann erinnerte er sich daran, daß Mittag war, und stand auf, um essen zu gehen.

Als er aus der Polizeistation auf die Straße hinaustrat, dachte Nour El Dine, daß Gohar ohne Zweifel der Mörder sei. Was aber ging ihn das jetzt noch an? Er hatte beschlossen, den Dienst zu quittieren und fortan als Bettler zu leben. Als Bettler, das war einfach; aber stolz? Wo sollte er den Stolz hernehmen? Im Augenblick empfand er nur noch maßlosen Überdruß, ein ungeheures Bedürfnis nach Frieden – einfach nur Frieden.